『ロマンス潰しの』女公爵は第二王子の執着愛に気付かない

まつりか

eロマンス ロイヤル

Contents

Romance Tsubushi no Onna Kousyaku

Character

コーネリア・ディルフォード

優秀と評判の公爵令嬢。正義感が強く、他人の婚約破棄かかわることが多いため「ロマンス潰し」の異名を持つが、自身もまさかの婚約破棄を告げられてしまう。長い紅髪と濃い色のドレスが特徴的。「強く正しく逞しい」と評されているが、実はロマンチストな一面も。

ウィリアム・ガーディアル

突然パーティーに現れた第二王子。病弱と噂され、長らく公の場に姿を見せていなかったが、実際は金髪と濃紫の瞳を持つ美貌の貴公子。高い社交性をいかんなく発揮し、一瞬にして貴族たちから評判となる。コーネリアの懇意の情報屋・ウィルとの関係は……？

クラウス・ルガート

コーネリアの元婚約者。彼女の優秀さに引け目を感じており、対照的な男爵令嬢・マリーリカに心を奪われる。

セシリア・アンダーソン

コーネリアの親友。「ロマンス潰し」に助けられた過去を持つ。その際に求婚されたアルフレッド殿下と婚約中。

レイグ・タガール

タガール公爵家の末っ子でコーネリアの幼馴染。少々態度に難がある。コーネリアに、とある噂を吹き込んでおり……。

プロローグ

閉め切った部屋の中に響くのは、漏《も》れ出る吐息《といき》と衣擦《きぬず》れの音。

「ちょっ待ちなさ――」

「嫌です。待てません」

唇《くちびる》が離れた隙《すき》に投げかけた制止の言葉は、いとも簡単に封じられてしまう。息継ぎを忘れるほどに深く口付けられ、耳の窪《くぼ》みを指でなぞられると肌が粟立《あわだ》つような感覚が走った。

「声を我慢する必要はありませんからね」

身体《からだ》を強張《こわば》らせる私を見て、彼は嬉《うれ》しそうに囁《ささや》く。

自室の執務《しつむ》机に押し倒され、脚の間に身体を入れられてしまえば、この場から逃《のが》れるすべはなかった。先程まで他国の外交官と会談をしていたためにきっちりと整えられていた深紅《しんく》のドレスは、彼の手によって乱され既に元の形をとどめていない。

「ああでも、陽《ひ》の高い時間から執務室に籠《こも》って情事《じょうじ》に耽《ふけ》っているだなんて、誰かに知られてしまったら、不謹慎《ふきんしん》だと思われるかもしれませんね」

そう告げながら己の正装の首元を緩めつつ不敵に微笑《ほほえ》んだ彼は、乱されたドレスから零《こぼ》れ出た胸《むね》のふくらみに手を伸ばした。

感触を楽しむかのようにやわやわと包まれたかと思うと、敏感《びんかん》な先端《せんたん》をきゅっと摘《つ》ままれる。

「んっ——！」

その刺激に漏れ出そうになる声を必死に堪《こら》えていれば、向かい合う彼から小さく笑う気配がした。

「ふふ、大丈夫ですよ。サラには一時間は執務室に近寄らないようにと言ってありますから」

彼の言葉に、思わず安堵《あんど》の吐息を溢《こぼ》しそうになる。人に見られる心配がないと知り緊張が緩《ゆる》むと、そんな私の変化に気付いたのか、太腿《ふともも》を撫《な》でていた彼の手が下着の中に滑《すべ》り込み、その中央に触れた。

「ひぁっ!?」

「あはは、相変わらずコーネリアの声は可愛《かわい》らしいですね」

慌てて口元を手で押さえるが、彼の指が蜜を掻《か》きだすように浅いところを出入りするたび、甘ったるい声が指の間をすり抜けてしまう。

「ん、ぅっ」

ナカを押し広げるように掻き回され、胸の先端を舌で転がされてしまえば、与えられる快感に体内の熱が溢《あふ》れる蜜となって内股《うちまた》を伝っていく。

「……先程の彼、貴女《あなた》に興味があるようでしたね」

「そんな、こと——っ」

「次回は一対一でとのお話でしたが、私も同席する予定にしておいてください」

穏やかに微笑む彼からは、確かな苛立《いらだ》ちが伝わってきた。事務的な口調で語りながらも、彼の愛撫《あいぶ》は執拗《しつよう》なほど丁寧《ていねい》に続けられている。執務室に人が訪れないとわかっていても、誰かが部屋の近くを通りかかる可能性を考えてしまい、なんとかはしたない声は上げまいと唇を噛《か》んだ。

「ああ、気にしないでくださいね。私の小さな嫉妬《しっと》にすぎませんから」

身体を起こした彼がにっこりと囁けば、その動きに合わせて金色の長髪が揺《ゆ》れた。

顎《あご》を捉えられ、再び唇が重ねられる。覆《おお》いかぶさってきた彼は、今しがたの不穏《ふおん》な発言が嘘《うそ》のように、優しく触れるだけの口付けを落とした。

「貴女は次期女公爵《こうしゃく》として十分努力をしていますよ」

蕩《とろ》けそうな思考の中で相手を見上げれば、向かい合う彼に微笑みかけられる。

太陽を溶《と》かしたような金色の長髪を一つに結び、その長い睫毛《まつげ》に縁《ふち》取《ど》られた濃紫の瞳を細めて笑みを作っている人物。本日の会談のためにと白を基調《きちょう》とした正装に身を包んだ彼は、先日私の夫となったばかりの元第二王子——ウィリアム殿下である。

一体どうしてこんな状況に陥《おちい》っているのか。

その始まりは、約一年前に遡《さかのぼ》る。

一章　『ロマンス劇』と不名誉な通り名

色とりどりのドレスが咲き乱れる大ホールには、多くの人々が集まっている。今日のために衣装を整えた貴族の子女《しじょ》達は、ハレの日を迎えて浮かれた様子で賑《にぎ》やかな声を上げていた。そんな中、なごやかな空気を切り裂《さ》くように突然一人の青年が声を上げる。

「マリエッタ、君との婚約を破棄《はき》する！」

声高らかに宣言されたその言葉は、大勢が集まるホール内に響《ひび》き渡った。声のした方に視線を向ければ、本日のパーティーの主役らしい華やかな身なりの青年と、その青年に縋《すが》るように身を寄せる薄桃《うすもも》色のドレスを身に纏《まと》った御令嬢の姿がある。

「僕との仲に嫉妬《しっと》して、エリスに散々酷《ひど》いことをしたそうだな。そんな心根《こころね》の汚い君を侯爵《こうしゃく》家に迎えるわけにはいかない」

「ディーノ様、誤解です！　私は決してそのような真似《まね》はしておりません」

言葉を返したのは、淡い黄色のドレスの御令嬢だった。まるで自分が正義だと言わんばかりの強い口調で怒りを露《あら》わにする青年に対して、名指しで非難された彼女は悲しそうに彼の言葉を否定する。

「そうやって同情《どうじょう》を引く気か？　反省しているのなら、全てを認めてエリスに謝罪することが先だろう」

そうすれば伯爵《はくしゃく》家への追及《ついきゅう》はしないでやると続けた青年は、相手を見下ろすように踏《ふ》ん反《ぞ》り返った。

学園の卒業パーティーで婚約破棄を言い渡す。この状況に出くわすのは、人生で二回目だった。前回は私が学園を卒業するときに起こったので、既に三年前になる。

「してもいないことを認めるわけにはまいりません。私はエリス様に酷いことをした憶《おぼ》えはありませんわ」

御令嬢は肩を震わせながらも、懸命《けんめい》に訴《うった》えかけている。仮にこの騒動《そうどう》を、婚約破棄を伴う『ロマンス劇』と名付けるとして、このロマンス劇の始まりは、四代前の当時の王太子《おうたいし》が起こした一件だ。

学園の卒業パーティーで、それまで悪事を働いていた婚約者を断罪《だんざい》し、虐《しいた》げられていた御令嬢を助け、後に王太子妃として迎えたというドラマティックな恋愛模様が、貴族達の間でもてはやされ語り継がれたことにより、その後しばしばこのロマンス劇が発生するようになった。過去の成功が模倣《もほう》されるというのはよくあることではあるが、それにしても近年の頻発《ひんぱつ》ぶりは、いかがなものかと思う。

私的な夜会での出来事を含めれば、今目の前で繰《く》り広げられているロマンス劇とは、実に人生三度目の遭遇《そうぐう》であった。

「己《おのれ》の罪を認めないつもりか。エリスは君からの仕打ちに、いたく傷ついているんだぞ！」

騒動の中心にいる彼は、エディコット侯爵家次男のディーノ・エディコットだろう。

「そんなことを言われましても、身に覚えがないと申し上げております」

断罪されている彼女は、彼の婚約者であるバトラー伯爵家のマリエッタ・バトラー。

次男といえども侯爵家の生まれであるディーノ様は、恐らく今年の卒業生の中で一番身分が高い。周囲の中で一番身分が高いという万能感《ばんのう》が、図《はか》らずもエディコット侯爵令息《れいそく》に今回のロマンス劇を起こさせる後押しをしたのだろう。

しかし、このパーティーは学園を卒業する生徒達全員の美しい思い出となるべき場だ。高位貴族の一存《いちぞん》で、私的なパフォーマンスのために利用していいはずがない。

手にしていた扇をパチンと閉じて深く溜《た》め息を吐《つ》くと、渦中《かちゅう》の三人に向かって足を踏み出した。

私に気付いた生徒や学園関係者達は、ある者は頭を下げ、ある者は顔色を変える。会釈した者はマリエッタの縁者《えんじゃ》達、顔色を変えた者はディーノの関係者達だろう。周囲にわかりやすいようコツコツと足音を響かせ、彼らの前に踊り出た。

会場内の視線を感じながら、肩にかかった紅髪をはらう。騒ぎの中心にいる三人を見据《みす》えると、深紅《しんく》のドレスの裾《すそ》が美しく広がるように一礼をとった。

「ご機嫌よう。エディコット侯爵家ディーノ様、バトラー伯爵家マリエッタ様」

私を認めた二人は、正反対の反応を見せる。

「ディルフォード公爵令嬢……」

「コーネリア様！」

顔色を悪くしたエディコット侯爵令息と、瞳《ひとみ》を輝かせたマリエッタ様。そしてエディコット侯爵令息の後ろで、まるで亡霊《ぼうれい》でも見てしまったかのように震えている御令嬢が、浮気相手のエリス様といったところか。

彼らの反応を見る限り、私の噂《うわさ》を十分にご存知《ぞんじ》なのだろう。

「父の名代として出席させていただいたのですが、これは一体何の騒ぎでしょう？　学園を卒業される皆様をお祝いするため、このパーティーに馳《は》せ参《さん》じたつもりですが、私は誤《あやま》ってエディコット侯爵家の私的な夜会に来てしまったのでしょうか」

わざとらしく首を傾《かし》げ、にっこりと微笑みかける。

目の合ったエディコット侯爵令息は、暗に公の場を私物化するなと指摘《してき》するこちらの言葉を理解できたようで、びくりと身体を震わせた。そもそも本当に婚約破棄をしたいのであれば、各々の仲介人を通すなどして粛々《しゅくしゅく》と行われるべきだ。

このような人目につく場所で、相手を吊《つる》し上げるようなかたちで言い渡されるべきものではない。

「しかし――」

「先程から聞こえておりましたが、何やら双方《そうほう》の言い分は食い違っているように思えます。ディーノ様は、なぜマリエッタ様がエリス様に酷い仕打ちをしたとご存知なのでしょう？」

「それは、エリスが僕に教えてくれたからです」

「そうですか。それではエリス様にお尋ねいたしましょう」

エディコット侯爵令息の後ろで、身を隠すように私の視線から逃げていたエリス様が、小さな悲鳴をあげるのが聞こえた。そんな彼女の挙動で、事の顚末《てんまつ》を察してしまう。

ロマンス劇の始まりは、確かに虐げられていた御令嬢を救った王太子の英雄譚《えいゆうたん》だったのかもしれない。しかし、いつからかこのロマンス劇を利用して、他人の婚約者を自分のものとしようとする者が現れはじめた。

「エリス様。この会場にはわたくしを含め、皆様を祝福《しゅくふく》するために高位貴族の方々が大勢お見えです。嘘《うそ》偽りは、我々を侮辱《ぶじょく》したと見なしますのでご留意《りゅうい》ください」

この場にいる最高位は、筆頭《ひっとう》公爵家である我がディルフォード家であるから、嘘偽りは即《すなわ》ち私への侮辱となる。

前置きを告げ、十分に発言の重みを認識させた上でエリス様を真《ま》っ直《す》ぐに見据えた。

「貴女《あなた》はマリエッタ様から酷い仕打ちを受けたのですか?」

「……」

エリス様からの返答はない。そんな彼女の様子に、つい溜め息が溢《こぼ》れた。

所詮《しょせん》、貴族の婚姻《こんいん》など椅子《いす》取りゲーム。男性しか爵位を継げないこの国では、女性はいかに有力な貴族男性に自分を売り込むかが重要になってくる。向上心を持って高位貴族に近づくことは何の問題もないし、己の人生を輝かしいものにしようという努力を否定するつもりはない。しかし、事実を偽り、他人を陥《おとしい》れようとしているのならば話は別だ。

「マリエッタ様から虐《いじ》められた事実は、本当はなかったのではありませんか?」

エリス様は黙秘《もくひ》を貫いている。この程度の計画の綻《ほころ》びを想定せず、よく実行に移したなと思う。

「この場での沈黙は、肯定《こうてい》と見なしますが」

「——わ、私は、マリエッタ様からディーノ様に話しかけないようにとか、触れないよう気をつけなさいと言われました！」

彼女の言葉は、会場に大きく響き渡った。

「それは一般的な社交マナーかと思いますが、何が問題なのですか？」

「えっあの、言い方！　言い方がとても恐ろしかったです！」

「……そうですか、エリス様はマリエッタ様から厳しい口調で社交マナーの指導を受けられたのですね」

「そうなんです！　とても怖くて私——」

「敢《あ》えてマリエッタ様の親切さが伝わるエピソードを教えてくださりありがとうございました」

追い縋るような彼女の言葉を遮《さえぎ》るようにして礼を述べた上で、にこりと微笑みかける。

「本題に戻りましょう。酷い仕打ちの内容を具体的に教えていただけますか？」

私の言葉に、今度こそエリス様は沈黙した。俯《うつむ》いたまま唇を噛《か》んでいる彼女は、これ以上何も話さないだろう。その様子を一瞥《いちべつ》すると、ロマンス劇の主人公であるエディコット侯爵令息に視線を移した。

「ディーノ様。どうやらこれが、貴方《あなた》がマリエッタ様をこの場に吊し上げた原因のようです。ご納得のいくものでしたか？」

「エ、エリス、違うだろう？　階段から突き落とされそうになったり、服を汚されたりしたと言っていたじゃないか」

彼の言葉に何も返すことなく、エリス様は俯いたまま沈黙を貫く。今まで居合わせたロマンス劇でも感じたのは、なぜここに至るまでに婚約者本人に直接確認しないのかという疑問だが、それこそ男性側の都合なのだろう。

王太子の一件を除き、このロマンス劇には一つだけ共通点がある。それは、主役となる男性が、婚約者がいるにもかかわらず他の女性に現《うつつ》を抜かしていたということだ。

「マリエッタ様、お辛《つら》い思いをされましたね」

そっと肩に手を置くと緊張の糸が切れたのか、彼女の大きな瞳からはぽろぽろと涙が溢《あふ》れ出した。

行きましょう、と彼女の手を取り会場の出口へと向き直れば、事の終息《しゅうそく》を求めるかのように会場内の視線がこちらに集まっていた。

戸惑う様子の卒業生達を安心させるように、にっこりと淑女《しゅくじょ》の笑みを浮かべる。

「皆様の大切な思い出となる卒業パーティーをお騒がせしましたこと、心からお詫《わ》び申し上げます。この後も引き続き、どうぞ楽しい時間をお過ごしくださいませ」

私の言葉に、会場内には安堵《あんど》の色が広がった。

「学園をご卒業される皆様、本日は誠におめでとうございます。社交の場で、皆様とお会いできることを楽しみにしておりますわ」

礼をとった後、マリエッタ様を支えるようにして足を踏み出せば、周囲の人々は誰からともなく道を開け、誰かの小さな手叩《てたた》きが広がるようにして会場内は大きな拍手に包まれる。

見世物《みせもの》ではないのだけれどと肩を竦《すく》めつつ、ふと伝え忘れたことを思い出して足を止めた。首だけで後ろを振り返れば、私の動きに合わせるように拍手が止《や》む。

静まり返った会場の中、私の視線の先には事の発端であるエデイコット侯爵令息が呆然《ぼうぜん》と立ち尽くしていた。

「お伝えし忘れていたことがございました」

私の言葉に、彼は力なく顔を上げる。

「マリエッタ様という婚約者がありながら、マリエッタ様が悋気《りんき》を起こされたと信じるほどに、エリス様と親しくされていた事実は変わりません。もしマリエッタ様との復縁をお望みであれば、誠《せい》心誠意《しんせいい》謝罪されることです」

それではご機嫌よう、と一礼をして会場を出た。

あとの始末は、学園関係者や卒業パーティーに来ていた彼の父親がしてくれるだろう。残る問題は、今回の被害者となったマリエッタ様の心の傷だ。涙が止まらず、しゃくりあげるようにして泣いている彼女の背中をそっと撫《な》でる。

「マリエッタ様、もう大丈夫ですからご安心ください。バトラー伯爵家までお送りいたしますわ」

私の言葉に何度も頷《うなず》きかえすマリエッタ様を連れて、一足先に卒業パーティーを辞《じ》することにしたのだった。

◇◆◇

「コーネリア様、本当にありがとうございました」

同乗した馬車の中で、マリエッタ様は深々と頭を下げる。

会場を出た直後は動揺を抑えきれなかったマリエッタ様も、バトラー伯爵邸に向かう馬車の中で揺られているうちに、徐々に冷静さを取り戻したらしい。

「あのままでは婚約破棄だけでなく、私の名誉《めいよ》まで傷つけられるところでした。父に薦《すす》められて、コーネリア様にご相談に行って良かった。まさかディーノ様が本当に婚約破棄を考えていたなんて……」

再び涙が滲《にじ》んできたのか、マリエッタ様は手にしていたハンカチで目元を押さえながら、静かに嗚咽《おえつ》を漏らした。バトラー伯爵が私への相談を薦めたという裏事情が聞こえてしまったが、それについてはひとまずは聞かなかったことにしよう。

彼女の言葉通り、私とマリエッタ様は数ヶ月前から面識《めんしき》があった。知人主催《しゅさい》のお茶会で知り合ったマリエッタ様から、婚約者の浮気疑惑と婚約破棄の可能性について相談を受けていたのだ。過去に二度遭遇したロマンス劇にまさかまた自分が関わるはずもないと思っていたのだが、残念ながら今回の騒動が起こってしまった。貴族同士の揉《も》め事はよくあることで、マリエッタ様の自作自演《じさくじえん》の可能性もあったことから、実は事前に当事者三名の素行調査《そこうちょうさ》をしていたからこそ、今回は簡単に事を収めることができたのだった。

「彼を許すも許さないもマリエッタ様次第です。侯爵家からの圧力があれば、私にご相談ください。

ああ、他国でよろしければ、同格くらいの爵位の男性をご紹介することもできますわ」

主に外交を担ってきたディルフォード家は国外に顔がきく。他国に嫁いだ親類も多く、いざとなれば国外に頼れる身内がいるのも我が公爵家の強みだった。

「なにからなにまで本当にありがとうございます。……あの、もし良かったら、今後はコーネリアお姉様と呼ばせていただいてもよろしいでしょうか？」

マリエッタ様は、その頬《ほお》をほんのりと赤く染めた。恥じらうように頬に手を当て、ちらりとこちらを見上げる熱っぽい視線を目の当たりにして、思わず口元が強張《こわば》りそうになるが、あくまで平然とした様子で微笑み返す。

「……ええ、嬉《うれ》しいわ」

「ありがとうございます！　こうしてコーネリアお姉様と馬車をご一緒できたこと、一生の思い出にいたしますね」

顔を綻ばせるマリエッタ様のうら若き十八歳の輝きに、うっと目が眩《くら》みそうになる。

私達が馬車を共にすることになったのは悲しきロマンス劇のせいなのだが、彼女の中で、あの騒動よりも私と馬車に乗った事実の方が重要になってしまったらしい。心なしかマリエッタ様の視線がうっとりしたものになっている気がする。

「一生の思い出だなんて大袈裟《おおげさ》ですわ。あの場にいた一人として見過ごせなかった、ただそれだけですもの」

「その高潔《こうけつ》な精神を見習《みなら》いたいです！　これからは私もコーネリアお姉様のように『強く正しく

逞《たくま》しい』自立した女性を目指そうと思います！」

我が国の淑女の三か条『清く正しく美しい』が、完全に捻《ね》じ曲げられている。

その言葉に頭を抱えそうになりながらも、彼女の口にした表現が、近年社交界の中で色々な意味を込めて自分を指し示すものとして定着しつつあることには薄々気が付いていた。

「今日も本当に素敵でしたわ！　静まり返った会場でコーネリアお姉様のお姿をお見かけしたとき、どんなに心強かったことかわかりませんもの！」

「嬉しいですわ」

「コーネリアお姉様の情熱を表すかのような深紅の御髪《おぐし》も素敵ですし、意志の強さが伝わってくるその深緑《しんりょく》の瞳にも心射抜《いぬ》かれてしまいそうです！」

「ありがとうございます」

「本日お召しになられている深紅のドレスも、コーネリア様の大人っぽい落ち着きある魅力を存分に引き立てていると思います！」

半ば腰を浮かせるようにして熱心に褒められてしまえば、その熱に圧《お》されるままに、ただただ謝意を口にすることしかできない。マリエッタ様の熱量に、なんだか馬車の中の温度が上がったような気さえしていた。

結局バトラー伯爵家の邸に着くまで彼女の熱弁は止まらず、ようやく到着した伯爵邸で家族に事情説明をして再び馬車に辿《たど》り着いた頃には、主に精神面でボロボロに疲れ果てていた。満身創痍《まんしんそうい》の状態で公爵邸に向かう途中、馬車の窓越しに同行していた従者《じゅうしゃ》に声をかける。

「……明日はアンダーソン侯爵邸へ向かいますわ。先触れをお願い」

窓越しに指示を受けた従者は、こちらの表情を見て同情まじりの笑みを浮かべたのだった。

◇◆◇

翌日朝からアンダーソン侯爵邸を訪れ、客間《きゃくま》に通された私は、文字通りぐったりとソファに沈《しず》み込んでいた。

「その様子だと、また派手にやったのねコーネリア」

呆《あき》れ顔でこちらを眺《なが》めているのは、幼少期からの親友であるセシリア・アンダーソン。蜂蜜《はちみつ》色の髪に深い海色の瞳、襟《えり》の詰《つ》まった淡い空色のドレスを着ていても目を惹《ひ》く豊かな胸部が羨《うらや》ましい彼女は、私にとって幼い頃から心を許せる数少ない——いや、唯一と言っていい友人である。華やかな容姿の彼女は、デビュタント前からその美貌《びぼう》をもてはやされており『社交界の華』だとか『人間界に迷い込んだ妖精《ようせい》』だとか、さまざまな賛辞《さんじ》をほしいままにしていた。

そんな女性憧れの曲線美《きょくせんび》を目の前にすると、セシリアと会うだけだからと普段使いのシンプルなドレスを身に着けてきたことを多少なりとも後悔してしまう。

「仕方ないじゃない、身体が勝手に動いちゃうのよ。それに立太子《りったいし》の準備で忙しいのか、今回王族の出席は式典のみだったから、私が出なければ他の貴族達も口を出せないと思って」

溜め息まじりにそう告げると、深くソファに腰をかけたまま頭を抱える。

昔から、気になったら行動に移さないと気が済まない質《たち》だった。記憶を遡《さかのぼ》れば幼い頃、初めて王城で開かれたお茶会に参加したときに、虐められていた御令嬢を助けたことが始まりだったと思う。年上だと思《おぼ》しき御令嬢からドレスを汚されたと一方的に責め立てられ、言い返すでもなくただただ耐えていた女の子の姿に、居ても立ってもいられず口を挟《はさ》んでしまった。

当時の記憶はもう薄《うっす》らとしかないが、あの可愛《かわい》らしい御令嬢は今も元気に過ごしているだろうか。

「三年前の卒業パーティーも衝撃的だったけど、その無駄な正義感で突進する癖、なんとかしなさいよ。あのときはこっちがヒヤヒヤしたわ」

「あのときの私はただ首を突っ込んだだけで、全部アルフレッド殿下が解決してたじゃない。自分の体裁《ていさい》を整えるために、私の手柄にしたのがみえみえよ」

セシリアの言う『あのとき』というのは、三年前の卒業パーティーで起こったロマンス劇のことだ。当時、とある公爵令息が無実の婚約者に婚約破棄を突きつけた際、見るに見かねて飛び出したのは、確かに私だった。しかし一連の騒動を収めたのは、我々と同様に学園の卒業生として卒業パーティーに出席していた第一王子であるアルフレッド殿下である。

私が公爵令息に婚約者の無実を訴え口論《こうろん》になりかけたところ、仲裁《ちゅうさい》に入った彼は、王家の一員として婚約破棄を見届けたと宣言した直後、無実の罪を被《かぶ》せられた御令嬢に求婚したのだ。あとで知ったが、そもそもアルフレッド殿下が長い間婚約者の選定を先延ばしにしていたのは、幼い頃から公爵令息の婚約者となっていた彼女に想《おも》いを寄せていたかららしい。

第一王子が横槍《よこやり》を入れたとなると体裁が悪いらしく、いつのまにか私が舌戦《ぜっせん》を繰り広げて無実であることを証明した後に、名誉を傷つけられた彼女を社交界から孤立《こりつ》させないためにアルフレッド殿下が求婚をしたという美談《びだん》にすり替えられていた。

「大体どちらかの女性になんらかの原因があったにせよ、悪いのは浮気をした男側じゃない。あのロマンス劇見るたびに居ても立ってもいられなくなっちゃうのよ」

二回目に遭遇したロマンス劇では、確かに婚約者であった御令嬢は浮気相手に嫉妬していたらしい。危害を加えるような行動はとっていなかったが、個人的なお茶会や夜会に浮気相手の女性を招待しないなど、はっきりと相手を避ける行動をとっていたため、御令嬢自らが事実を認めて婚約破棄を受け入れた。

そこまでは問題なかったが、私的な夜会とはいえ人目につく場所で行われた婚約破棄は、社交界における彼女の居場所を奪った。社交界から孤立してしまった彼女に、浮気相手に嫉妬するほど愛が深い方ならばと、隣国の貴族を斡旋《あっせん》したことがなぜか噂となって広がり、これもまた私が丸く収めたという話にすり替わっている。

「コーネリアは知らないかもしれないけど、最近年頃の貴族男性達は、貴女のことを『ロマンス潰し』って呼んで恐れているらしいわよ。年頃の娘を持つ親達の間では『婚約者に浮気の可能性あれば女公爵に相談せよ』とも囁《ささや》かれてるらしいけど」

セシリアの言葉に、思わず頭を抱える。もはや誰かの作為《さくい》すら感じられる状況に、自分自身が一番困惑していた。こうやって、私について『強く正しく逞しい』という謎の評判が浸透していっているのだろう。

「その不名誉《ふめいよ》な通り名も噂も消し去りたい……それに、まだ認可も降りてないのに何が女公爵よ。せめて正式に名乗れるようになってから呼んでほしいわ」

苦々しくそう口にすると、テーブルに用意されていた紅茶を手に取った。

現在、我が国では男性しか爵位を継ぐことはできない。

しかし我がディルフォード家には私しか子供がおらず、通常であれば私の結婚相手が爵位を継ぐか分家《ぶんけ》筋から男児をとって爵位を継がせるのだが、親の贔屓《ひいき》目と過分《かぶん》な周囲からの評価で、特例として私が公爵位を継ぐことを推薦いただき現在に至る。

「そういえば審議、長過ぎない？　申請されてもう半年は経《た》ってるわよね」

書類上は未認可の状態だが、既に公的行事や外交ごとに名代として参加することも多く、周囲の貴族達は歓迎揶揄《やゆ》批判《ひはん》ひっくるめて私のことを『女公爵』と呼んでいた。

「女性の爵位継承を認めさせるのには時間がかかるとは聞いているけど、いい加減話を進めてほしいわ。公爵位の継承《けいしょう》者がはっきりしないと結婚も進められないし、ほんと何やってんのよ貴族院は」

ついつい不満が漏れる。私が公爵位を継承する話が出たために、二十歳《はたち》の年にする予定だった結婚が延びに延びて、つい先日二十一歳の誕生日を迎えてしまった。私の場合、夫婦のどちらが爵位を継ぐか確定するまでは婚姻手続きを進めることはできないらしく、私はいつの間にか嫁《い》き遅れと呼ばれる年齢に足を突っ込みかけていた。

はぁと深い溜め息を漏らせば、向かいに座っていたセシリアは何かを思い出したかのように、そういえばと呟《つぶや》く。

「結婚と言えば、婚約者とはうまくいってるの？　伯爵家の三男でしょ、名前なんだったっけ」

首を傾《かし》げるその姿はなんとも艶《なま》めかしいが、その質問は以前から何度も繰り返しされていたものだったため、じとりと恨《うら》みがましい視線を向ける。

「クラウス様よ、そろそろ覚えなさいよ」

「ああ、ごめんなさい。並び立つコーネリアの印象が強過ぎて、いまいち影が薄い印象なのよね」

なんとか彼の姿を思い出そうとしているのか、難しい表情を浮かべながらうんうんと唸《うな》っていたセシリアだったが、しばらくすると諦めたのか「無理だわ」と小さく肩を竦めてみせた。諦めが早いと思いつつも、セシリアの場合は仕方のないことかと苦笑を漏らす。

実際セシリアに彼を直接紹介できたのは一度きり。卒業パーティーにパートナーとして参加してもらった彼を紹介したのだが、直後に例のロマンス劇が起こったのだから印象に残らなかったというのも納得だった。

「……その様子なら大丈夫そうね」

「何の話？」

じっとこちらを見つめるセシリアの言葉に、思わず聞き返した。

「コーネリア付きの情報屋に若い男が付いたって聞いたから、変に拗《こじ》れてないといいけどと思っていたのよ」

一瞬誰のことかと思ったが、すぐに該当《がいとう》の人物が思い浮かぶ。

「ああ、『ウィル』のことね」

ウィルとは、数ヶ月前から私付きになった情報屋の名前である。国内有数の腕利き情報屋だと自称する彼は、初対面からやけに距離感の近い人間で、やたらめったら近づいてくるので日常的に教育的指導を繰り返していた。父であるディルフォード公爵が雇《やと》った人物であり、身元は確からしいのだが、あまりに馴《な》れ馴れしい態度や行動に、そろそろ素行調査を入れてやろうかと考えていたところだった。以前ちょうどセシリアへの手紙を書いている最中に絡まれたこともあって、彼の存在について、苛立《いらだ》ち紛れに愚痴《ぐち》を綴《つづ》ってしまったような気がする。

「距離感の近い若い男なんでしょう？　大丈夫だとは思うけど、一応警戒《けいかい》しなさいよ。貴族令嬢と使用人の身分差を越えた恋なんてのも、たまに聞く話だし」

「大丈夫よ。近づいてくるたびに毎回その顔を摑《つか》んでから引っぺがして遠くへやっているもの。不埒《ふらち》な事故は起こさせないわ」

「……公爵令嬢の対応として適切かどうかは問わないでおくわ。でもまあ、その感じなら大丈夫そうね」

セシリアは苦笑まじりに安心したわと呟きながら、手にしていたカップに口をつけた。彼女の指摘はもっともだと思いながらも、貴族令嬢として『清く正しく』あるためには、多少の手荒な対応もやむを得ないではないか。こういうところが図らずしも『強く正しく逞しい』の評判に繫《つな》がってしまっているのだろう。

「私にはクラウス様という婚約者がいるもの。他に目移りしている暇はないわ」

きっぱりと断言した私に安心したのか、小さく笑ったセシリアは、静かにカップをテーブルに置くと改めてこちらに向き直った。

「貴族同士とはいえ多少なりとも身分差のある婚約だったから、どうかなと思っていたんだけど。余計な心配だったみたいね」

「そうよ、私達はちゃんと月に一度は訪問面会しているし、手紙も送りあっているもの。不仲になる要素はないわ」

胸を張って答える私を見て、セシリアはふうんと呟くと不思議そうに小さく首を傾げた。

「今更だけど、どうして彼がコーネリアの婚約者に選ばれたのかずっと疑問だったのよね。公爵家が選《え》りすぐって決めた相手だって聞いていたけど、特に目立つような容姿でもなかったし、名家の出身というわけでもないでしょう？　なんであの方なの？」

客観的には彼へ批判のように聞こえるだろうが、確かに事実ではある。

クラウス様は我が国では一般的な薄茶の髪色に平均的な背丈、華やかとは言い難《がた》い落ち着いた顔立ちの男性だった。彼の生家であるルガート伯爵家も堅実《けんじつ》ではあるものの、国政において特に重きを置かれている家門ではない。どれ一つをとっても、筆頭公爵家を継ぐには決定打に欠けていた。

クラウス様と婚約を結んだのは八年前。両親が選りすぐった候補三人から、私が選んだ相手だった。彼を婚約者に選んだ理由を問われ、蘇《よみがえ》った当時の記憶に蓋《ふた》をするように小さく頭《かぶり》を振る。

「……浮気しなさそうでしょう？」

「まあ、そう言われればそうでしょうけど」

「旦那様にするなら誠実な性格が一番だわ。目立つ必要はないのよ、影が薄いくらいで十分」

「それはちょっと理想が低過ぎない？」

理解できないわ、とセシリアがその髪を掻《か》き上げると、豊かな金髪がふわりと舞った。共に学園で過ごしていた間も、その美しさは評判だったが、最近は益々《ますます》磨きがかかっているように見える。

「……詳しくは秘密よ。周囲に『ロマンス潰し』なんて言われてる私にも、人並みにロマンスに憧れる瞬間があったのよ」

「ふふっすごく興味あるけど、結婚披露宴《ひろうえん》のときの楽しみにとっておくことにするわ」

『社交界の華』とか『人間界に迷い込んだ妖精』とか呼ばれてるセシリアにとっては、大したことないかもしれないわよ？」

「からかうんじゃないの。私はコーネリアの豊かな紅髪も、意志の強そうな瞳も素敵だと思うわ。ああ、でもその胸の詰め物は減らすことをお勧めするわね」

セシリアの指摘にうっと呻《うめ》き声を漏らしながら、慌てて胸元を隠す。この秘密を知っているのはセシリアと専属侍女《せんぞくじじょ》くらいだった。

「わかってるわよ」

私だって減らせるものなら減らしたいが、ここまで盛ってきた年月がそうさせてくれない。成長したら減らせばいいと考え続けて約八年。二十一歳になった今、突然胸元だけが急成長する可能性は限りなく低かった。

新たな悩みを思い出して溢れそうになる溜め息を、紅茶とともに呑み下す。温かな紅茶で少し落ち着きを取り戻せば、ふとセシリアに確認したかったことを思い出した。

「そういえば明日クラウス様が来られる予定になっているから、そのときに顔合わせの食事会の相談をしようと思っているの。セシリアを招待したいのだけれど、来月までは忙しいわよね？　来月以降で都合の良い日を教えてもらえるかしら」

「あら、結婚準備も順調そうで安心したわ。また予定を確認して手紙を送っておくわね」

今日アンダーソン家を訪れた目的は、主に昨日の話を聞いてもらいたかったからだが、確認事項も伝えられたことでソファから立ち上がる。セシリアも今は忙しい身だし、あまり長居してもいけないだろう。

「突然お邪魔してごめんなさい。──来月の立太子の式典でお会いいたしましょう。『未来の王太子妃』様」

そう告げると同時に最上級の礼をとる。突然畏《かしこ》まった私の態度に、セシリアは苦笑しながらも嬉しそうに手を振った。

三年前、アルフレッド殿下に求婚された御令嬢はセシリア・アンダーソン。あのとき私が飛び出した理由は、無実の罪を被せられそうになっている親友を見過ごせなかったからだった。殿下からの求婚を受け、この三年近くの間王太子妃となるべく学んできた美しい親友は、来月の立太子の式典で婚約者として初のお披露目が待っていた。

「二人のお披露目を楽しみにしておりますわ」

セシリアの様子を見ていれば、殿下がいかに彼女を大切にしているかが伝わってくる。

誰かを傷つけるロマンス劇は大嫌いだ。しかし、幸せそうな彼女の姿を見ていれば、二人を繋ぐきっかけになった三年前の騒動については、少しだけ許してやってもいいかなという気持ちになれた。

◇◆◇

「クラウス様、ようこそいらっしゃいました」

玄関ホールで自ら出迎えると、慌てた様子で現れたクラウス様から、遅れてしまってすまないと深々と謝罪された。深緑色の上着を羽織《はお》った彼の髪の乱れ具合を見れば、急いでこちらに向かってくださっていたことは容易にわかる。遅れたと言っても、ほんの数分程度だ。それほどまでに気にする必要はないのにと思いながら、お気になさらずと伝えて応接室《おうせつしつ》へと案内する。

通常の来客対応は使用人に任せているが、婚約者であるクラウス様の出迎えだけは、これまでも自らするようにしていた。普段はあまり気にしていなかったが、そろそろ結婚の時期が近づいていることもあり、今日は彼の髪と瞳の色を意識した亜麻色《あまいろ》のドレスを身に着けている。気付いているだろうかとちらりと様子を窺《うかが》うものの、時間に遅れたことを気にしているのか彼は落ち着かない様子で視線を泳がせているだけだった。そんな様子に小さく溜め息を溢しながらも、前を向く。今日顔合わせの日程が決まれば、公爵位継承の認可を待つにしても今年中には結婚式を挙げられるだろう。そんなことを考えながら応接室に入ると、いつものように向かい合わせに腰を下ろした。

席に着くと同時にお茶が用意され、使用人達が下がると室内は二人きりの空間になる。普段なら使用人達が下がるのに合わせて当たり障《さわ》りのない話題を振ってくれるのだが、なぜか今日のクラウス様は、そわそわとした様子で視線を彷徨《さまよ》わせていた。

「クラウス様、どうかされましたか？」

淹《い》れたばかりのお茶を口にしながら、いつもと様子の違う相手に問いかける。温かなお茶を口に含めば、昨日のセシリアと交わしたやりとりが思い出された。

「体調がお悪いのでしたら、日を改めていただいても構いませんよ。そろそろ時期的に顔合わせのご相談もできたらと思っておりましたので、日程調整となると少々込み入った話にもなりますし」

顔合わせにセシリアを招待するとして、セシリア達の仲睦《なかむつ》まじさを鑑《かんが》みれば、アルフレッド殿下にも声をかける必要が出てくるかもしれない。ディルフォード公爵家は現在王家に次ぐ高位貴族であるため、王太子となった彼が参加しても何ら不思議ではないだろう。顔合わせ一つにしても筆頭公爵家の行事となれば、周囲への配慮《はいりょ》や招待客の選定など、その準備は入念にしなければならなかった。

「……コーネリア」

「はい」

名前を呼ばれて顔を上げれば、クラウス様はなぜか畏まった様子で、真剣な眼差《まなざ》しをこちらに向けていた。その様子に、つい首を傾げそうになる。

「どうかなさいましたか？」

こちらの呼びかけに、クラウス様は意を決したようにその口を開いた。

「コーネリア、すまない。婚約をなかったことにしてほしい」

一瞬何を言われたのか理解できなかった。突然の話に思考が止まり、頭の中が真っ白になる。

なぜ、理由は、どうしてと取り乱しそうになるが、室内に二人きりとはいえ扉は開いており、私達の会話は外にも聞こえてしまう。

公爵家の人間たる者、使用人の前で醜態《ちたい》を晒《さら》すわけにはいかない。更に言えば、ディルフォード公爵家の人間が交渉ごとで表情を崩すわけにもいかなかった。動揺を悟られないよう手にしていたカップをゆっくりとテーブルに置くと、いつも通りの笑顔を貼り付ける。

「突然のご提案で驚きました。この度のご訪問は、婚約解消のご相談ということで間違いありませんか？」

私の言葉に、クラウス様は神妙《しんみよう》な面持《おもも》ちで頷く。

「私達の婚約は家同士の契約と言っても過言《かごん》ではありません。今回のご提案は、それぞれの家の了承を得た上でのものですか？」

「公爵家からはコーネリアが同意するならばと許しを得たし、我が伯爵家も同様だ。婚約の証人が陛下であるということで、王家にもお伺いを立てたところ同様の返答をいただいた」

相手の言葉に思わず目を見開きそうになる。あの常に受け身だったクラウス様が、一人でそこまで手を回しているとは予想もしていなかった。

そこまで婚約破棄を真剣に考えていたのかと冷や水を浴びせられたような心地になるが、一体いつから、何がきっかけで、どんな理由でと叫びたくなる衝動《しょうどう》を抑え込み、笑みを崩《くず》さないよう取り繕《つくろ》う。

「婚約して八年経過してからの破棄など、身勝手な話だと自分でも思う。二十歳を超えてからの破棄となれば、君に迷惑をかけるだろうし申し訳ない」

とりあえず私の年齢についての一言は、余計なお世話だ。そんな皮肉《ひにく》を心の中で呟きながら、平静を装いつつテーブルの上のカップに視線を落とした。お茶の表面には、ちゃんと笑えている自分の顔が映っている。

「……婚約破棄の理由をお尋ねしても？」

「ずっと悩んでいたんだ。女性の爵位継承が認められていない我が国で、特例として女公爵を認められようとしている君に、僕は必要なのかと。君はどこの貴族嫡男《ちゃくなん》と比べても引けを取らないくらいに優秀だし、そんな君と比べられることが辛かった」

公爵家に生まれた身として、その責任を果たすため、常に国のため領民のためになるよう努力してきた。社交界の噂は多少誇張《こちょう》されているものの、自分の努力の賜物《たまもの》だと思っているし、個人的には何ら恥じることはないとも思っている。

「――そんなときに、側《そば》にいたい人を見つけてしまったんだ」

耳に飛び込んできた予想外の言葉に、僅《わず》かに目を見開いた。口元を引き結びながら、それが一番の理由だろうがと喉元《のどもと》まで出てきた声を抑え込む。窺うようにこちらを見上げてくる視線を受け止めると、にっこりと外面用《そとづら》の笑顔を貼り付けた。

「まさかクラウス様が、そこまでの情熱をお持ちだとは存じ上げませんでしたわ」

「僕も驚いているよ」

私が理解を示したと思ったのか、クラウス様の表情は急に明るくなった。

「信じられないかもしれないが、彼女は些細《ささい》なことでも僕を頼ってくれるし、僕以外に彼女を支えられる人間はいないんだ。彼女を守りたいと思っている」

照れるように頰を搔いて相手の話をしている彼は、本来の婚約者に浮気相手の惚気《のろけ》を語っていることに気付いているのだろうか。いや、気付いてほしいと期待するだけ無駄だろう。向かいに座る婚約者は、動揺のあまり私の手が震えてしまっていることすらも気付かないほどに、人の心情の機《き》微《び》に疎《うと》い方だった。

「君には僕の支えなんて必要ないだろうし、優秀な君の側にいると自分が酷く惨めに感じていたんだ。いつからか君と比べられることが苦痛になっていた」

――結局、彼は自分が一番可愛いのだ。

そう理解できてしまえば、驚くほどに心の中のざわめきが静かになった。共に過ごした八年間、私はずっと彼の劣等《れっとう》感に気付くことができなかった。それは確かに、こちらの落ち度なのだろう。しかし、彼の気持ちに気付いたからといって、ディルフォード公爵家の一員としての責任を放棄《ほうき》するつもりもなければ、周囲に認められるための努力をやめるつもりもなかった。

結局、彼とは相容《あいい》れなかったのだ。そんなことを八年もの間気付かないでいたなんて、自分自身の愚かさに笑ってしまう。

「しかし彼女と一緒にいるときは――」

「婚約破棄の件、承知いたしました」

永遠に続きそうな彼の話を遮るようにして、言葉を告げた。

「近日中に婚約破棄の手続きに関する書類を伯爵家へお届けいたします。今回の場合、そちら側からの一方的な破棄となりますので、ある程度の迷惑料は発生いたしますことをご了承くださいませ」

それでは、と一礼をして席を立つ。

「こ、コーネリア！」

もう用はないとばかりに扉へ向かう私の背中に、クラウス様の慌てた声がかかった。

「長年婚約してきたのに、迷惑をかけて申し訳ないと思っている！」

彼からの一方的な謝罪に、ゆっくりと振り返る。その謝罪に何の意味があるのか問おうと思ったが、口にすることはしなかった。視線の先の彼は、自分から婚約破棄を言い出したにもかかわらず、まるで彼自身が婚約破棄を言い渡されたような青い顔をしている。

なぜそんな顔をするのかと思いながらも、これ以上話をする気にはなれなかった。婚約関係が解消されれば、伯爵家三男である彼との繋がりはほとんどなくなるだろう。言葉を交わすのもこれが最後だと思えば、婚約者として二人で過ごした時間がふと思い出される。嬉しかったことも楽しかったことも、たくさんあった。しかし、それらは全て私の自己満足で、クラウス様の犠牲《ぎせい》の上に成り立っていたのだろう。空《むな》しい現実を目の当たりにして、つい自嘲《じちょう》の笑みを溢したくなるが、最後の最後にみっともない姿は見せたくなかった。

彼との決別《けつべつ》を胸に、にっこりと淑女の笑みを浮かべる。

「クラウス様、今までありがとうございました。今後社交の場でお会いした際は、赤の他人ということでよろしくお願い申し上げます」

そう述べると、相手の返答を待たずに応接室を出た。

扉の外には、いつも通り専属の侍女が控えている。扉を開け放っていた部屋の中の会話は、全て筒抜けだっただろう。

「サラ、いつものお茶を部屋にお願い」

「畏まりました、お嬢様」

応接室の中からこちらを呼び止める声が聞こえたような気もするが、振り返ることはせず、足早に自室へと向かった。

◇◆◇

「お茶をお持ちしました」

「……ありがとう、サラ」

自室に戻ってからしばらくはソファに掛けたまま呆然と天井を眺《なが》めていたが、その声にようやく我に返る。

テーブルの上に置かれた茶器《ちゃき》から立ち昇る湯気《ゆげ》を見ていると、先程のクラウス様とのやりとりを思い出して口の中に苦みが広がっていくような心地になった。思わず呻き声をあげたくなるが、サラがいる手前、みっともなく取り乱すわけにもいかない。こんなときこそセシリアに話を聞いてもらいたいが、来月の準備で忙しい時期に余計な心配をかけることは気が引けた。

「……それで、どうしますか？　裏切り者の元婚約者は去勢《きょせい》しときます？」

「物騒《ぶっそう》なこと言わないでよ。仕方ないわよ、私の存在が彼を苦しめるのなら、今後人生を共にすることはできないわ。ただそれだけのことよ」

サラの不穏な発言のおかげで、少しだけ冷静さが戻ってきた。結婚した後に、これまで溜め込んでいた不満が原因で離縁《りえん》という醜聞《しゅうぶん》が発生しなくて良かったと思えばいい。

そうだ前向きに考えよう。終わったことは仕方ないのだから、今回の反省点は今後に生かしていけばいい。そんなふうに思考はまともに動いているのだが、心がなかなか追いついてこない。頭がうまく回らないまま呆《ほう》けたように天井を見上げていれば、コンコンと扉を叩く音が耳に入った。

視線だけをそちらに向けると、ひらひらと手を振る見知った人物が視界に映る。

——今一番見たくなかった顔かもしれないわ。

心の中でそう呟くものの、こちらの心中《しんちゅう》など知らない相手は、自分に向けられた視線に対して被っていた帽子を手に取り、なぜかぶんぶんと大きく振り始めた。

「お嬢様、大丈夫ですかー？」

その間延《まの》びした口調に力が抜けてしまう。いつもの詰襟《つめえり》シャツにサスペンダーで留められたスラックス。ついでに足元のブーツは楽しそうにその場でコツコツとリズムを刻んでいる。

「なーんか邸中が重い空気なんで、心配で様子見に来ました」

まるで褒めてくださいと言わんばかりだが、その目を輝かせながらソワソワとしている様子は、とてもこちらを心配しているとは思えない。

「……ウィル、アンタ心配してるって言うなら、それなりに心配そうに声かけなさいよ」

溜め息まじりに非難の視線を向けるが、相手は反省するような様子もなく、なぜか嬉しそうにその頬を緩《ゆる》めた。

「えー、ちゃんと心配って言葉にしてるじゃないですかぁ」

首を傾げた拍子に、その長ったらしい前髪が揺れる。目が隠れるほどに長い前髪のせいで一層《いっそう》胡散臭《うさんくさ》く見えるが、これで情報屋としてはきっちりと仕事をこなしてくるのだから人は見た目によらない。

「……発言と行動が一致していないって言ってるのよ」

「あは、怒られちゃいました」

悪びれない様子で頭を掻いたウィルは、軽やかな足取りで部屋に入ってくると、私の座っているソファの肘置《ひじお》き部分に腰をかけた。まるで鼻歌でも歌い出しそうな様子に、彼が至極《しごく》上機嫌であることが伝わってくる。情報屋であるウィルにとって、ディルフォード公爵令嬢である私が婚約破棄されたという醜聞は、どう考えても極上のネタだろう。全くいいタイミングで姿を現したものだと、ついつい溜め息を溢しそうになる。

「心配なんてしてないのはわかったから、さっさと用件を言いなさい」

「やだなぁちゃんと心配してますって。あっそれより一昨日《おととい》どうでした？　俺の情報、役に立ったでしょ？」

ずいと顔を覗《のぞ》き込まれれば、長ったらしい薄茶色の前髪の隙間《すきま》から、嬉しげに細められた目が現れる。

そういえば先日のマリエッタ様の一件については、彼に裏取りを依頼したんだった。

「ああ、そうだったわね。ウィルの調べた通り、あの騒動はエリス様の虚言が原因だったわ」

そうでしょうそうでしょうと満足げに笑ったウィルは、ぱっとその身体を起こすと、そもそも彼女は詰めが甘すぎましたよねぇとエリス様の行動について得意げに語りはじめてしまった。

公爵令嬢の自室にずかずかと入り込み、おまけに主人の座るソファの肘置きに腰を下ろしているこの男は、セシリアにも話した数ヶ月前からうちに出入りしている情報屋である。私付きとしてお父様が雇ったのだが、他にも雇い主がいるらしく常にディルフォード公爵家にいるわけではない。腕は良く仕事も早いので重宝《ちょうほう》はしているのだが、他の家にも出入りしているからこそ、全幅の信頼を置くわけにはいかなかった。

「ねえ、ウィル。お父様が問題ないっていうから雇ってるけど、そろそろうちの専属《せんぞく》を考えてくれない？　いくら優秀でも、フリーの間は頼める仕事の幅が狭まってしまうのよね」

「そうは言われましても、俺にも事情があるんですよねぇ」

困ったような仕草を見せた後、思い出したとばかりにあっと声を上げると、急に距離を縮めて顔を寄せてくる。

「お嬢様が俺を一生養《やしな》ってくれるって言うなら、考えなくもないですよ？」

吐息《といき》がかかりそうな距離感で、にっこりと微笑まれる。セシリアの手紙にも書いたがこの男、とにかく距離感がおかしい。初対面のときからこんな調子なため、初めは長い前髪のせいで前が見えにくいのかと思い、気を遣って前髪を切ることを提案してみたのだが、ただただ腹を抱《かか》えて笑われただけだった。

どうやら相手をからかって煙《けむ》に巻くのが彼の習性《しゅうせい》のようで、専属の話を出すたびに同じようなからかい文句で話を流されていた。そんな彼の態度に狼狽《うろた》えることもあったものの、慣れてくれば徐々に彼のあしらい方もわかってくる。今日も同じように対応すればいいだけなのだが、婚約破棄を受け入れた直後にこの手の話題は沁《し》みるものがあった。いつもの軽口のやりとりをする気になれず、視線を逸《そ》らしながら小さく嘆息《たんそく》する。

「……今日は貴方の冗談《じょうだん》に付き合ってる余裕はないわ」

「えーいつもはもっと軽快にあしらってくれるのに。なんかありました？」

目の前の男は、こてんと首を傾げながらこちらを覗き込む。一瞬口にすることを躊躇《ちゅうちょ》したものの、どちらにしろ情報屋のウィルの耳にはすぐに入るだろうと、溜め息まじりに事実を口にした。

「……婚約破棄されたわ」

「誰が？」

「私よ。他に誰がいるのよ」

苛立ち紛れに半分睨《にら》みつけるように見上げて、ハッと我に返る。

――しまった。

ただでさえ目つきが悪く周囲から怖がられがちなのに、至近距離で相手を睨みつけるだなんて、こんなのただの八つ当たりだ。自己嫌悪に慌てて謝罪しようとしたが、ウィルは特に気にした様子もなく、なぜかその顔をへらりと緩めた。

「あは。お嬢様から熱い視線を向けられるなんて興奮しちゃいます」

「興奮って、アンタねぇ……」

やっぱり変わった男だと半分呆れながらも、その言葉に肩の力が抜ける。今はこれぐらい適当に流してもらえる方がありがたいと思い、再度ソファに身体を沈めた。

瞳を閉じれば、さっきまでの出来事が蘇ってくる。予想もしていなかった突然の婚約破棄に、未《いま》だに心の整理がついていなかった。

世間からは『ロマンス潰し』との通り名で呼ばれている私が、婚約者の浮気に全く気付いていなかったことも情けない。

もうこのまま寝てしまおうかと目を瞑っていると、不意に目の前が暗くなる。うっすらと目を開けば、そこにはこちらをじっと見つめるウィルの顔があった。

「気分転換に、出掛けませんか?」

驚くのも面倒くさくなって、とりあえず不埒な事故が起こらないように、正面からその顔を片手で摑む。

「顔が近い」

「あは」

おざなりな扱いを受けているにもかかわらず至極嬉しそうに見えるこの男は、あいかわらず何を考えているかわからない。

「……婚約破棄された直後に、外に出掛けるような気力ないわよ」

気まずさもありながら視線を逸らせば、追いかけるように覗き込まれる。

「悪いけど今日は貴方に付き合ってる時間は――」

「でも本音は、セシリア様に相談に行きたかったんじゃないですか？」

図星《ずぼし》を突かれて、ぐうの音も出ない。そんな私の様子を見て、ウィルは楽しそうににんまりと微笑んだ。

「セシリア様にご迷惑を掛けずに、お嬢様のストレスを発散できる方法がありますよ？」

◇◆◇

ガヤガヤと騒がしい人通りの多い飲み屋街。お忍《しの》びの馬車を少し離れたところに置いて歩いてきたのは、小さな居酒屋だった。前を進むウィルの後ろに続いて入口を潜《くぐ》る。

「こんばんは。マスター今日個室空いてる？」

「おーウィル、久しぶり！　奥の部屋で良ければ空いてるけど、おっ、連れがいるじゃねぇか。彼女か？　若いっていいねぇ」

「まあそんなとこ。奥の部屋ね、内緒話するから近くの部屋も貸切にしといて」

「了解！　あんま盛り上がって本番おっ始めんじゃねぇぞ？　ガハハハ」

マスターと呼ばれた男性の大きな声に背中を押されるように、小走りで奥の部屋に向かう。男性の前を通り過ぎるときに会釈をしようとして、かけていた眼鏡《めがね》が外れそうになり慌てて耳にかけ直した。確証はないが、今ウィルと私がふしだらな行為をする可能性を指摘されたんじゃないだろうか。廊下《ろうか》をしばらく進んだ辺りで、我々はそのような関係でないことを訂正に戻るべきかと悶々《もんもん》としていると、目の前の扉が開かれた。

「どうぞ。ここよく使わせてもらってるんで、安心してくださいね」

へらりと笑った彼に、部屋の中へ案内される。よく使っているということは、ウィルは頻繁《ひんぱん》に女性とそういった行為をしているということなのだろうか。人は見た目によらないというが、考えてみれば彼は情報屋だし、職業柄そういったこともあるのかもしれない。一個人の私生活を勝手に想像するのも下世話《げせわ》かと、これ以上深く考えないように無理矢理思考に蓋をした。

入った個室はこぢんまりとしているが清潔で、促されるままに部屋の中央にあるテーブルについた。

「もう自由にして大丈夫ですよ。あっ、髪は外さないでくださいね。付け直すのが大変ですから」

「……貴方にこんな才能があったなんて知らなかったわ」

「俺、情報屋ですよ？　これくらいの変装《へんそう》技術がなきゃ、情報収集に動き回れないじゃないですか」

からからと笑うウィルは、メニュー表を広げて「適当に頼みますね」と店員を呼ぼうとしていた。

周囲を見回していると、ふと視界に入った黒髪に、改めて驚く。ウィルの言い出した『ストレス発散』とは、変装して下町に飲みに行くというものだった。

以前何度かお忍びで城下町に行ったことがあるが、目立つ紅髪のせいで何度もバレてしまった経験があり、ウィルから提案されたときも、やれるものならやってみろと半ばヤケクソな気持ちだった。

しかし、ウィルとサラに変装を施《ほどこ》してもらった自分を鏡で見てみれば、そこには大人しそうな黒髪の女性が座っていた。真っ直ぐな黒髪に大きな眼鏡をかけ、サラに借りた白いシャツと長い紺色のスカートを合わせて外套《がいとう》を羽織れば、もはや自分でも驚くほどの変貌ぶりだった。先程の居酒屋のマスターも何の違和感も抱いていなかったようだし、今私はディルフォード公爵家の女公爵ではなく、ただのコーネリアとしてここに座っている。それが不思議で、初めての体験に高揚《こうよう》しているのか、なんだかフワフワと地に足がついていないような心地だった。

女性店員が訪れ、ウィルの頼んだ料理とそれぞれの前にエールの入ったジョッキが置かれる。ごゆっくり、と扉を閉められると再び静かな空間になった。

「さて、無事にここまで辿りつけたことですし、今夜は飲んで愚痴ってパーっといきましょう！」

「私だとバレずに下町に出られたことは嬉しいのだけど……」

いくら婚約者がいなくなったとはいえ、公爵令嬢である私が、個室で男性と二人きりという状況は、あまりよろしくないのではないだろうか。

「サラが身代わりでお嬢様のフリしてますんで、時間は気にしなくて大丈夫ですよ。ささ、どうぞどうぞ」

こちらの心境を知ってか知らずか、やけに明るい調子のウィルからエールの入ったジョッキを手渡される。キンキンに冷えたジョッキは、室温で汗をかいていて、美味《おい》しそうな泡を立てていた。

夜会や接待の場でお酒を口にすることもあるが、交流がメインであるため、このように冷えた飲み物を口にすることはあまりない。

美味しそうだと素直に思うが、そうは言っても、婚約破棄されたその足で下町に繰り出した公爵令嬢が、男と二人でやけ酒というのはかなりの醜聞になるのではないだろうか。そんなことを悶々と考え込んでいた私の頬に、冷たい何かが触れた。

「いっ!?」

驚きに顔を上げると、頬に当てられたのはウィルのジョッキだったらしく、私の反応を見て、楽しそうな笑い声をあげた。

「あはは！　何か真面目に考え込んでたから、つい。悪戯《いたずら》してすみません」

「ウィル、アンタねぇ……」

楽しそうな彼の様子に、盛大な溜め息を吐く。

「私にも色々考えないといけないことがあるのよ。体裁とか体面とか、守らなきゃいけないものが多くて――」

「お嬢様」

私の言葉を遮るようにして重ねられたウィルの声は、普段とは違う、低く落ち着いたものだった。

その声音に驚いて目を瞬《しばたた》かせれば、向かいの相手はやんわりと微笑みを浮かべる。

「今の貴女は家名とか爵位とか、何も関係ないただの女性です。今日は、溜まったストレスを吐き出しにきたんでしょう？　こんな機会滅多《めった》にないと思いますよ。俺がご友人の代わりに、貴女のお話を受け止めてさしあげます」

まるで私の心の内を見透かしたような言葉と共に、おどけたように片目を瞑られる。

家名とか爵位とか何も関係ないただの女性であれば、婚約破棄を告げられたとき、体面も体裁も気にせず、理由を問いただしたり浮気を責めたりしても許されたのだろうか。感情を殺さなくても、恥ずかしげもなく彼に破棄を撤回してもらえるようお願いしても良かったのだろうか。今日の出来事がぐるぐると、頭の中で渦巻き出す。

胸の内に蓋をしているのは、もう限界だった。

「……よろしくお願いします」

向かい合う相手に、深く頭を下げる。

そして私達は、まるで始まりの鐘を鳴らすようにジョッキ同士をぶつけたのだった。

◇◆◇

「なぁにが『迷惑をかけて申し訳ないと思っている』よ！　八年も婚約者として過ごした相手を二十歳過ぎて捨てる⁉　ふざけんじゃないわよっ」

木製《もくせい》のテーブルにジョッキを叩きつけるように置けば派手な音が響いたが、向かい合うウィルは気にする様子もない。

「それで？　婚約破棄は突然だったんですよね？　どういう理由だったんですか？」

ウィルの質問に日中のやり取りを思い出しながら、口の中に広がる苦味をエールで流し込む。

「……支えたい人ができたらしいわ」

「お相手はルガート伯爵家の三男坊でしたよね？　最近親しげだったのはガレウス男爵家の御令嬢だったと思いますけど、それかなぁ」

まさか浮気相手候補の家名がすんなりと出てくるとは思わず、優秀な情報屋からの情報提供に呻き声を上げることしかできなかった。

「……ウィル、アンタ詳しすぎない？」

「それはもちろん、専門分野ですから」

つまりは、情報屋を使えばもっと早くに婚約者の浮気は把握《はあく》できたということだろう。自分の落ち度を目の当たりにして、頭を抱えたくなる。褒められたと喜んでいるウィルを見ながら、どうせ周囲に隠しても婚約破棄という醜聞は早々に露見《ろけん》するだろうなと溜め息を吐いた。社交界は噂好きの集まりみたいなものだ。更には『ロマンス潰し』なんて通り名をつけられている私が婚約破棄をされたのだから、貴族達は喜び勇んで囃《はや》し立てるだろう。

「私といると惨めになるんだそうよ」

「お嬢様の外面は優秀過ぎますからねぇ。お相手も長年の貴族達からの嫉妬に堪えかねて、なんでしょうけど、それにしても八年婚約してきた相手との婚約を破棄するなんて信じられないなぁ。お嬢様は早急《そうきゅう》に次の縁談を考えないとならない年齢でしょうに」

ウィルは満面《まんめん》の笑みで、ズバズバと第三者的所見を突き付けてくる。情報屋という職業についている分、醜聞やゴシップといった内容は聞き慣れているのだろう。

「まあ縁談はなんとかするわよ。それよりも、来月どうしろっていうのよ！」

「ああ、第一王子の立太子の式典ですよね？　セシリア様の公式初お披露目でもある――」

「そうなのよ！　タイミングが悪すぎる！」

言葉と同時に力いっぱいテーブルを叩く。婚約破棄自体は、私の落ち度もあるとして納得するしかない。

しかし、親友であるセシリアに迷惑をかけることだけは絶対にしたくなかった。

「この大事な時期にセシリアに余計な心配をかけたくないのよ。まったく、式典用に公爵家側で揃《そろ》いの衣装も用意してたっていうのに……あっ衣装の仕立て代も請求《せいきゅう》に上乗せしなきゃ。ウィル、おかわり！」

婚約者同士は衣装を合わせることが慣例のため、来月の立太子の式典に合わせて対となるデザインの衣装を既に注文してしまっていた。折角注文した衣装を無駄にしてしまうことにも頭を抱えながらジョッキをつき出すと、ウィルは何かを思い出したようにあっと声を上げた。

「そういえば立太子の式典に、第二王子が出てくるらしいですよ。幼少期の毒殺未遂《どくさつみすい》事件から公の場に顔を出してなかった王子、優良物件じゃないですか？」

ウィルの言葉に一瞬怪訝《けげん》な顔を浮かべてしまったが、すぐにその人物を思い出す。

「ああ、第二王子……」

第二王子の毒殺未遂事件は当時かなり騒がれ、国中が騒然となった。犯人の侍女は黙秘《もくひ》したまま牢《ろう》の中で服毒して亡くなったため真相は闇《やみ》の中だが、当時王位継承権を巡って派閥争いをしていた第一王子派の者が手引きしたに違いないと噂されていた。それから公の場に全く姿を見せなくなった第二王子は病弱だと専らの噂で、公爵令嬢の私でさえ一度もお会いしたことはない。病弱だという噂についても、毒殺未遂事件のせいでまともに食事を口にすることができないだとか、後遺症《こういしょう》で起き上がることもままならないなど、社交界では様々な憶測が飛び交っていた。

十年以上公の場に顔を出していない彼は、回復の見込みがないものだとばかり思っていたが、立太子の式典に出てくるというのであれば、人前に立てる程度には持ち直したのだろう。

確か年齢は私より一つ下だったはずだ。

「かなり昔にそんな話があったそうだけど、断ったらしいわ」

幼い頃ではあるが、王家から王子のどちらかとという縁談話があったらしい。以前私の婚約者を選定していた際に、両親が口にしていた話を耳にしたことがあった。

私の突きだしていたジョッキを受け取ったウィルは、店員を呼び追加の注文を済ませると、こちらへ向き直る。その手際の良さに感心していれば、すぐに追加のエールが運ばれてきた。

「それで、なんでお断りされたんですか？」

手渡された新しいジョッキに口をつければ、その冷たさが伝わってくる。

「当時は第一王子が優勢とはいえ、まだ王太子がどちらになるか確定していなかったからよ。うちに必要なのは婿養子《むこようし》だし、第二王子と私が婚約を結ぶとディルフォード公爵家の後ろ盾《だて》ができて、王位継承問題が更にややこしくなるでしょう？」

「それだったら第一王子が立太子すれば、問題はなくなりますよね？　第二王子なら公爵家に入るとしても身分に遜色《そんしょく》ありませんし」

ウィルの正しい言い分に、うっと言葉に詰まる。今口にした理由は確かに以前婚約をお断りした理由ではあったが、それとは別に、王家との婚約を回避したい理由が私にはあった。

追及するような視線に、深く息を吸い、声を潜めるようにしてゆっくりと囁く。

「第二王子はダメよ」

「……どうしてです？」

不思議そうに首を傾げるウィルに、手招きして身を寄せると声を低くして語りかける。

「この話は極秘《ごくひ》事項よ。絶対に他には漏らさないって約束して」

ウィルが頷くのを確認してから、慎重に言葉を口にした。

「……毒の容器には、呪印が刻まれていたのよ」

「は？」

「第二王子を毒殺しようとした犯人は呪いもかけていたらしいの」

「……どういう呪いなんです？」

ウィルは興味深そうに、こちらを見つめている。

「万一、毒殺に失敗しても王位継承に支障が出るように、子をできにくくする呪いをかけていたそうなの」

「……それ、どこからの情報ですか？」

「隣国マルシュナーよ。我が国では珍しいけれど、西側の国ではよく知られている呪印らしいわ。あっ、でもこの話はくれぐれも内密《ないみつ》にお願いね」

間違っても王家の人間になんて知られたら、不敬罪《ふけいざい》に問われても仕方のない発言だ。

「まあ呪われたとしてもその分励めばいいんでしょうけど、そもそも、病弱だと夜の方も励めないと思うのよね」

私の発言に、ゴホッという音と共に咽《む》せ込んだウィルが色々なものを飛ばしていた。私も何か食らった気がする。

「ちょっと！　変な反応しないでくれる!?　私は真面目《まじめ》な話をしてるのよ！」

「……お嬢様が変なこと言い出すからですよ」

咽せながらも必死に言葉を絞《しぼ》り出したウィルは、何かを喉に詰まらせたのか凄い勢いで咳き込んでいた。

「こっちは真剣なの！　公爵家の後継ぎは私しかいないんだから、私が早急に男児を産むしかないし、その先のことも考えればできれば女児も欲しい。精力的に子作りに励んでもらわないと困るのよ。そうすると、人前に出られないほどに病弱な第二王子は対象外なのよ」

まるで私が破廉恥《はれんち》な言動をしたような反応をされているが、断じてそんなことはない。心の底から真面目に考えている。

「私だって一応恥じらいのある乙女なんだから、夜くらい求められたいわよ。閨《ねや》まで『強く正しく逞しく』な私を求められたくないの。ロマンス小説みたいに何回も求められるような甘い夜をとまで贅沢《ぜいたく》は言わないから、せめて私の身体に興奮してほしいじゃない？　そう考えたら、いっそ身分を気にせず騎士辺りも候補に入れる方がいいのかしら。逞しい肉体に組み敷《し》かれるっていうのも、ロマンス小説では定番だし……」

昔から貴族の嫡男以外という条件でしか考えていなかったが、この際、繁殖力《はんしょくりょく》という意味で間口を広げてみるのもいいかもしれない。

そんなことを考えながらふと正面に視線を向ければ、先程激しく咽せ込んでから一言も発していなかったウィルは、その手を額に押し当てて何かを考え込んでいるような様子だった。

「……つまり色々とお元気であれば、第二王子は有力候補ってことで間違いないですか？」

「そうだけど、そんな失礼なこと王家に対して言えるわけないじゃない？」

「不敬罪に当たる可能性もありますね」

薄っぺらい笑みを浮かべたウィルは、しれっと死刑《しけい》宣告をしてくる。まあ、それがわかっていたからこそ今まで口にはしていなかった。

「まあ新しい婚約者はおいおい探すとして、当面の問題は式典出席のためのパートナーよ。さすがにパートナーなしで出席するわけにもいかないし……。ウィル、貴族相手の仕事してるんだから心当たりない？　そこそこの身分で、後腐《あとくさ》れなく式典のパートナーを引き受けてくれそうな相手」

「いないことはないと思いますけど」

「あ、できれば身分は伯爵家以上がいいわ。クラウス様は恐らく例の浮気相手を連れてくるでしょうし……」

婚約破棄の話は、すぐにでも社交界に広がるだろう。婚約破棄された私がクラウス様より身分の低い相手をパートナーに選んでいた場合、私は妥協《だきょう》したと嘲笑《ちょうしょう》される可能性がある。

「お嬢様は、アイツに未練があるんですか？」

投げかけられた質問に視線を向ければ、意外にも真剣な表情をしたウィルがいた。いつものヘラヘラした顔で聞かれていたのなら適当に流したかもしれないが、私も酔っているのだろう。

真剣なウィルの表情を見て、心の奥に沈めていたものがジワリと滲み出てくるのがわかった。

「……可愛いって、言ってくれたのよ」

ポツリと零れるような呟きは、降り始めた雨の雫《しずく》のように広がっていく。

「初めて会った日に庭園を散策《さんさく》したのだけど、急に出てきた虫に驚いてしまって、公爵令嬢らしからぬ驚き方をしてしまったの。だけど、そのとき彼が私に言ってくれたのよ。可愛らしい一面もあるんだねって。それが嬉しくて、彼を婚約者に選んだわ」

婚約者候補三人と会ったとき、全員とそれぞれ対面をして言葉を交わした。自分を売り込んでくる方もいれば、公爵家の素晴らしさを讃《たた》えてくださる方もいた。しかし、私を女性として褒めてくれたのはクラウス様一人だけだった。

「……それだけですか？」

「おかしいでしょう？　でもそれだけなの。それまでずっと優秀だとか立派だとか公爵家の人間として褒めてもらえることはあったけれど、女性として褒められることはほとんどなかったの。お父様以外の男性から可愛いって言われたのは、そのときが初めてだったわ。雇われる側の人間からしたら、雇い主がこんな夢見がちで幻滅《げんめつ》したかしら」

おどけるように笑ってみせたが、ウィルは眉根《まゆね》を寄せて唇を噛んでいるようだった。私の代わりに少しは婚約破棄を悔しがってくれているのかもしれない。

確かに私達の婚約はあくまで家同士の契約だったが、関係が順調であるように努力はしていたつもりだった。月一回はお互いの邸を行き来し、手紙のやりとりも欠かしていなかったし、誕生日には贈り物をし合っていた。恋愛感情を持っていたかと問われれば、はっきりと断言できる自信はないが、こんなふうに長年の婚約を突然破棄されるような関係性ではなかったはずだ。

「未練がないとは言い切れないかもしれない。それでも——」

自分の手をぎゅっと握りしめる。

「私は『ロマンス潰し』の『女公爵』なのだから、たとえ自分のことだとしても、やられっぱなしは嫌なのよ」

復讐《ふくしゅう》だとか見返したいとか、そういった意味ではない。私が私として、公爵家を継ぐ者として背筋を伸ばして立っていられるように、隣に立つ相手が欲しい。

「いいですね。その話、乗ります」

にやりと笑ったウィルは、残りのエールを流し込むように飲み干すと、空になったジョッキをテーブルに置いた。

「俺で良ければ協力しますよ。別の雇い主の関係で当日公爵邸に迎えに行くのは難しいんですが、王城で落ち合うって話でいいなら」

「えっウィル貴方、伯爵以上の家の出だったの？」

「やだなぁ違いますよ。仕事柄、とある家名を自由に使える権限を貰《もら》っているだけです」

伯爵家以上の家名を名乗れる権限を与えられるなんて、確実にそれ以上の身分の雇い主が存在している。

「……前から気になってたんだけど、貴方の別の雇い主って一体何者なのよ」

「守秘義務がありますので」

文字通りにっこりと聞こえてくるような微笑みに、軽くかわされてしまう。ウィルの掴みどころのないところは相変わらずだが、彼の仕事は信用できた。

不安は尽きないが、これでセシリアに心配をかけずに済むと思えば、直近の問題が片付いたからか身体の力がどっと抜けてしまったのだった。

二章　公爵令嬢と情報屋

「おはようございます、お嬢様」

その声にうっすらと目を開けば、窓から漏《も》れてくる陽《ひ》の光が目に沁《し》みる。鉛《なまり》のように重い身体《からだ》をなんとか動かし上体を持ち上げれば、いつも通りの澄ました顔のサラが、こちらに蒸しタオルを差し出していた。

ベッドに腰を掛けるようにして、温かなそれを受け取り顔に当てる。ほっとするようなその温《ぬく》もりに、徐々に頭が回りはじめた。

「……今、何時かしら」

「十時を回ったところです。使用人達には、コーネリア様は『昨日の出来事』のせいで少々体調を崩されているため、午前中は自室でゆっくり過ごされる予定だと伝えてあります」

さすがサラ、優秀な仕事ぶりに頭が下がる。彼女が忌々《いまいま》しげに強調した『昨日の出来事』とは、婚約破棄の一件のことを指しているのだろう。実際は婚約破棄の憂《う》さ晴《ば》らしにお酒を過ごすくらいには元気なのだが、周囲に気を遣わせてしまっている事実に、なんとも後ろめたい心地《ここち》になった。

「サラ、昨日は協力してくれてありがとう。おかげで貴重な経験ができたわ」

「お嬢様のお役に立てたのであれば、なによりです」

昨夜ウィルに連れられ下町の居酒屋を訪れている間、サラは私の代わりにこの部屋で寝たふりをして時間を作ってくれていた。

サラとウィルに施《ほどこ》してもらった変装で、ディルフォード公爵令嬢《こうしやくれいじよう》だと知られることなく街に繰り出せたし、ウィルに散々話を聞いてもらったおかげで心の内に抱えていた靄《もや》が晴れ、随分《ずいぶん》とすっきりした気がしている。

昨日の居酒屋での会話を思い出そうとすれば、婚約破棄のせいで来月の式典のパートナーがいなくなったと管《くだ》を巻いていたところにウィルが協力すると言ってくれて、これでセシリアに心配をかけずに済む——と思ったところで記憶が途絶《とだ》えていた。

ハッと視線を落とせば、いつものナイトウェアを身につけていることに胸を撫《な》で下ろす。顔を俯《うつむ》けた拍子《ひようし》に頬《ほお》にかかった紅髪を見れば、記憶はないながらも無事自邸に帰りディルフォード公爵令嬢として就寝したようだった。

「……私、どうやって帰ってきたのかしら」

「知らない方が幸せということもございますよ」

「ま、まさかひどい醜態《しゆうたい》を……？」

「冗談です。眠ってしまわれたお嬢様を、普通にウィルが抱えて戻ってきました」

顔を拭《ふ》いたタオルを受け取りながら答えるサラの言葉に、肩の力がどっと抜けた。とりあえず、公爵令嬢が酒に呑《の》まれて奇行に走るという最悪の事態は免《まぬが》れていたようだ。ウィルには迷惑をかけてしまったようだが、泣き叫んだり暴れまわったりしていなくて本当に良かった。

「ウィルには迷惑をかけてしまったわね」

「至極《しごく》上機嫌でしたし、迷惑だなんて思っていないと思いますよ」

「ふふ、そうだといいけれど。それで、ウィルは？」

「昨夜お嬢様をこちらに届けてからは姿を見ていませんね。ですが、あの調子でしたら恐らく——」

「呼びましたぁ？」

その声に、思わず身体が跳ねる。

起きがけの貴族令嬢の自室に響き渡ったありえない声に、信じられない気持ちで視線を動かせば、今しがた名前を挙げたばかりの人物が扉の隙間《すきま》から顔を覗《のぞ》かせていた。

いつもの詰襟《つめえり》のシャツに、サスペンダーで留められているのは昨夜とは色違いのスラックス。この早朝から顔を見せたということは、どうやら昨夜は公爵邸に寝泊まりしたらしい。

「やだなぁ、そんな変質者を見るような目で見ないでくださいよ。お嬢様の貴族精神に気を遣って、ちゃんと無断で部屋に侵入するようなことはしてないでしょ？」

「……侵入していなくても覗いている状況ではあるわね」

「辛辣《しんらつ》ですねぇ。あ、もうお目覚めだから入っていいですよね？　失礼しまーす」

軽やかな足取りで部屋に入ってきたウィルは、いつものようにソファに近付くと、その身をくるりと反転させて背中から飛び込んだ。その姿に、淑女の部屋を覗いていたという自分の行動を反省している様子はない。相変わらずの非常識さに、こめかみを押さえながら溜《た》め息を溢《こぼ》した。

「声をかけたタイミングからして、立ち聞きしていたのね」

「立ち聞きだなんて人聞きの悪い。お嬢様のことが心配で様子を窺《うかが》ってただけじゃないですか」

ああ言えばこう言う男である。頭を抱えていると、着替え前だった私を気遣ってかサラから上着が差し出された。

受けとった上着を羽織《はお》りながらベッドを降りると、部屋の中央へと足を進める。

ウィルが寛《くつろ》ぐソファの向かいに腰を下ろすと、正面に座る相手を真《ま》っ直《す》ぐに見据《みす》えた。

「昨夜は貴重な経験をさせてもらったこと、感謝いたします。報酬を望むのならば、希望額に色を付けてお支払いするわ」

公爵令嬢という肩書を気にせず下町で過ごせた時間は、私にとっては貴重なものだった。

しかしウィルにとっては雇い主のガス抜きに付き合わされたようなもので、報酬が発生して然《しか》るべき事案だろう。

当然の提案を口にしたつもりだったのだが、私の言葉に目を丸くしたウィルは次の瞬間ぶふっと吹きだすと、身体をくの字に曲げ肩を震わせながら笑い始めてしまった。一人笑い声をあげている相手を、サラと並んで白い目で見やる。

「……笑わせるようなことを言ったつもりはないのだけれど」

「あはっすいませ――ぶふっ」

お腹《なか》を押さえながら尚《なお》もひぃひぃと笑い続ける相手を呆《あき》れたように眺めていれば、横から静かにお茶が置かれた。室内に響き渡る笑い声を気にした様子もなく配膳を始めたサラから、朝食代わりにと切り分けられた果物が差し出されたため、目の前で笑いこけている奴のことは気にせずいただくことにする。果物を一切れ口にして、口内に柑橘《かんきつ》の香りが広がれば、ようやく目覚めたような心地になった。

「ウィル、用事がないなら退室してもらって結構よ」

「あは、すみません。あんまりに意外なご提案をされたものでツボに入ってしまいました」

ようやく落ち着いたらしいウィルは、テーブルの上に置かれた果物に手を伸ばすと、ひょいとつまんで口に入れる。主人に出されたものを拝借《はいしゃく》するなど明らかに常識はずれな行動ではあるが、ウィルのやることとなのだからと今更突っ込む気も起きなかった。

「的外れな提案をした覚えはないけれど？」

「そういうところ、お嬢様のいいところだと思いますよ」

「……はあ、どうも」

こちらを煙《けむ》に巻くような言い回しに適当に生返事をすれば、トントンと指先でテーブルを叩《たた》かれる。その音に視線を上げれば、こちらを見つめるウィルににんまりと微笑《ほほえ》みかけられた。

「昨日のことは俺にとっても貴重な時間だったんで、報酬はなしにしてください。お嬢様とのデートなら、仕事抜きでいくらでも付き合いますよ」

足を組みながらそう口にする相手は、至極楽しそうだ。わざと『デート』という言葉を選ぶあたり、またこちらをからかっているのだろう。

「お気遣いに感謝するわ」

「あは、そのつれない感じがお嬢様ですよね」

「わかっているなら、からかうのをやめなさいよ」

ウィルとの不毛なやりとりをしていれば、コンコンと控《ひか》えめなノック音が響く。用件を確認して戻ってきたサラは、一通の封筒を手にしていた。

「お嬢様、お茶会の招待状が届いたようです」

サラから渡された封筒には、整った文字で自分の名が明記されていた。

「どなたからかしら」

「リンクス伯爵《はくしゃく》家の、カリッサ様からのようです」

「カリッサ様……珍しいわね」

封筒を裏返せば、確かにリンクス伯爵家の封蠟《ふうろう》とカリッサ様のサインがあった。リンクス伯爵家は、第一王子派の古株だ。長く続いている堅実な家門で、これまで数人の宰相《さいしょう》を輩出《はいしゅつ》したこともある。華やかなお茶会や夜会は好まず、他家からの招待にもどうしても外せないもの以外は応じていなかった印象で、そんなリンクス伯爵家がお茶会を主催するということ自体が非常に珍しいことだった。

「いかがなされますか？　日程も直近ですし、式典準備を理由にお断りすることも可能かと思いますが」

「いえ、参加するわ」

私の言葉に、サラはわかりやすく顔を顰《しか》める。サラはサラで、私のことを気遣ってくれているのだろう。実際、昨日の婚約破棄の話はどこから漏れてもおかしくない状況であるし、人前に出れば出るほどその危険性は増す。しかし、私にとって婚約破棄された事実を隠すことよりも、ディルフォード公爵令嬢としての立場の方が大切だった。

「リンクス伯爵家がこの時期にお茶会を開くのだから、同派閥の親睦を深めることが目的でしょう。第一王子の立太子《りったいし》を控えた今、ディルフォード公爵家の私が第一王子派からのお誘いをお断りするわけにはいかないわ」

私の言葉を聞いて尚も眉根《まゆね》を寄せたままのサラに、おどけたように笑ってみせる。

「それに、お茶会であればパートナーがいなくても不自然ではないでしょう？　もし何か言われたとしても、しっかり言い返してやるわ。なんたって私は『強く正しく逞《たくま》しい』女公爵だもの」

訝《いぶか》しげにこちらを見ていたサラだったが、溜め息まじりではありながらも「わかりました」と了承の言葉が返ってきた。幼い頃から側《そば》付きの侍女《じじょ》をしてくれているサラには心配をかけたくなかったので、同意を得られたことにホッと胸を撫で下ろす。

「ご希望なら俺も行きましょうか？　パートナー要ります？」

横槍《よこやり》を入れるように、向かいに座るウィルが片手を上げた。

「結構よ。嘘《うそ》を吐《つ》くなら最低限にしたいわ」

昨夜、彼は伯爵家以上の家名を名乗れる権利を持っていると言っていた。つまり、ウィルが名乗る身分が正式なものでないことが確実な今、立太子の式典を前にボロを出すわけにはいかない。セシリアの晴れ舞台で問題を起こさないためには、万全の対策を練《ね》っておきたかった。

「たかが個人主催のお茶会だもの。さっと参加して帰ってくるわ」

招待状の内容を確認し、返信用の便箋《びんせん》をサラに持ってきてもらう。テーブルの上のカップを手に取り口に含めば、せっかくの温かなお茶が随分と冷めてしまっていた。

「困ったらいつでも呼んでくださいね。スケジュール、空けときますから」

「結構よ、軽口叩くくらいなら仕事しなさい」

「えーひどい。昨夜はあんなに盛り上がったのに」

「誤解を招く言い方はやめなさい。その口縫《ぬ》い付《つ》けるわよ」

社交界で恐れられがちな鋭い視線で睨《にら》み付けても、ウィルには全く効果はないようで、ただただ嬉《うれ》しそうにその頬を緩めるだけだ。相も変わらず不毛なやりとりをしていたそのときの私は、お茶会当日に起こる波乱《はらん》を全く予想していなかったのだった。

◇◆◇

「カリッサ様、お茶会にご招待くださり誠にありがとうございます」

濃紺のドレスの裾《すそ》を広げながら、主催者への挨拶《あいさつ》を告げる。最近は胸元の大きく開いたドレスを着用することが多かったが、今日は日中のお茶会ということで珍しく首元まで装飾のあるものを選んでいた。

「ようこそおいでくださいました、コーネリア様。お噂《うわさ》はかねがね、ご参加くださって嬉しいわ」

招待を受けた立場として主催者に礼をとった私に、豊かな黒髪を結い上げたカリッサ様はにこやかに微笑み返した。既《すで》に社交界デビューを果たしたお子様をお持ちとは思えない彼女は、美しい刺《し》繍《しゅう》の施された空色のドレスが非常に似合っている。招待状を受け取ったときの予想通り、第一王子派の面々がそろったお茶会は、リンクス伯爵家の庭園を会場として和やかに進行していた。庭園を自由に散策できる形式のガーデンパーティーで、参加者は各々旧知の顔を見つけては親しげに語りあっている。

主催者でありリンクス伯爵夫人であるカリッサ様は、年相応《としそうおう》の落ち着きと上品さをお持ちの方で、気難しそうなリンクス伯爵とは正反対の柔和《にゅうわ》な雰囲気の持ち主である。王宮行事で何度かお会いしたこともあり、挨拶に伺った私をにこやかに歓迎してくれていた。

「『ロマンス潰し』だの『女公爵』だの、殿方はお好きに噂されているようですが、同じ女性としてコーネリア様のご活躍には好感を抱いておりますわ」

「もったいないお言葉です」

お礼を言葉にすれば、カリッサ様の視線が庭園にいるリンクス伯爵に向けられたのがわかった。

「もうすぐ第一王子の立太子の式典がございますわね。主人から、第一王子が立太子されれば政治的不安も減るだろうと聞いております。国内安定のためにも、コーネリア様にはぜひ第一王子をご支援いただければと」

「もちろんです。ディルフォード公爵家として、第一王子の立太子は心から歓迎しておりますし、支援を惜しむつもりはございません」

最大の目的をはっきりと言葉に示してもらったおかげで、こちらの意思も明確に伝えることができた。これでリンクス伯爵の懸念材料も消えるだろうとにっこりと微笑みかければ、向かい合うカリッサ様は小さな笑い声を漏らした。

「ふふ、ありがとうございます。三年前のセシリア様の件がありますから、改めてお伝えする必要はないのでは、と主人に申し上げたのですが、どうしても念を押したいと言われてしまいまして。お忙しい時期にお呼びたてしてしまい申し訳ありませんでした」

申し訳なさそうに小さく頭を下げたカリッサ様に、尊敬に近い念を抱く。爵位《しゃくい》を持つ男性に寄り添って、その地位を支える内助の功。我が国で理想とされるカリッサ様の姿に、思わず感嘆の溜め息を溢しそうになってしまった。

「折角来られたのですから、我が邸《やしき》の庭園をご覧いただければ幸いです。公爵家ほどの立派なものではございませんが、この日のために臨時《りんじ》の庭師も増やして張り切って準備をいたしましたの」

「まあ、それは楽しみですわ。ありがとうございます」

空色のドレスを広げこちらに礼をとるカリッサ様にお礼を告げながら、招待客達が集まっている方へと足を向けた。果たすべき役目を終えたことで、足取りも軽く庭園に向かう。

「あっあの！」

突然背後からかけられた声に振り返れば、見たこともない御令嬢が立っていた。フリルたっぷりの薄紅色のドレスにあどけない顔立ちを見れば、年の頃は十代中頃くらいだろうか。

「ディルフォード公爵令嬢様、ですか？」

彼女の言葉に、思わず眉根を寄せる。私をディルフォード公爵令嬢だと認識しているのならば、紹介のない下位貴族から上位貴族への声かけは失礼にあたる。それは基本の社交マナーだが、そんなことも理解していないのだろうか。

「何か？」

「あ、あのっ私はマリーリカって言います！」

名前を名乗ることができるのは身分が上の者が名乗った後であり、初対面の挨拶であれば、名前と併《あわ》せて家名を名乗ることも常識だった。

恐らく相手は、社交界マナーの基本すら身についていない下位貴族なのだろう。無礼があったことを見逃すために、彼女の名乗りは聞かなかったことにする。リンクス伯爵家の招待客に、こういった御令嬢が含まれていたのには驚いたが、今回のお茶会は第一王子派の地盤固めのために開かれたものであるし、新興《しんこう》下位貴族でも第一王子を支持することを明らかにしている家には招待状を送っていたのかもしれない。カリッサ様の面目《めんぼく》を潰さないためにも、ここは穏便に対応すべきだろう。

「一体何のご用でしょう？」

さっさとこの場の会話を切り上げようと投げかけた言葉に、なぜか相手は瞳を潤《うる》ませ、勢いよく頭を下げた。

「ごめんなさい！　私、そんなつもりはなかったんですっ！」

突然の大声に、周囲の人々が振り返る。向かい合う私に深く頭を下げている御令嬢を見て、何事かと囁《ささや》き合うざわめきが聞こえてきた。

「……何のことでしょう？」

居心地の悪い視線が向けられる中で、全く心当たりのない謝罪に質問を返す。相手の突飛《とっぴ》な行動に対する動揺を悟《さと》られないようにと静かに問いかければ、私の声に顔を上げた御令嬢は、大きな瞳からぽろぽろと涙を溢しはじめた。

「クラウス様のことです。先日、婚約破棄をお願いしに行ったんですよね？」

彼女の言葉に、会場はシンと静まり返る。耳が痛いくらいの静寂の中で、私の頭の中だけは混乱のままぐるぐると回り続けていた。

「クラウス様から聞きました。ディルフォード公爵令嬢様と婚約破棄してきたから、私と婚約を結ぶつもりだって……そんなの、あまりにも申し訳なくて……」

つまり、目の前にいるこの御令嬢が、クラウス様の『支えたい人』その人なのだろう。ふわふわと舞うような金髪に、大きな瞳。摑《つか》んだら折れてしまいそうな細く小さな身体を震わせ、大粒の涙を溢しているその姿は、なるほど庇護欲《ひごよく》を誘うような出《い》で立《た》ちである。

そしてそんな彼女が泣きじゃくりながら「ごめんなさいごめんなさい」と頭を下げている姿を目にすれば、第三者には当然私が苛《いじ》めているような構図に見えることだろう。

そんな現状に内心では嘆息《たんそく》しつつも、沈黙を貫きながら相手を観察する。目の前の御令嬢は、一体何のつもりでこのような行動をとっているのだろうか。

「本当にごめんなさい。私のせいで……」

両手で顔を覆いながら俯いてしまった彼女には、確かに支えたくなるようなか弱さがあった。そんなことを考えていれば、泣きじゃくっていた相手が突然勢いよく顔を上げる。

「あの、お辛《つら》いですよね？　もしディルフォード公爵令嬢様が望まれるのであれば、私、クラウス様を説得してみます！」

まるで名案を思い付いたと言わんばかりの表情を浮かべた彼女に、思わず首を傾《かし》げそうになった。この御令嬢は何を言っているのだろうか。

「……何をでしょう？」

「もちろん婚約破棄の撤回です！」

先程まで涙を流しながら震えていた彼女は、その両手を固く握りしめると強い口調でそう宣言した。

自信満々の彼女の言葉を、頭の中で反芻《はんすう》する。

彼女が彼を説得して、婚約破棄が撤回される。私への劣等感《れっとうかん》から目の前の彼女に移り気を起こした婚約者を、『申し訳ないから』という理由で返却される。彼女の表情を見るに、自分が説得すれば彼も納得して従ってくれるという自信があるのだろう。

だがしかし――そんな屈辱的《くつじょくてき》なことがあるだろうか。

「結構です」

「え？」

私の言葉に、彼女は瞬《まばた》きを繰り返す。先程の大げさな嘆《なげ》きようからの素早い立直りといい発言の内容といい、恐らく向かい合う御令嬢は、ただただ庇護欲をそそられるか弱い少女ではなく、そう偽《いつわ》ることのできる強《したた》かな人物なのだろう。濃紺のドレスにかかっていた深紅の髪を払うようにして背筋を伸ばすと、真っ直ぐ相手を見据えた。緊張した面持ちで構えるように一歩下がった相手を見て、彼女の強かな気質を確信する。

そうとわかれば、もう遠慮する必要はなかった。ディルフォード公爵家の一員として、売られた喧嘩《けんか》は買わせてもらおう。

「結構です、と申し上げましたの」

にっこりと微笑めば、御令嬢はその顔を青ざめさせた。

「貴族の婚姻など、所詮《しょせん》椅子取りゲーム。男性しか爵位を継げないことが決まっている我が国において、女性が向上心を持って貴族男性に自分を売り込むことは何の問題もないと考えております。貴女《あなた》が『そんなつもりはなかった』とおっしゃるのなら、そんな貴女に婚約者が惹《ひ》かれる隙を作った私に反省すべき点がありますわ」

事実を口にしただけなのに、なぜか相手は慌てたように口を開いた。

「そ、そんなことは——あ、あの、婚約破棄が成立してしまったら、来月の式典のパートナーにもお困りでしょう?」

それがわかっているあたり、時期すらも図《はか》って交際を持ちかけた可能性も感じさせる。先程社交マナーを踏《ふ》まえずに話しかけてきたのも、何かしらの意図があったのかもしれない。社交界で『ロマンス潰し』と呼ばれている私に対する嫌がらせか、はたまた『女公爵』の面目を潰すための当てつけか。

どんな目的があったにしろ、『ロマンス潰し』の『女公爵』が婚約破棄をされたという事実が発生した時点で、彼女の策にまんまと嵌《は》められたことは間違いだろう。既に起こったことを後悔しても仕方がない。大切なのは、次の一手でどう立ち回るかだ。

「ご心配には及びません」

私の言葉に、御令嬢は「え」と言葉を漏らす。その顔には、もはや先程の儚《はかな》さなど微塵《みじん》も残っていなかった。

「私はディルフォード公爵家の『女公爵』ですもの。貴女に心配いただく筋合いはございません、と申し上げました」

顔を引《ひ》き攣《つ》らせる相手に向かって、にっこりと微笑みかける。きつい印象を与えると言われる私の顔立ちは、こういうときに非常に役に立っていた。

「他に目移りするような婚約者など不要ですわ。元婚約者とは既に縁《えん》を切らせていただいておりますし、貴女に差し上げます。どうぞお二人で仲睦《なかむつ》まじくお過ごしくださいませ」

先程のマナー違反に対する意趣返《いしゅがえ》しとして最上級の礼をとると、ドレスを翻《ひるが》すようにして彼女に背を向ける。周囲の人々は、気まずそうに私から目を逸《そ》らすと、近くにいた知り合い同士で囁き合い始めた。

これで、婚約破棄の件はあっという間に知れ渡るだろう。立太子の式典までにどこまで広がるかはわからないが、噂好きの貴族達のことだから来月にはほぼ周知されているくらいに考えていた方がいいかもしれない。

式典を前に婚約破棄をされた私が、一体どの面《つら》を下げて式典に参加するのかと心躍らせる者達も少なからずいるはずだが、そこにパートナーを伴って参加すれば私の面目は保たれるはずだ。今ここで既に相手がいると告げてしまえば、彼女の好奇心を無駄に煽《あお》ってしまう恐れもあったため明言はしなかったが、それでもウィルというパートナーがいるという事実は大きな安心感を与えてくれていた。

空気を悪くしてしまったことをカリッサ様にお詫《わ》びをして、一足先に馬車へと向かう。護衛の手をとり馬車に乗りこみ一息ついたところで、コンコンと馬車の扉が叩かれた。

「失礼します。お嬢様、庭師の男が落とし物を拾ったと……」

顔を覗かせた護衛が、小さく頭を下げる。

「まあ、親切な御方ね」

「いえ、それが……なぜか自らお嬢様に直接お渡ししたいと主張しておりまして……」

困惑を顕《あら》わにした護衛に、目を瞬《しばたた》く。貴族の邸に仕える使用人が客人に興味を持つことはあまりないが、そういえばカリッサ様が庭園の手入れのために臨時の庭師を雇ったとも言っていた。普段、貴族と接することのない人間が、憧れまじりに面会を希望しているのかもしれない。

「いかがいたしましょうか？　念のため身体検査も行いましたが怪しい点はなさそうですし、もしお嬢様が直接受け取られるのでしたら我々護衛も側に控えますが……」

「いいわ、直接受け取ります」

護衛の困惑した様子からして、相当粘《ねば》られたのだろう。護衛達もついてくれるのならば危険もないし、会う会わないの問答を繰り返すのも時間の無駄だ。馬車から降りればすぐに、つばの広い帽子を両手に握りしめた白いシャツと作業ズボンの青年が目に入る。きっちりと分け目に合わせてまとめられた髪型の彼は、自信なさそうに背中を丸めている様子だったが、こちらを認めると慌てた様子で勢いよく頭を下げた。

「と、突然の非礼をお詫びいたします！　こここちらディルフォード公爵家の家紋が刺繡されていたため、お忘れ物かと思いまして。直接お渡しすべきかと思い、その、御無理を申し上げました！」

緊張のせいか早口で言い切った彼は、おどおどと落ち着かない様子で近くにいた護衛に手にしていたものを渡す。護衛を通して渡されたものは、ディルフォード公爵家の家紋が刺繡されたハンカチであり、確かに自分の物だった。いつ落としたのかはわからないが、落とし物をするくらいには今日の出来事に動揺していたのかもしれないと、つい苦笑を漏らしてしまう。

「確かに私のものですわ。ご親切に拾ってくださりありがとうございます」

「よ、喜んでいただけて嬉しいです！」

礼を述べれば、青年は俯いたまま照れたように頭を搔《か》いた。直接の面会を熱心に望んだり私の言葉に照れてみたりと、その行動にはこちらへの好意が感じ取れるのだが、向かい合っているにもかかわらず先程から青年はその顔を俯けたままで目線が合うことはない。彼自身の性格によるものなのかもしれないが、貴族と目を合わせることを恐れる平民も多いと聞くし、キツイ顔立ちをしている私を目の前にすれば、どうしても相手を委縮《いしゅく》させてしまうだろう。面会を希望した手前、彼の方から早々にこの場を去ることはできないだろうし、こちらから話を切り上げてあげるのがせめてもの優しさかと小さく苦笑を漏らした。

「それでは私はこれで――」

「あ、あの！　先程のお茶会でのお言葉、素敵でした！」

突然の言葉に驚いてしまう。目の前には相変わらず顔を俯けたままの青年の姿があった。

「まあ、ありがとうございます」

どうやら彼は思ったよりも貴族に好意的だったらしい。婚約破棄を知られたことには少々顔が引き攣りそうになるが、素敵でしたと言われれば悪い気はしなかった。

「凛《りん》とした立ち居振る舞いに、女公爵と揶揄《やゆ》されようとも折れない強い心。そんな真っ直ぐさが素敵だと思いました！　やっぱり『お嬢様』はかっこいいです」

――？

ふとした違和感に瞬きを繰り返す。リンクス伯爵邸に臨時で雇われた庭師である彼が、なぜ私のことを『お嬢様』と呼ぶのだろうか。

ざわつく心中を顔には出さないように相手の様子を窺い見れば、先程まで背を丸めて落ち着きのなかった青年はすっと背筋を伸ばし、見覚えのある表情を浮かべた。

「あは、気付きません？」

「――ウィル!?」

その名前を声に出して、慌てて口を塞《ふさ》ぐ。私の声に柄《つか》を握った護衛達に向かって、知り合いだから大丈夫だと小声で伝えた。そんな様子をニヤニヤと見ているウィルは、至極楽しそうである。

「な、なんで貴方《あなた》ここに……」

「お嬢様が心配で、伝手《つて》を頼ってお茶会の様子を見に来たんですよ。何か問題が起こってお困りだったら助けに入ろうかな、なんて思ってたんですけどねぇ」

ウィルの言葉に、一気に肩の力が抜けてしまった。使用人に心配される雇い主もどうかと思うが、実際にあの事件が起こったことを考慮すると、彼の予想はあながち外れていない。

「……そういうことをするなら事前に知らせなさいよ」

「あはは、すみません。でも全然出番なかったんで」

ぴっちりと固めていた頭をガシガシと掻き普段の無造作な髪型に戻れば、もうまごうことなき庭師を装ったウィルそのものだった。なぜ気付かなかったのかと己《おのれ》の勘《かん》の鈍《にぶ》さに呆れていれば、距離を詰めてきたウィルに、いつものように覗き込まれる。

「本当にお強いですよね、お嬢様。結局自分で解決しちゃうんだから、俺の手助けなんて必要ないんだなあって、自分の無力さを実感しちゃいました」

なんだかいつになく寂《さび》しそうな表情を不思議に思う。いつもの軽口かと思っていたのに、存外しんみりとした様子に拍子抜けしてしまった。

「何言ってんのよ」

近すぎる顔を目の前に、その鼻を摘《つ》まむ。私の行動に護衛達がぎょっとこちらを見たのがわかったが、鼻を摘まれている本人がにこにこと笑っているから問題ないだろう。

普段顔面を摑まれている彼は、鼻を摘まれるくらいなんてことないはずなのだが、なんだかその笑顔がいつもと違い空元気《からげんき》のように感じて、ふとその手を放してしまった。身体を翻して馬車の方へ向ければ、「お嬢様？」と呼ぶ声が背中にかかる。

「……そのずうずうしい態度や近すぎる距離感はどうかと思うけど、ウィルの腕は買っているし信頼しているわ。じゃなきゃ専属になってほしいなんて言わないでしょう？　それに――」

首だけで後ろを振り返り、声のトーンを落として小さく呟《つぶや》く。

「この間のことも、心から感謝しているわ」

あの日、下町に連れ出してもらい話を聞いてもらえたからこそ、クラウス様とのことにけじめをつけられた気がする。今日、彼の支えたい人だという彼女に会っても心揺さぶられなかったのは、少なくともあの日ウィルに話を聞いてもらったおかげだった。一方的な婚約破棄という辛い状況から立ち直らせてもらった相手に、自分の手助けなんて必要ないだなんて思わせるのは、雇い主として、人としても絶対に嫌だった。

「はは、ほんとお嬢様ってば、俺を喜ばせるのが上手なんですから」

視線の先には、いつもの軽口のように返事をしながらも、頭を掻きながらなんだか照れているようなウィルの姿があった。言葉通り少しでも彼を喜ばすことができていたのなら何よりだ。今日のことだって依頼した仕事でもないのに、私を心配してここまで来てくれるのだから、義理堅《ぎりがた》い情報屋である。近いうちに臨時手当でも出すかと考えていると、不意に視界が陰《かげ》った。

視線を上げれば、いつの間に回り込んできたのか相変わらず近すぎる位置にウィルの顔が覗いている。反射的に伸ばした手は、ひょいとかわされてしまった。

「後悔しないでくださいね？」

「……何を後悔するってのよ」

「あは、秘密です」

楽しそうに笑うその顔を摑んでから思いきり遠ざけると、二度目の護衛達の視線が突き刺さった。

こんなふざけた応酬を楽しそうに何度も繰り返すウィルは、相当な変わり者なんだろう。変な男に懐《なつ》かれたなと思いながらも、彼とのやりとりを心地良く感じている自分がいた。

◇◆◇

「……ウィル、貴方暇《ひま》なの？」

「はい？　めちゃくちゃ忙しくしてますけど」

書類を片手に声をかけた私に対して、ソファに寝そべっていた相手は被《かぶ》ってきた帽子を指先でくるくると回しながら言葉を返す。いつもの詰襟シャツにサスペンダースラックスの男が自室のソファで寛《くつろ》いでいる姿に、思わず深い溜め息を吐いた。

彼が私の自室に現れたのは小一時間前のこと。呼んでもないのに現れたことから、てっきり先日のリンクス伯爵邸で起こった一件について報告でもあるのかと思っていたのだが、いつものようにソファの上で寛ぎ始めると、しばらく経《た》ってもだらけたままで延々と雑談を繰り広げていた。

クラウス様からの婚約破棄があった日から、明らかにウィルが顔を出す頻度《ひんど》が上がっている。初めは式典のパートナーを務めるための打ち合わせでもする気なのかと思っていたのだが、それらしき話をするでもなく、顔を出してすぐに去る日もあれば、私の自室でただただ寛いで帰る日もあった。

以前から依頼ごと以外でもたまに姿を見せる情報屋ではあったが、ここ最近は邸の使用人達からまた来てましたねと苦笑されるほどだ。それほどまでに我が公爵家に肩入れしているのならば専属を考えてくれないかと聞いてみたものの、いつものごとく「事情があるんですよねぇ」とのらりくらりとかわされている。

一体何を考えているのかと呆れながらも、執務机で書類に目を通しつつ話を聞いていたのだが、あまりにも延々と続く雑談につい口を挟んだのが先程の質問だった。それに対し、真面目な表情でふざけた返答をしてくるのがウィルという男である。いつ来客があっても対応できるようにと、外出の予定はなくても朝からきっちりとドレスを着こんでいる自分が馬鹿らしくなってくる。

「時給で雇っていたのなら解雇も視野に入れていたかもしれないわね」

「あっ酷い！　俺のこと暇人だと思ってますね!?」

「少なくとも今この時点では」

冷ややかな視線と共に微笑みかけると、わかってないなぁと肩を竦《すく》めたウィルは、ソファの肘置《ひじお》きに顎《あご》をのせるようにしてこちらを見上げた。

「俺は情報屋ですよ？　こうやって何気ない雑談を繰り広げながら、色々と情報を集めるのも仕事の内なんですから。今だって、ほら色々と情報を集めているんですよ」

「ふうん。そうなのね」

「あっその疑いの眼差《まなざ》し、いいんですか？　今日この部屋に来て気付いたこと、口にしちゃいますよ？」

社交界屈指《くつし》の悪役顔である私から向けられた鋭い視線を、疑いの眼差しだと茶化《ちゃか》せる度量《どりょう》は正直大したものだと思う。素直に感心していれば、ウィルは不敵《ふてき》に微笑み返してきた。

「別にいいけれど？」

やれるものならやってみろと口にした言葉に、ウィルはにんまりと笑って、すっとその腕を上げた。

「あそこの本棚、一冊追加しましたね？」

その指摘に、ぎくりと身体が強張《こわば》る。

彼の指し示したその先には、私がこっそりと業者に頼んで仕入れてもらっているロマンス小説達が並んでいた。ロマンス小説とは男女の深い恋愛模様を描いた大人の女性向け作品であり、それを好んで読んでいるということはあまり口外《こうがい》できるような趣味ではない。しかし、自室になんて基本的に自分と専属侍女しか入らないことから、特に隠す必要もないかと本棚に並べてしまっていたのだが、まさかそれをウィルに把握《はあく》されていたとは思いもよらなかった。

ひやりと冷たいものが背中をつたう。

そもそも貴族女性の自室にしょっちゅう出入りしているウィルが非常識なのだが、それはそれとして、女性の夢が詰まった恋愛小説をディルフォード公爵令嬢が好んで読んでいるだなんて事実を周囲に知られるわけにはいかない。幸い彼が把握しているのは本の冊数くらいのようだから、このまま何事もなかったようにやり過ごせばいい。

動揺を抑え込み表情を取り繕《つくろ》っている様子をどう思ったのか、不服《ふふく》そうに口を尖《とが》らせたウィルはじとりとした視線を向けてきた。

「もしかして当てずっぽうだって疑ってます？　情報屋はこういう細かいところから、ちゃんと把握してるんですよ。そこにある本棚のタイトルだってちゃんと頭に入ってます。追加されたタイトルは『騎士の手で姫君は淫《みだ》らに――」

「わわわかったわ！」

とんでもない言葉が飛び出しそうになったところで、腰を浮かせながら慌てて奴の言葉を遮《さえぎ》った。

私の様子に瞬きを繰り返している相手は、今自分が口にした単語の意味を理解していないのだろうか。この情報屋、羞恥心《しゅうちしん》をどこかに捨ててきたのかもしれない。

「貴方の仕事ぶりが見事なことはわかったから、そこの本棚に並んでいる本達のことは忘れてちょうだい」

咳払《せきばら》いをしつつ落ち着き払って告げれば、ウィルは「別にいいですけど」と軽く呟く。

「こういう系統の本ってなんて呼ぶんですか？　恋愛小説？　耽美《たんび》小説？」

忘れてほしいと伝えた言葉は、右から左へ受け流されたらしい。興味津々《きょうみしんしん》な眼差しを向けられてしまえば、もう誤魔化《ごまか》すことは諦《あきら》めるしかないと悟り、脱力しながら再び腰を落ち着けると、深い溜め息を吐いた。幸いにも相手は自分の情報屋、周囲への口止めぐらいはできるだろう。

「……貴族女性の間では、ロマンス小説って呼ばれることが多いわね」

半《なか》ばやけくそ気味にウィルに答えながら、先程まで目を通していた書類に手を伸ばす。私の返答に「へぇ」と相槌《あいづち》を打ったウィルは、ひょいと身体を起こすと例の本棚の前に立った。

「お嬢様って騎士が好きですよねぇ。並んでる本の半分くらいはお相手が騎士のようですし、居酒屋のときもそんな話してましたよね」

「憧れよ、憧れ。ロマンス小説のお相手は、大体騎士か貴族か王子様って決まってるのよ」

「ふぅん？」

私の返答に気のない返事を口にしたウィルは、急に静かになった。

どうせ本棚を物色しているのだろうからちょうどいいと、気にせず書類の確認を進めていれば、ふいに手元が陰る。嫌な予感がして顔を上げれば、案《あん》の定《じょう》ウィルが満面の笑みでこちらを覗きこんでいた。

「それなら俺と買いに行きませんか？」

「はい？」

「本ですよ、本」

本とはロマンス小説のことだろうか。女性が好む、女性の夢が詰まった、女性向け恋愛小説であるロマンス小説を、男性であるウィルと一緒に買いに行くという提案に、理解が追いつかずポカンと口を開けてしまう。そんなこちらの様子なんてお構いなしに、ウィルは楽しそうに続けた。

「いやあ、お嬢様の本棚見てると、他にはどんなものがあるのかなって気になっちゃって。お嬢様、詳《くわ》しいんだったら、俺に教えてくれたらいいじゃないですか。なんならサラに協力してもらってこの前の格好で行けば、周囲にお嬢様だってバレることなく気分転換もできちゃいますよね？」

「私は別に気分転換なんて――」

「リンクス伯爵邸での一件から、いつ来ても執務机にいますよね？　ずっと気を張ってません？」

的を射たウィルの指摘に、思わず言葉を失う。言われてみれば確かにあの日以来、机に齧《かじ》り付くように公務に打ち込んでいた気がする。それは手持無沙汰《てもちぶさた》になってしまうと余計なことを考えてしまうからだったのだが、自分でも気が付かない内に気を張っていたのだろうか。

元婚約者とその新恋人と確実に顔を合わせてしまう立太子の式典を前にして、思っていたよりも緊張していたのかもしれない。何も考えていないようにしか見えなかったのに、自分より私のことを理解しているウィルに、なんだか悔しさを覚えた。

「……確かに、言われてみればそうかもしれないわね」

素直じゃない自分の言動に、向かい合う彼は嫌な顔をするどころか目尻《めじり》を下げるようにして、にんまりと微笑む。

「そうでしょう、そうでしょう。そんなときこそ気分転換ですよ」

「やけに気分転換を押してくるのは、何か理由があるわけ？」

「やだなぁ、理由なんてありません。ただの下心です。ほら前に言ったでしょ？　お嬢様とのデートなら大歓迎だって」

そんなことを言われたことがあるような、ないような。ウィルが毎日のように軽口を叩いてくるせいで、その手の言動はもはや当り前のように聞き流していた。

「そう言われたような気もしなくはないわね」

「あっ忘れてました？　酷い、傷つきました。お詫びにデートしてください」

やけに押してくるウィルを見て何をたくらんでいるのかと思うが、害意はないのだろう。指摘された通り、立太子の式典を前に気を張っていたこともあるし、本当に彼がロマンス小説に興味を持ったのであれば、来月の式典のパートナーを務めてもらうお礼を兼ねて提案に乗るのもやぶさかではなかった。

「まあ、別にいいけれど」

私の返事に、ウィルは「やった！」と声を上げる。

執務机の横に控えていたサラも全面協力してくれるということで、午後から下町へと出かけることにしたのだった。

◇◆◇

お忍び用の公爵家の馬車を離れた場所に停《と》め、ウィルに案内されるように下町を進めば、すぐに目的地に到着した。両隣より一回り大きいレンガ造りの建物を見上げれば、視界の端《はし》に揺れる黒髪が映《うつ》る。以前下町に出かけたときと同様の変装を施してもらい、白シャツと紺色のスカートの上に外套《がいとう》を羽織り眼鏡《めがね》を装着した。本日は日中の外出のため、念には念を入れてつばの大きな帽子を目深に被っている。大通りに面したこの書店は、彼曰《いわ》く下町で一番大きな書店らしい。中に入れば、髭《ひげ》を蓄《たくわ》えた壮年の男性に声をかけられた。

「やあウィル、久しぶりじゃないか」

「ハンクさん久しぶり。今日はプライベートだから、そっとしておいてほしいな」

「はは、素敵なお嬢さんも一緒だしな。二人の時間を楽しむといい」

そう言いながらウィンクを飛ばしてくる男性に小さく会釈《えしゃく》を返すと、前を歩くウィルに続くようにして足を進める。書店の中には、客らしき人達がちらほらと見えた。

「あの人、ここの店主なんですけど同業なんですよねぇ。よくお世話《せわ》になってるんです」

「ああ、なるほど」

それであんな様子だったのかと、ウィルと同じ情報屋だという男性を思い浮かべた。

そして同時に、相手が同業者だというのならば、先程今日はプライベートだと伝えていたウィルの言葉を否定するべきだったのではないかと気付く。今からでも戻るべきかと思っていたところ、前を歩くウィルの足が止まった。

「この辺ですかね？」

彼の言葉に顔を上げると、目の前の本棚には確かにロマンス小説がびっしりと並んでいた。

「俺みたいな初心者にも読めそうな本ってあります？」

本当にいいのだろうか、と半ば背徳感《はいとくかん》のようなものを感じながらも、本人が望むならばと咳払いをして手を伸ばす。

「……それなら、このあたりはどうかしら」

以前読んだことのある、比較的健全な内容の本を数冊手に取って並べてみせた。

「ふうん？　じゃ、これにします」

私のオススメからあっさりと一冊選んで手にしたウィルは、再び本棚へ向き直る。

「オススメしてもらったんで、次は俺がオススメしますね」

そう言うが早いか、ウィルはこれとこれと……と呟きながら本棚の本を次々手に取って、私の両手の上に積み上げはじめた。

「ちょ、ちょっと!?」

「なんです？　あっ今日はデートなんで俺のおごりですから」

「そういうことを心配してるわけじゃ――」

「あっこれもお嬢様の本棚になかったなぁ」

次から次に積み重ねられる本の背表紙を見てみれば、『愛《いと》しの年下王子』『末っ子王子と閨《ねや》指導』『第四王子の一途《いちず》な愛』と並んでおり、そこにはあからさまな共通点が見える。

「……ウィル、本の選び方に作為《さくい》を感じるのだけれど」

「あれ、バレました？」

「あからさますぎよ」

ウィルは私の言葉をははと笑いながら聞き流しつつも、まだ増やそうとしているのか目の前の本棚を眺めている。以前居酒屋でウィルから第二王子を薦《すす》められたときに、はっきりと却下したつもりだったのだが、伝わっていなかったのだろうか。

「いやーこういう本を読めば、その気になってもらえるかなって」

「前回はっきりナシだって言ったでしょう？　理由も添えて」

「はは、そうでしたね。ちゃんと理由もお伺いしました」

こちらの言い分を気にした様子もなく、ウィルは本棚を見つめたまま、まだ『年下王子』が相手になっている本を探しているようだった。そんな姿を目にして、ふとした疑問が湧いてくる。

一度却下したにもかかわらず、第二王子との婚約を薦めてくるという彼の行動には、ウィルの背後にいる別の雇い主が関係しているのだろうか。

ここ最近私のところに入り浸《びた》っているとはいえ、自分の専属でないウィルには他人の思惑《おもわく》が介入《かいにゅう》する可能性がある。ディルフォード公爵家と王家の婚姻が成立して喜ぶ人物、もしくはディルフォード公爵令嬢と第二王子との醜聞《しゅうぶん》が流れることによって得をする人物を頭に浮かべ、その思惑を推察しようとして頭《かぶり》を振った。ここには気分転換に出てきたのだから、こんなところに来てまで政治的作為を考察するのも馬鹿らしい。そもそもウィル自身が別の雇い主について一切《いっさい》口を割らない時点で、どんな仮説を立てたとしても、ただの憶測《おくそく》でしかなかった。

考え込んでいた間にも追加された本達によって腕の重みもなかなかのものになってきている。更に追加しようとしているウィルに、呆れまじりの溜め息を吐いた。

「……そもそも、こういう本と現実は別だと思うのだけれど」

「え、そんなもんです？」

本棚に手を伸ばしかけていたウィルが、きょとんとした顔でこちらを振り返る。そんな彼の様子を見て、小さく肩を竦めた。

「たとえば現実の恋人が騎士だからって、騎士がお相手の物語ばかりを読むわけではないと思うの。現実と違った恋愛模様だからこそ、没入《ぼつにゅう》して読むことができるんじゃないかしら」

ロマンス小説では、苦境《くきょう》に立たされたヒロインが颯爽《さっそう》と登場したヒーローに救いだされることが多い。しかし、ディルフォード公爵令嬢として育った私は、何不自由なく育てられたおかげで苦境に立たされたこともないし、周囲から遠巻きにされたり揶揄されたりすることがあっても自分の力で立ち向かってきた。

自分自身の置かれている状況とは明らかに違う設定が多いロマンス小説だが、現実と違うからこそ、理想や夢を見させてくれるものでもあると感じている。

「物語の中だから、安心して恋愛に振り回されてドキドキハラハラできるのよ。現実だったら、心臓がもたないわ」

そう口にしながら、先日の婚約破棄の一件を思い出す。婚約破棄なんてロマンス小説では何度も目にした展開ではあったし、現実でさえも何度か遭遇《そうぐう》したことがあった。しかし、当事者となって初めてその痛みを経験した気がする。あんなにも苦々しく、心を締め付けられるような心地になるとは思っていなかった。

そんなことを考えていれば、ふと手元が軽くなる。どうやらウィルが、私の手元に積み重ねていた本を持ち上げたらしい。

「ま、これは俺からお嬢様へのプレゼントってことで。ちょっと会計してきますね」

「えっあ、ちょっと!?」

こちらの返答などお構いなしに、ウィルはどこかへと姿を消した。相変わらず一方的な性格だと思いつつも、手持無沙汰になった私は、目の前の本棚へと視線を移す。さすが下町一の書店ということもあり、自室の棚には並んでいないタイトルも多く並んでいた。

指を滑らすように確認していれば、これまでも何冊か読んでいた著者の最新作を発見して、ウィルのオススメとは別に購入してしまおうかと思案していると、とんとんと肩を叩かれる。思っていたよりも戻りが早かったなと思いながら振り返ると、そこにいたのはウィルではなく、見知らぬ青年だった。

「ねぇ、君一人？　何してるの？」

自分より頭一つ分背の高い相手は、人なつっこそうな笑みを浮かべている。首元の開いた白いシャツにスラックスというごく一般的な平民の身なりをした青年は、少し身体を屈《かが》ませるようにして、ブーツの先でとんとんと床を叩いた。

「見慣れない顔だし、この辺の人じゃないよね？」

彼の言葉に、うまく言葉が出てこない。耳に心臓が移動してしまったかのように、どっどっと心臓の音が大きく響いてくる。

——これはもしや、『声掛け』というものだろうか。

道行く女性に対して、初対面にもかかわらず親しげに話しかけて口説《くど》くというのが『声掛け』と呼ばれる行為である。

外出中に声掛けをされるだなんてロマンス小説では定番中の定番だが、ディルフォード公爵令嬢という肩書のせいか私自身のキツイ顔立ちのせいか、これまでの人生の中で一度も経験したことはなかった。

お茶会などで、お忍びで下町に散策に出たら声掛けをされて困ったという話を耳にするたびに、内心羨《うらや》ましく思っていたのだが、まさか自分に声掛けをしてもらえる日が来るだなんて思ってもみなかった。サラの力を借りたこの変装に感謝するしかない。声掛けという人生初の体験に心躍りそうになりながらも、そんなことを考えていると相手に知られるわけにもいかず、なんとか口元を引き結ぶ。

「良かったら俺が案内しよっか？」

人の良さそうな青年から手を差し伸べられ、やはり声掛けだったのだと喜びを噛《か》みしめながら、小さく咳払いをした。まるで物語のような展開に舞い上がってしまったが、見た目を偽っているとはいえ私はディルフォード公爵家のコーネリアである。声掛けをしてくれた青年には申し訳ないが、ここははっきりお断りさせていただこう。

「申し訳ございません。今日は私一人では――」

「俺の彼女に何か？」

声と同時に青年の後ろから顔を出したのは、購入したらしい本を手にしたウィルだった。ロマンス小説さながらのタイミングで現れたウィルに内心感動していると、ウィルを目にした青年がその目を大きく開いた。

「え、ウィルじゃん。久しぶり」

その様子を見て、ウィルも何かに気付いたかのようにその目を見開く。

「その声、キール？　髪型変わってたから一瞬わからなかった」

明らかに顔見知りである二人のやりとりに、右に左にと顔を振ることしかできない。

「何？　最近顔見せなかったじゃん。元気？」

「見ての通りだよ」

「はは、元気そうでなにより」

和やかな二人の会話が目の前で繰り広げられる様子を、ただただ茫然《ぼうぜん》と見つめていた。どうやら、声掛けをしてくれた相手はウィルの知り合いだったらしい。ロマンス小説では声掛け相手を撃退する展開が定番だったため、なんだか肩透《かたす》かしを食らった気持ちになる。いや、そもそも私とウィルではそんな展開に発展するような関係ではないのだから、がっかりする必要もないのだが。

「なんだ、ウィルの彼女だったのか。明らかに育ち良さそうで浮いてたから、心配して声かけちゃったよ」

「あ、そうだったんだ。心配させてごめん」

そんな二人のやりとりにより先程の行為が声掛けではなかったことが判明した瞬間、心の内で羞恥心が大噴火《だいふんか》を起こした。

――今すぐこの場から消え去ってしまいたい。

できればこのまま二人を置いて走り去ってしまいたいが、相手がウィルの知り合いならば、先程からウィルが口にしている「彼女」という表現については否定しておく必要がある。そうは思うのだが、二人の会話に口を挟むタイミングを見つけられないほど、勘違いに舞い上がっていた自分が恥ずかしくて、赤面しそうになる顔面を押さえ込むことに必死だった。

「じゃ、またね」

私が羞恥心と格闘している間に二人は会話を終えたらしく、青年は手を振りながら去って行ってしまった。書店に残された私達の間に、なんとなく気まずい沈黙が落ちる。この空気感はなんだろうと落ち着かないでいると、突然隣からくっと噴きだすような笑い声が上がった。視線を向ければ、顔を背けつつ口元を押さえているウィルの姿がある。

「……気のせいだったら申し訳ないんですが、お嬢様。さっきキールが話しかけたのが声掛けじゃないってわかって動揺してませんでした？」

「えっな、なんで!?」

「珍しく顔に出てたもんで」

言い当てられてしまえば、私の顔はみるみるうちに熱を帯《お》びていく。

くくっと笑い声を漏らしつつ、口元を押さえているウィルに恨みがましい視線を送るものの、彼の言い当てた内容に何も言い返すことができない。

「……しょうがないでしょ。人生初の声掛けをされたと思ってたのに違ったんだから。ちょっとだけ浮かれていたせいで、余計にショックが大きかっただけよ」

事実を口にすれば余計に恥ずかしくなり、なんとなく口を窄《すぼ》めてしまう。そんな私の顔を当たり前のように覗き込んだウィルは、いつものようににんまりと微笑んだ。

「それなら俺が声掛けしてあげましょうか？」

「なんで知り合いから声掛けされなきゃいけないのよ……」

ははっと楽しそうに笑い声をあげたウィルを見て、溜め息まじりに脱力する。彼の要望通り本を買えたのだからと急《せ》かすように書店を出ると、離れた場所に停めていた馬車へと向かった。今日は邸を抜け出していたわけではなかったので、我々から距離を取りながら護衛をしてくれていた者達も連れて、下町を後にする。揺れる馬車の中でふと、聞き忘れていたことを思い出した。

「そうだわ。ウィル、式典用の衣装に希望はあるかしら。今回は一から作るわけじゃないから大きな変更はできないけれど、ある程度の要望であればそれに沿うように仕立て直してもらうわ」

元々立太子の式典用には、男女対になる衣装を発注していた。その衣装を採寸《さいすん》した上で、パートナーを務めてくれるウィル用に仕立て直す予定にしていたのだが、幸いにもクラウス様とウィルの背格好《せかっこう》がそう変わらなかったため、大きな仕立て直しは要らないだろうと先延ばしにしてしまっていたのだった。

簡単な直しであれば直近でも受け付けてくれると聞いているが、既に式典の日まで二週間を切っているため、そろそろ確認しなければと思っていた。

「あ、大丈夫です。自分の衣装はこっちで用意しますんで」

「そうなの？」

王家主催の式典に着て行くような服を情報屋が簡単に仕立てられるのかとも思うが、そういえば彼には身分の高い別の雇い主がいたのだった。これまでもそういった仕事を請け負《うお》ったことがあるのかもしれない。

「それに、お嬢様と対の衣装を着た俺がパートナーとして登場したら、お嬢様のご希望された『後腐《あとくさ》れない関係』だと周囲から思われなくなっちゃいますよ？」

「なるほど、それもそうね」

一ヶ月前に婚約破棄されたはずの私が、対の衣装を身に着けたパートナーを伴《ともな》って式典に参加すれば、ウィルは次の婚約者だと思われかねないし、なんなら私が先に浮気していたのではないかとあらぬ噂を立てられるかもしれない。依頼主よりも依頼内容をしっかりと理解しているあたり、ウィルの優秀さに感心してしまう。情報屋というよりも、もはや便利屋と呼んでもいいほどの対応能力に、この分なら心配はないだろうと馬車の背もたれに背中を預《あず》ければ、向かいに座っていたウィルが何かを思い出したようにあっと声を上げた。

「要望を聞いてもらえるなら、お嬢様の装飾品に紫水晶を使ってもらいたいです」

「紫水晶？」

「はい、紫水晶。あんまり目立つ場所じゃなく、他の宝石と併せてさりげない感じで」

聞き返したのは、その宝石が名前の通り紫色をしているからだった。パートナーに自らの色を纏《まと》わせる行為は、恋仲や夫婦ではよくあることだ。

一瞬ウィルが私に好意でも示してきたのかと思ったが、そもそも薄茶色の髪にヘーゼルの瞳をした彼に紫色の要素はない。そんな容姿の彼が、自分に縁のない色を指定すること自体がおかしなことだった。

「まあ問題はないし、別にいいけれど」

「はは、やった」

訝しく思いながらも、パートナーの偽装に協力してくれるのだからと多少の不自然さには目を瞑《つぶ》る。

「当日、楽しみにしてますね」

そう言いながらへらりと笑うウィルを見て、やはり底知れない相手だなと感じるのだった。

◇◆◇

部屋には、カリカリと文字を書く音と書類を捲《めく》る音が響いていた。

「お嬢様、そろそろ休憩にしては？」

執務机に着いていた私は、サラからかけられた声に顔を上げる。時計に視線を向ければ、思っていたよりも時間が経っていたようだった。

「そうね、お茶の用意を」

「はい」

両手を上げて軽く伸びをすると、ドレスの袖の薄布が揺れた。立太子の式典を前に外交関係の訪問は減ってはきているのだが、気を抜くわけにはいかないと今日も例のごとく来客用のドレスを身に纏っている。今日も一日書類仕事で終わる予感がしながらも、手元に広げていた書類をまとめていれば、いくつか書類の山を作ったところで、ことりと机に温かいお茶が置かれた。立ち昇るいつもの香りにほっと息をつきながら、優秀な側付き侍女であるサラに微笑みかける。

「ありがとう。いい気分転換になるわ」

「お役に立てれば何よりです」

お茶を口に含みながらぼんやりと部屋を眺めていると、ふと部屋の中央にあるソファが目に留まる。今は静まり返っているこの部屋で、喧《やかま》しいほどに騒いでいた人物を思い浮かべ、つい眉間に皺《しわ》が寄ってしまった。

——アイツ、突然姿を見せなくなったわね。

少し前まで毎日のようにソファで寛いでいたウィルが、ぱたりと姿を現さなくなったのは数日前からのこと。クラウス様から婚約破棄をされるまでは週に一度姿を現す程度だったことを考えれば、以前に戻っただけではあるのだが、ここ最近毎日姿を見ていた奴が突然姿を見せなくなったせいか、若干の寂しさを感じていた。

「ぱたりと姿を見せなくなりましたね」

私の視線の先に気付いたのか、側に立っていたサラがポツリと呟く。

「仕事が忙しいんでしょう。来週には立太子の式典を控えているし」

立太子の式典を目の前にして、社交界もどこか落ち着かない空気が漂《ただよ》っていた。彼の雇い主は高位貴族だろうし、熱心な第一王子派であったならば、立太子の式典を迎えるまでの今の時期が正念場だろう。

そう思いながらも、当日のパートナーを任せている立場からすれば、突然訪問が途絶えることについては少なからず不安にも感じていた。

——他家での仕事が多忙だからって、このままばっくれたりしないわよね？

嫌な想像に蓋《ふた》をするようにして、席を立つ。気分転換に外の景色でも眺めようと窓の近くに立てば、意外な光景が目に映った。窓から見える庭園には、一組の男女が立っている。恐らく厨房《ちゆうぼう》勤めの使用人である女性は野菜の入った籠《かご》を手にしたまま、盛り上がる会話に笑みを浮かべており、向かい合う男性は照れるように頭を掻いていた。すらりと伸びた背にいつもの帽子と詰襟シャツ、スラックスをサスペンダーで留めた薄茶色の長ったらしい前髪の男性は、数日前から姿を現さなくなっていた情報屋のウィル本人であり、向かい合う女性の言葉に嬉しそうに何度も相槌を打っている。

話の区切りがついたのか、女性に手を振られたウィルは、はにかみながら何度も頭を下げると、その場を去って行った。その場に残された女性は満面の笑みでその後ろ姿を見送ると、手にしていた野菜の籠を大事そうに抱えて厨房の方へと歩き始める。

「……ああいう女性がタイプなのかしら」

厨房へと向かう彼女は二十代半ばくらいで、少しふっくらと肉付きのいい体格に、薄茶の髪は二つに分けて緩く三つ編みに結んである。身に着けているお仕着せがよく似合い、気立てがよく穏やかそうな、まさに家庭的といった雰囲気の女性だった。少なくとも、胸部のあの重量感は羨ましい。平民であるウィルならば、身元がはっきりしている上に人格的にも問題のない公爵家の使用人は、身分的にも釣り合いが取れた、まさに理想の恋の相手だろう。

「ウィルが気になりますか？」

サラの言葉に、はっと顔を上げる。どうやら、考えていたことを口に出してしまっていたらしい。取り繕うように咳払いをしながらも、頭の中でサラの言葉を反芻していた。ウィルが気になるかと問われれば、確かに気になる存在ではある。だが、なぜ気になるのかと考えると、しっくりした答えが出てこなかった。

いくら専属になってほしいと誘っても他の雇い主との関係を切ることなく、その雇い主の正体も一切明かさない謎に包まれた存在だからか。はたまた人をからかうような態度で、至近距離に顔を近づけたり軽率な口説き文句を口にしたりする相手にほだされてきているからなのか。

それとも――。

「私がウィルに好意を抱いている可能性はあるのかしら」

「私に聞かれてもなんとも答えられませんね」

思わず口にした疑問を、サラはばっさりと切り捨てた。サラはどこかウィルを毛嫌いしているような節があるため、こういう話も正直に口にしやすい。

「まあ万が一、私が彼に好意を抱いたとしてもどうにもならないでしょうから、あまり気に留める必要もないわね」

おどけるように肩を竦めながら、窓枠に寄りかかる。

「と、言いますと？」

興味が湧いたのか聞き返してきたサラに、安心してと前置きをした上で言葉を続けた。

「私とウィルだと身分が違いすぎるでしょう？　情報屋と公爵令嬢だなんて、ロマンス小説にするにしても無理があるわ」

「世の中には、身分差があるからこそ盛り上がってしまう方々もいるようですけど」

「そういった方達は、貴族としての面子《メンツ》よりも愛の方が大事なのでしょうね」

そういえば以前セシリアもそんなことを言っていたと思い出し、ついつい苦笑が漏れてしまう。

「生憎《あいにく》私はディルフォード公爵令嬢として、捨てられないものが多すぎるもの。もし仮に、万が一私とウィルが想い合うような関係になったとしても、せいぜい『愛人』が関《せき》の山《やま》よ」

「ぶっ」

突然飛んできた声は、静かな室内に響き渡った。声のした扉の方に視線を向ければ、予想通りの人物が立っている。いつからそこにいたのかはわからないが、先程の会話を聞かれてしまったことは間違いないだろう。声の主は口元をその手で押さえつつ、肩を震わせて笑っているようだった。

「……ウィル、立ち聞きとはいい趣味ね」

「すみません、部屋の前まで来たら俺の名前が聞こえて――ふっ」

どうやらウィルは笑いが抜けきらないらしい。

「どこから聞いていたの？」

「お嬢様と俺とでは、身分が違いすぎるってあたりですかね？」

しっかり盗み聞きしていたらしい相手に冷たい視線を向けてやるが、口元を押さえ顔を伏《ふ》せたままの相手には全く何の効果もなかった。

仮定の話として好意だのなんだのと口走ってしまったが、まあ概《おおむ》ね事実しか口にしていないのだから問題もないだろうと、この話についてはこれ以上触れないようにする。窓から離れ、部屋の中央にあるソファに腰を落ち着けると、サラに二人分のお茶の用意を依頼した。

「それで？　ここ数日突然姿を見せなくなったのは、やはり来週の立太子の式典が理由なのかしら？」

探りを入れるつもりで口にしたのだが、私の言葉をどう受け取ったのか、なぜか表情を輝かせたウィルはその頬を緩めた。

「いきなりそんなことを聞くなんて、俺に会えなくて寂しかったんですか？　嬉しいなぁ」

「どうしてそうなるのよ……」

締まりのない笑みを浮かべる相手に脱力しつつ、ソファの背もたれに沈み込む。上機嫌な様子で足取り軽く部屋に入ってきたウィルは、当たり前のように私の向かいに腰を下ろすと、にんまりとその笑みを深くした。

「俺を『愛人』にしたいって思ってくれたんですよね？」

「は？」

「いつから俺のことをそんなふうに意識してくれてたんですか？　今日ですか？　昨日ですか？」

矢継《やつ》ぎ早《ばや》に続けられる言葉に、先程の仮説をどう切り取ればそんな解釈になるのかと、思わずこめかみを押さえてしまう。

「もしかしてさっき、他の女性と会話してる姿を見かけて嫉妬《しっと》しちゃいました？　お嬢様から嫉妬してもらえるなんて、今まで口説いてきた甲斐《かい》があったなぁ」

「……その口、縫い付けてやろうかしら」

「あは、その辛辣《しんらつ》な感じも嫌いじゃないですよ」

終始にこにこと上機嫌を隠さない相手に、盗み聞きするならちゃんと最後まで聞き取りなさいよと心の中で毒づいてしまうが、ここで言い返しても先程の話題を蒸し返すだけだろう。

「あっ先に弁明しときますと、先程庭園で彼女と話していたのは、お嬢様のお話ですからね？」

「私の話？」

訝しく思って聞き返せば「ですです」と、やたら嬉しそうにその頭を縦に振った。

「お嬢様は元気かと声をかけられたので、式典前で緊張しているかもとお伝えしたら、公爵家使用人に伝わるお嬢様幼少期の武勇伝《ぶゆうでん》の話になって盛り上がってしまいました。盛り上がりついでにお嬢様の素敵なところを語っていたら、身分違いだろうけど応援するわって親身になってくれて嬉しかったなぁ」

ウィルは、ぽっと照れたようにその両手を頬にあてている。公爵家使用人に伝わる私の武勇伝とは一体なんのことなのか気になるが、それよりも使用人になんて紛《まぎ》らわしい言い回しをしているのかと頭が痛くなる。先程サラが、ウィルが気になるのかと突然聞いてきたのも、今回のように誤解を招くような言動をあちこちで繰り返しているからなのかもしれないと、ついつい冷めた視線を向けてしまった。

「やだなぁ疑ってます？　俺はお嬢様一筋ですし、浮気なんてしないから安心してください」

浮かれた様子で片目を瞑る相手に、ずるりとソファから落ちそうになる。浮気を疑われたと喜んでいる相手に、どこから訂正すればいいのかと頭を抱えそうになるが、この不毛なやりとりを続けていても奴のペースに乗せられるだけだろう。話題を変えるべく、小さく咳払いをすると姿勢を正した。

「浮気しないと言うなら、まずは私の専属になるべきよね」

「あっ痛いところを突かれちゃいました」

そう答える彼は、あははと笑い声を上げながらわざとらしく薄茶の頭を掻いた。そのおどけた仕草を見る限り、あくまで他の雇い主について口を割る気はなく、専属になるつもりもないのだろう。

結局こちらが知りたいことについて教える気はないことを悟り、小さく嘆息すると、テーブルに置かれたカップへと視線を落とした。

「それで、ここ数日は忙しかったんでしょう？」

そう口にすれば、締まりのない笑みを浮かべるだけだった彼も、僅かながらその顔に疲れを滲《にじ》ませる。

「あーまあそうなんですよ。人使いの荒い別の雇い主にこき使われて、ようやく一段落着いたと思っても、まだまだやることが山積みでして。このままだと式典までこちらに顔を出せなくなっちゃいそうだったんで、隙を見てお嬢様に癒《いや》されに来ました」

　というわけで癒してくださーいと口にしながら両手を広げてこちらに寄ってきたので、その顔を掴んでソファへと投げ返す。珍しく見せた疲れ顔も一瞬だけで、中身は相変わらずのようだった。手酷くあしらわれても嬉しそうに笑っている様子に、つい苦笑を漏らしてしまう。

「……私ほど、癒しに縁遠い存在もいないわよ」

　社交界でも、私がいるだけで緊張するだとか背筋が伸びるだとか言われることはあるが、間違っても癒されるとか落ち着くだのと言われたことはない。元婚約者だって、私が側にいると自分が惨めになると言っていた。そんな私に癒しを求めるだなんて、どう考えても人選ミスだと自嘲の笑みを浮かべていれば、向かい合うウィルはなぜかその瞳を細めながらじっとこちらを見つめていた。

「お嬢様わかってないなぁ。そういうところですよ、ほんと」

「何の話よ」

「いえいえ、お嬢様は謙虚《けんきょ》だなぁって話です」

　こちらを煙に巻くような返答に、呆れまじりの溜め息を溢しながら、ゆっくりと背もたれに背中を預ける。

「全く質問の答えになっていないけれど、どうせちゃんと説明する気はないんでしょう？」

「さすがお嬢様、話がわかるぅ」

「軽口しか出てこない口は、縫い付けてしまっても問題ないわよね？」

　こちらの辛辣な言葉をものともせず、ウィルはただただ楽しそうにけらけらと笑っていた。

「……この時期忙しいってことは、別の雇い主の方は第一王子派なのね」

「あーすみません。そこは愛しのお嬢様にも教えてあげられないところなんですよねぇ」

「『愛し』のは余計よ」

大げさに頭を抱えるような仕草をするウィルを見やりながら、ゆっくりと頬杖《ほおづえ》をつく。

よく考えてみれば、彼がこちらにあからさまな好意を口にするときは、何かを誤魔化しているときが多い気がする。そう考えてみると、これまで耳にしてきた好意的な言葉全てが、真実を誤魔化すための隠れ蓑《みの》だったように思えて、なんだか胸の奥にすっきりしない靄《もや》がかかった。理解できない心中の変化を感じながらも、所詮は情報屋と雇い主の関係だと湧き上がった謎の感情に蓋をする。

「当日まで忙しいことはわかったわ。何かあればこちらから連絡するから、それまでは別の雇い主の仕事に従事なさい」

「わーお嬢様が優しい！　ありがとうございます！」

両手を上げてあまりに大げさに喜ぶウィルを前にして、つい顔が綻んでしまう。式典本番を目の前にして、忙しくしていたのは自分も同じだ。またウィルに肩の力を抜いてもらったなと、ひっそりと自嘲していると、いつのまにか目の前に現れた彼が微笑みを浮かべながらこちらを覗き込んでいた。

「当日楽しみにしてますね。俺、お嬢様とダンスを踊るつもりなんで、心の準備しておいてくださいね？」

「……何の準備がいるってのよ」

大げさな物言いに口元を緩ませながら、至近距離に出てきたその顔を掴む。そしていつも通りひっぺがして遠くへやれば、酷いと訴えるウィルのその顔は笑っていた。

そんな日常的なやりとりをしただけで、なんだか当日もうまくいくような気がしてくるのだった。

三章　立太子の式典

揺《ゆ》れる馬車の中から窓の外を見ると、徐々《じょじょ》に王城に近付いて行くのがわかる。あれから公務に準備にと追われるままに、気が付けばあっという間に立太子《りったいし》の式典当日を迎えていた。ふと視線を落とせば、己《おのれ》のドレスが目に映る。それはいつもの深紅《しんく》の色ながらも、本日の式典のために新しく仕立てたものだった。中心部の刺繍《ししゅう》や袖《そで》口の意匠《いしょう》など元婚約者と揃《そろ》えたデザインとして仕立てたことを思い出し、口の中に苦いものが広がる。

あの日以来、ウィルはディルフォード公爵《こうしゃく》邸に姿を見せていない。向かいに座っている両親には彼にパートナーを依頼したことを話してあるが、ウィルならば安心だと二つ返事で了承《りょうしょう》されてしまった。専属《せんぞく》でもない情報屋に、どうして両親が全幅《ぜんぷく》の信頼を寄せているのか理解できず、何度か尋ねてみたものの、二人は言葉を濁《にご》すばかりで結局はっきりとした回答は返ってこなかった。

ふと賑《にぎ》やかな声が耳に入り、カーテンの隙間《すきま》から覗《のぞ》けば、外には子供達が小さな国旗を振りながら走り回る姿があった。平和な光景《こうけい》に、口端が緩《ゆる》む。国中が第一王子の立太子を喜び、近い将来王太子妃となるセシリアを歓迎する。今日の式典は、二人の門出《かどで》を祝う場だった。

後から知って驚かせるよりはと、セシリアには内々に手紙で婚約破棄《はき》されたことを報告した。式典当日用のパートナーは確保できたから安心してほしいと併せて記していたが、返ってきたのは『式典終了後、可及的速《かきゅうてきすみ》やかに報告に来い』という内容だった。

晴れ舞台を目の前に控えた時期に、時間を取らせるのも気が引けると思って手紙にしたつもりだったのだが、相変わらず世話焼きな性格の彼女の心遣《こころづか》いを感じてしまい、ついつい頰《ほお》が緩んでしまった。

コンコン、と扉が叩《たた》かれる。揺れも収まり、いつのまにか王城へ着いていたようだ。扉が開かれると、招待客である貴族達が次々と馬車を降りて行く様子が目に入る。先に両親が降りて行くのを見送って、扉を出る前に深くゆっくりと呼吸を整えた。馬車を降りれば貴族の戦場が待っている。

——ディルフォード公爵家の一人として、恥じることのない行動をしなくては。

そう心の中で誓うと、馬車の外へと一歩踏み出したのだった。


「コーネリア様、お話伺《うかが》いましたわ。ルガート伯爵家の御子息《ごしそく》から婚約破棄をされたとか」

両親と行動を別にして早々捕まったのは、なかなかに面倒くさい相手だった。私の進路を塞《ふさ》ぐように立ちはだかり、目にも鮮やかな真っ赤なドレスを身に纏《まと》って、さも同情を示すかように大げさな溜《た》め息を溢《こぼ》すのは、次期ロイトニー公爵夫人であるレーニカ様。赤みがかった金色の巻き髪に大きな垂《た》れ目が特徴の彼女は、学園の同級生であり、三年前のロマンス劇でセシリアに無実《むじつ》の罪を着せようとしていた張本人でもあった。

「まさかコーネリア様が、立太子の式典にお一人でお越しになるだなんて驚きましたわ。本当に残念ですわね」

肩にかかった巻き髪を大げさに払い、こちらの表情を窺《うかが》うように上目遣いの視線を向けてくる彼女は、私の醜聞《しゅうぶん》を耳にして嬉々《きき》として情報収集をしたのだろう。

残念ですわねと口にしながらも、嬉しげな心の内が透《す》けて見えるようだった。

「あら、一人だなんて誤解ですわ。パートナーが少し遅れておりますの」

社交の笑顔を貼り付けて、にっこりと微笑《ほほえ》みかける。セシリアの元婚約者――もといロイトニー公爵家の嫡男《ちゃくなん》も彼女の後ろにいるのだが、気まずいのかこちらと目を合わせようともせず、何を口にするでもなくレーニカ様の側《そば》でただただ立っているだけだった。三年前にも思ったが、とにかく情けない。仮にも公爵家に生まれた人間ならば心を寄せた婚約者の行動にはちゃんと責任を持てと思うし、セシリアを貶《おとし》めてまでレーニカ様を選んだのだから、しっかりと手綱《たづな》を握っておけと心の中で悪態《あくたい》をつく。

レーニカ様は私の言葉にしばらく瞬《まばた》きを繰《く》り返していたものの、やがて合点《がてん》がいったように「ああ」と声を上げて大げさに首を縦に振った。

「まあ、遅れていらっしゃるんですの？　それはそれは、式典が終わるまでに間に合えばいいですわね」

おほほ、と高らかに笑い声を上げる彼女は、私のパートナー発言を虚勢《きょせい》だと思っているのだろう。

パートナーを確保しているのは事実なので、どう返してやろうかと思考を巡《めぐ》らせ、はたと気が付いた。ウィルについて私が知っていることは「情報屋」という職業だけであり、彼の家名も知らなければ爵位《しゃくい》も聞いていない。よくよく考えてみれば待ち合わせ場所も、王城で落ち合うと言われただけで、詳細を決めていなかったことを笑顔の下で後悔した。

「ご心配ありがとうございます。到着しましたらご紹介いたしますわ」

「まあ！　楽しみにしておりますわね」

レーニカ様と笑顔で嫌味《いやみ》の応酬《おうしゅう》をしながら、ウィルの奴どこにいるのよと心の声が漏れそうになったとき、ぐいっと肩を引かれた。身体《からだ》が傾《かたむ》き反射的に見上げると、そこには見知らぬ男性が立っている。紺色の生地に白の刺繍の入った落ち着いた正装に、アクセントとして胸元に光る白銀のクラバットピン。濃紺《のうこん》の髪に深紫の瞳、整った顔立ちの男性がこちらに微笑みかけているが、さっぱり心当たりがなかった。

いや、この顔どこかで——。

「お話し中に失礼。コーネリア嬢、お待たせして申し訳ございません」

——この声、ウィル!?

動揺を悟《さと》られないように表情を取り繕《つくろ》いながら周囲を確認すると、パートナーはいないものだと思い込んでいたレーニカ様は、あんぐりと口を開けて驚いていた。

「ま、まあ！　コーネリア様ったらお人が悪いですわ。ちゃんとパートナーがいらっしゃるではありませんか！」

最初からそう申し上げておりますが、という言葉は、そのまま呑《の》み込んでおくことにする。式典を前にして、騒動を起こすわけにはいかない。

「初めてお会いする方かしら？　私はレーニカ・ロイトニーと申しますわ」

「ウィル・ラーヴァントです。幸運にも、本日コーネリア嬢をエスコートできる栄誉《えいよ》を賜《たまわ》りました」

「ま、まあ！　辺境伯《へんきょうはく》に連《つら》なる血筋《ちすじ》の方でしたのね。私、存《ぞん》じ上げなくて大変失礼いたしましたわ」

情報屋として会っていたときには見たこともないウィルの優雅《ゆうが》な笑みに、レーニカ様は頬を赤く染めつつ熱のこもった息を漏らす。

「レーニカ、そろそろ」

「あっはい！　失礼いたしますわ。またお話しいたしましょう」

面白くなかったのだろうロイトニー公爵令息《れいそく》が声をかければ、レーニカ様は名残惜《なごりお》しそうな視線を向けつつも会場へと立ち去ってしまった。できるならもう少し早く声をかけなさいよと思いながら、現れたウィルらしき人物に視線を向ける。

「……ウィル貴方《あなた》、辺境伯の血縁《けつえん》だったの？」

「いえいえ、違います。言ったでしょ？　雇い主から貴族相手の仕事を請《う》け負《お》ったときに、名乗っていいと言われている家名です」

濃紺の髪を掻《か》き上げながらその顔に柔和《にゅうわ》な笑みを浮かべる男性は、普段のウィルとは似ても似つかない風貌だが、その声は確かにウィルのものだった。それにしても、ラーヴァント辺境伯は建国当時から続く由緒《ゆいしょ》正しい家柄だ。その家名を名乗る許可を出せる家なんて限られてくる。

「……アンタの雇い主って何者よ」

「守秘義務がありますので。それよりお嬢様、一瞬俺だってわかってなかったでしょ？　惚《ほ》れ直しました？」

いけしゃあしゃあと言ってくるが、そもそも私がウィルに惚れていた事実はない。

「……変装が上手なのは知っていたけど、瞳の色まで変えられるなんて知らなかったわ」

「ああ、瞳は今のが素ですよ。下町に出るにはちょっと目立つんですよね、この色」

『瞳は』と口にしたということは、他はまだ偽《いつわ》っている部分があるということなのだろう。ここまで変わられると、ウィルの本当の姿がどれなのかわからなくなってくるが、もう考えるだけ無駄だと思えてくる。相変わらず食えない相手だと思いながら、ウィルにも聞こえるように深く溜め息を吐《つ》いた。楽しそうにこちらを見つめている相手に向かって、ゆっくりと手を差し出す。

「……エスコートしてくれるんでしょう？」

その言葉に、貴族らしい装いに身を包んだウィルは、目を細めて微笑んだ。

「もちろん、喜んで」

私の手を取るその所作《しょさ》すら嫌味なほどに完璧《かんぺき》で、一体今までどれだけ自分を偽っていたのだと文句の一つでも言いたくなる。しかし、今日のパートナーとしては最高の相手だった。

今日の式典には、恐らくクラウス様が例の彼女を連れて姿を現すだろう。お茶会で突然話しかけてきた彼女が、今日の式典で再び接触してくる可能性は大いにあった。支えたくなる女を演じられるほどに頭の回る彼女に対抗するためには、ウィルの存在は非常に心強い。ウィルの腕に添えた手に力を込めれば、すぐ隣からくすりと笑むような気配がした。

「行くわよ、ウィル」

「お任せください、お嬢様」

そう答えたウィルは、私の一歩に合わせるようにしてその足を踏み出したのだった。

◇◆◇

会場内には既に多くの貴族が集まっていた。人々は賑やかに言葉を交わし合い、主役二人の登場を待ちわびる明るい空気に満ち満ちている。入場の際に、私とウィルもそれぞれの名前を読み上げられたのだが、特に悪目立《わるめだ》ちすることもなく会場に入ることができた。

周囲から疑《うたが》いの目は向けられていないものの、ウィルが名乗ったのは確実に偽名だ。それでも入ることができるなんて王城の警備は大丈夫なのだろうか。後日、匿名《とくめい》で警備強化の要望書を送っておくことにしよう。会場内を大きく見回して人の少なそうな場所を探していると、不意にウィルが顔を寄せる気配があった。

「あーあれですよね？　例のお相手」

ウィルに耳打ちされて指差す方を見れば、見慣れた元婚約者とその腕に抱きつくように身を寄せる女性の姿が視界に入った。楽しそうにはしゃいでいる女性は、明るい金髪がふわふわと揺れ、コロコロと変わる表情がなんとも愛らしい。俗《ぞく》っぽい言い方をしてしまえば男受けの良さそうな御令嬢であり、その姿は先日カリッサ様主催のお茶会で声をかけてきた彼女に間違いなかった。先日会ったときよりも一段とフリルとレースがふんだんに盛り込まれた薄黄色の衣装に身を包んだ彼女は、さながら春の妖精《ようせい》のようである。

望んだとおりに『支えたい人』の側にいられるようになって、隣に立つ元婚約者はさぞ幸せそうな顔を——しているかと思いきや、なぜか彼の視線はこちらに向けられ驚いたようにその目を大きく見開いていた。

「……なんかすんごい見られてますけど、挨拶《あいさつ》に行きます？」

「結構よ。婚約破棄を受け入れたとき、今後は赤の他人として接してもらうようお願いしたもの」

それに元婚約者と会話をするということは、必然的に隣の彼女から話しかけられる機会を与えてしまうことにもなる。セシリアの晴れの舞台で、派手にやりあうのは避けたかった。

元婚約者から視線を外すと、ウィルの腕を引っ張るようにして彼らのいた場所から距離を取る。先程見つけた人の少なそうな場所を目指したつもりだったが、元婚約者達に気を取られていたのがまずかったのか、目的地に向かう途中でうっかり貴族達の輪に突っ込んでしまった。噂《うわさ》好きの彼らのもとに、婚約者ではない男性をパートナーとして連れてきた私が突っ込むということは、飢《う》えた獣《けもの》の前に肉塊《にくかい》を差し出したようなものである。

喜色満面《きしょくまんめん》の様子で「まあ！」と声を上げたご婦人達は口々に「そのお方は？」「どのようなご関係で？」と質問を口にすると、あっという間に周囲を固めてしまった。先程のレーニカ様のような悪意《あくい》はないとしても、貴族同士のやりとりは平民《へいみん》の情報屋には荷が勝ちすぎるだろう。ウィルに代わって言葉を返そうとすれば、さりげなく顔を寄せてきた彼に「お任せください」と耳打ちをされる。

その行動に瞬きを繰り返しているうちに、周囲を見回すように視線を送ったウィルは、ご婦人方のいる方向に向かって首を傾《かし》げると、はにかむような微笑みを浮かべた。

「コーネリア嬢とは家同士の関係から旧知《きゅうち》の仲でして、本日のパートナーとして選んでいただけたことを心から嬉しく思っているんです。次期女公爵と名高いコーネリア嬢の隣に並べるだなんて、一度限りでも光栄《こうえい》なことですから」

照れたように視線を俯《うつむ》けるその姿は、お前は誰だと問いたくなるほどに儚《はかな》げだ。その姿を見て、周囲のご婦人方はうっとりと溜め息を溢す。

貴族相手に流暢《りゅうちょう》に対応をこなすウィルに心底驚きながらも、顔には出さないよう笑顔を心がけた。

こちらの要望《ようぼう》通り「本日のパートナー」であり「一度限りでも光栄」だと、「この場限りの後腐れのない関係」を印象付ける物言いにも驚かされる。

これほど貴族の扱いに長《た》けているのならば、もう情報屋など辞めてどこぞの若燕《わかいつばめ》にでもなれば楽ができるのではと考えてしまうほどだ。ウィルに夢中になっていたご婦人方との話を終え、ひっきりなしに訪れていた貴族達の対応をあらかた終えると、断りを入れて軽食のスペースへと場所を移す。周囲に人がいないことを確認すると、隣の男はにんまりとその顔に笑みを浮かべた。

「どうでした？　俺、役に立ったでしょう？」

「そうね、非常に助かったわ。貴族相手の応対が手馴《てな》れすぎてて驚いたくらいよ」

「それを言うならお嬢様だって、臨時《りんじ》パートナーの俺を連れて貴族の輪に突っ込んでいくだなんて驚きましたよ」

　ウィルの指摘《してき》に返す言葉もなく、ただただうっと令嬢らしからぬ呻《うめ》き声を漏らす。後腐れのない相手としてウィルを連れているのに、目立ってしまっては本末転倒《ほんまつてんとう》だ。己の失態《しったい》に頭を抱えるしかない。

「……悪かったわ。逃げ込む場所を間違えたのよ」

「お嬢様って、そういう抜けてるとこありますよね」

　うるさいわねと悪態をついていると、にやにやとからかうような笑みを浮かべていたウィルのもとに、一人の警備兵が現れた。

　何やら耳打ちをしているようだが、こっそり耳を澄《す》ませてもその声は聞き取れない。やがて伝言を終えて一礼した警備兵が去って行くと、ウィルは面倒臭そうに口を開いた。

「すみません。せっかくお嬢様との楽しい時間だったんですが、別の雇い主に呼ばれたので一旦《いったん》離れます。城内での用ですし、すぐに戻りますからここに居てくださいね」

「貴方も忙しいわね。もうすぐセシリアが登場するはずだから、早く帰って来なさいよ。二人のファーストダンス見たいでしょう？」

「それは別にどちらでも。ああ、でもお嬢様とは踊りたいですけどね」

　冗談《じょうだん》を言いながら、ウィルはこの場を去っていく。恐らく後をつければ会場にいるであろう別の雇い主を知ることができるだろうが、それでウィルからの信頼を失う方が惜しい気がした。彼も私との契約を嫌がっているそぶりはないし、おいおい専属になってくれればそれでいいだろう。適当に近くの飲み物をもらって喉《のど》を潤《うるお》す。王家主催の行事に出される葡萄酒《ぶどうしゅ》は流石《さすが》一級品だったが、なぜか先月下町で飲んだキンキンに冷えたエールの方が美味《おい》しく感じた。

徐々に会場が騒がしくなる。そろそろ式典が始まるのだろう。周囲を見回してみたが、ウィルが帰ってくる気配はない。もしかしたらどこかで御令嬢に囲まれていたりするのかもしれないが、まあ奴なら自力であしらえるだろう。先程のような百戦錬磨《ひゃくせんれんま》のご婦人方に対応できる男が、令嬢ごときに手こずることもないはずだ。セシリアの晴れ舞台を誰かと共有できないのは残念だが、私一人でもしっかり目に焼き付けようと会場の一番大きな扉を見つめた。

「第一王子アルフレッド様、アンダーソン侯爵《こうしゃく》家セシリア様、ご入場です」

宣言と共に開かれた扉の先には、第一王子のアルフレッド様。そしてその隣には、眩《まぶ》しいほどに美しいセシリアがいる。同じ意匠を凝《こ》らした純白の衣装には、二人の瞳の色を意識したサファイアやアクアマリンがちりばめられていた。各所に見える金の刺繍はセシリアの髪の色を意識しているのだろう。

アルフレッド様が手を差し伸べ、セシリアは笑顔でその手をとる。会場内へ向けて二人揃って礼をとれば、割れんばかりの拍手が起こった。アルフレッド様のエスコートで入場してくるセシリアは、贔屓目《ひいきめ》なしにこの国一番の輝きを放っている。第一王子の隣に並び立ち、幸せそうに微笑むセシリアを見て、思わず感動の涙が滲《にじ》みそうになった。これを見ることができただけでも、偽名のパートナーを連れてまで式典に参加した甲斐《かい》があったというものだ。

会場奥で二人を迎えた国王陛下から、アルフレッド様へ王位継承権《けいしょうけん》を示す王笏《おうしゃく》が、王妃様からセシリアへブローチが授けられる。立太子の宣言がなされ、並び立つ二人には惜しみない拍手が送られた。その後ダンスフロアに降り立った二人は、奏《かな》でられる音楽に合わせてファーストダンスを踊り始める。そんな姿を見ていると、二人の結婚式も近いと実感して再び目頭《めがしら》が熱くなった。

三年前、婚約破棄の現場を目の当たりにしたときは、まさかこんな幸福な結末が訪れるとは思っていなかった。淑女たるもの人前で無駄に涙を流すわけにはいかないが、胸が熱くなるほどの幸福感を与えてくれた二人に心から感謝したい。

二人の完璧なダンスが終わると、再び拍手が響き渡った。感動の余韻《よいん》に浸《ひた》りながら、会場にいる一人として、私も王太子殿下とセシリアに向けて惜しみない拍手を送った。主役二人がダンスフロアから王族用の観覧席に移動すると、招待客もダンスに参加することができるようになる。一組二組と手をとりあった男女が前に進む中、私はややこしいダンスのお誘いややっかみから逃れるために身を隠そうと思ったのだが、私の紅髪は余程《よほど》目立つらしかった。

「ディルフォード公爵令嬢様」

呼びかけられたその声に、嫌な予感がしながらも振り向かないわけにはいかない。ゆっくりと視線を向ければ、その声の主は案《あん》の定《じょう》、先程元婚約者の隣にいたふわふわの金髪令嬢であり、カリッサ様主催のお茶会で声をかけてきた御令嬢その人だった。そのお茶会で名乗られたはずなのだが、無礼《ぶれい》を流そうとなかったことにしたせいで、その名前を全く思い出せない。彼女の側に立つ元婚約者は、なぜか落ち着かない様子でおどおどとこちらに視線を向けている。何か言いたいことがあるのかもしれないが、こちらは特に用事もないので、声をかけてきた彼女を真《ま》っ直《す》ぐに見《み》据《す》えた。

「覚えてくれていますか？　私、マリーリカ・ガレウスです」

初対面で下位貴族から声かけや名乗りをする行為は、上位貴族に対する非礼となる。前回同様に社交マナーに反した名乗りに辟易《へきえき》しつつも、表面だけは穏やかな笑みになるよう心がけた。どんな思惑《おもわく》があるにせよ、社交の基本マナーを無視した振る舞いをしている時点で、彼女が下位貴族であることは間違いないだろう。

「ディルフォード公爵令嬢様は、本日の式典に来られないかもと思っていたので、お会いできて嬉しいです」

こてんと首を傾げた相手は、まるで背後《はいご》に花でも背負っていそうな可憐《かれん》な笑みを浮かべた。以前のお茶会で会った際、パートナー探しに困っているのではと聞いてきたその口から、再会を喜ぶ言葉が出てくるあたり、本当に面《つら》の皮《かわ》の厚いタイプなのだろう。やはり頭の回る人だと確信し、厄介《やっかい》な相手に絡まれたものだと心の内で嘆息する。なるべくなら、セシリアの晴れ舞台で揉《も》め事を起こしたくはない。お茶会のときのように真正面から言い返すことは簡単だが、できれば穏便《おんびん》に事を収めたかった。

この面倒な相手をどうやって煙《けむ》に巻こうかと思案しながら、己の顔に淑女の笑みを貼り付ける。

「初めまして、マリーリカ様。せっかくお声かけいただいたところに恐縮ですが、わたくし人を待っておりますの。ダンスも始まりますし、パートナーの方と踊って来られてはいかがですか？」

にっこりと微笑みかけながら、暗に貴女達《あなた》に構っている暇はないと伝えてみる。これだけでも元婚約者には十分伝わったようで、顔を強張《こわば》らせた彼は慌《あわ》てた様子で隣の彼女にエスコートの手を差し伸べた。これで去ってくれるなら幸いと思ったが、そう簡単にはいかないようで、差し出された手を跳《は》ね除《の》けるように押し返したマリーリカ様は、ずいとその身をこちらに乗り出してくる。

「お待ちになられているのは、先程パートナーとして同伴《どうはん》されていた方ですよね？　お二人はどういったご関係なんですか？　いつからお知り合いなんですか？」

先程まで囲まれていた御婦人達と同じような質問に、貼り付けた淑女の笑みに辟易《へきえき》が滲みそうになる。

「彼は旧知の知り合いですわ」

私の返答に納得がいかないのか、マリーリカ様は眉間《みけん》に皺《しわ》を寄せているが、その後ろでホッとした表情を浮かべる元婚約者が視界に入った。なぜ彼が安心するのだろうと思ったが、見て見ぬふりをする。

「旧知のお知り合いということは、これまでも交流があったということですよね？　もしかして、二人は以前から想《おも》い合う仲だったんじゃないですか？　クラウス様との婚約中にもかかわらず、貴女の心は既にあの方が――」

「ま、マリーリカ」

「クラウス様にも関係あることですよ？　クラウス様が知らなかっただけで、実は浮気されていたのかもしれないのに！」

言葉を挟んだクラウス様に、彼女は厳《きび》しい口調で詰め寄った。憶測《おくそく》でしかない話をあたかも真実のように声高《こわだか》に口にするのは、私が浮気をした可能性を印象付けようとする意図があるのだろう。

社交界に身を置く立場上、こういった悪意ある噂をでっち上げられることはままあった。いつものように売られた喧嘩《けんか》は買いたいところだが、今はセシリアの晴れの舞台である立太子の式典の真っ最中である。できることなら今日ばかりは相手を派手にやり込めることは避けたいが、どうしたものかと目の前の二人を眺めていれば、彼女の口車に乗せられたらしい元婚約者が、おずおずとこちらに視線を向けてきた。

「コー……ディルフォード公爵令嬢、彼女の言った話は、その……本当なのかい？」

恐る恐る口にされたその言葉に、思わず目を見開いた。赤の他人として接してほしいという私の希望は覚えていたのか、途中で呼び名を訂正《ていせい》してくれたことには感謝しよう。しかし、八年間の長きにわたる婚約期間に培った信頼関係は、最近知り合ったはずの彼女のたった一言で崩《くず》れ落ちるようなものだったのだろうか。ありもしない不貞《ふてい》を疑われるほどに彼の信頼を得られていなかったのならば、それは私の落ち度であり反省点なのだろう。しかし、作為《さくい》に満ちた彼女の一挙一動《いっきょいちどう》に翻弄《ほんろう》される元婚約者を目の前にして、失望の溜め息を溢しそうになる。

「先程も申し上げました通り、彼は旧知の知り合いであり、それ以上でもそれ以下でもありません。ディルフォード公爵家の者として、婚約者のいる立場にありながら他に懸想《けそう》するなど不誠実《ふせいじつ》な真似《まね》はいたしませんわ」

淡々と告げれば、身に覚えのある『不誠実な真似』という言葉に元婚約者は慌てたように「そ、そうだよね」と口にしながら何度も頷《うなず》いてみせた。

「……本当に浮気をしていないだなんて信じられません。突然婚約破棄をされたにもかかわらず、すぐにパートナーが見つかるのっておかしいですよね？　ディルフォード公爵令嬢様には、ついこの間までクラウス様っていう婚約者がいたはずなのに」

そう言いはなった彼女は、まるでこちらを値踏《ねぶ》みするかのように、その大きな目をゆっくりと細めた。

私の何が気に食わないのかはわからないが、彼女はどうしてもこちらの非をでっち上げたいらしい。私は性格上、降りかかる火の粉《こ》を払うのは得意だが、話をうやむやにしたり相手を煙に巻くようなやり方は嗜《たしな》んでこなかった。セシリアの手前、揉め事を起こさないよう心掛けてきたが、ここが限界かと深く溜め息を吐き、覚悟を決めて顔を上げれば、その瞬間《しゅんかん》ざわりと周囲が騒がしくなった。

「ま、マリーリカ。ダンスの前に、陛下から何かお話があるようだよ」

彼女の肩に手を置いた元婚約者は、先程立太子の宣言がなされた壇上《だんじょう》の方に無理やり彼女の身体を向ける。私もつられて視線を動かせば、壇上には会場内を見渡す陛下と、一人の青年の姿があった。白を基調《きちょう》とした衣装に施《ほどこ》された金細工《きんざいく》、華やかな彼の身なりはその身分の高さを物語っていた。先程の会場のざわめきは彼の登場によるものだろう。場内の注目が集まったことを確認すると、陛下はゆっくりと口を開いた。

「長らく他国へ留学《りゅうがく》していた第二王子が帰国したため、ご挨拶させていただこう」

陛下のお言葉に続くようにして、隣の青年は優雅に一礼する。

「ウィリアムです。長らく国を空けていましたが、これからは兄の支えとなれるよう精進《しょうじん》してまいります」

第二王子の挨拶に、会場から歓迎の拍手が送られた。陛下は留学と口にされたが、毒殺未遂の件は会場内の貴族ほぼ全てが知るところであり、王位継承争いを起こさせないために、これまで第二王子の身を隠していたことは明らかだった。毒殺未遂以来、長きにわたって病床《びょうしょう》に臥《ふ》せっていたと聞いていたが、恐らく全快《ぜんかい》したのだろう。長い間病床にあったにもかかわらず、紹介されたウィリアム殿下は、予想以上に健康的な体格と肌色をしていた。国王陛下譲《ゆず》りの太陽を溶かしたような美しい長髪を束《たば》ね、優雅に微笑む姿はなるほど貴公子に相応《ふさわ》しい出《い》で立《た》ちだ。

「お披露目《ひろめ》も兼ねて、ウィリアムにダンスの口火を切らせよう。お相手は会場にいる御令嬢からウィリアムに選ばせていただく」

陛下の言葉と同時に、周囲から黄色い歓声が上がる。マリーリカ様も例外ではなく、第二王子に視線が釘付《くぎづ》けになっていた。

先月私達が婚約を解消したばかりであるため、書類上彼女と元婚約者はまだ正式な婚約を結んでいないのだろう。あわよくばと第二王子に夢を見ている様子が見てとれた。

——マリーリカ様が第二王子に気を取られている今が好機《こうき》だわ。

待ち合わせているウィルには悪いが、これ以上揉め事を大きくしたくない。周囲の関心が第二王子に注がれている内に二人から離れようと、彼らに気付かれないよう足音を忍ばせながら壁の方に向かう。二人と同じ空間にいてはまた見つかってしまうかもしれないと、そろりそろりと軽食スペースを出て、バルコニーに向かうことにした。ウィルには後で謝れば許してくれるだろう。身を隠すように移動していると、少しずつ大きくなるざわめきが耳に入ってくる。きっと第二王子がどこその御令嬢の手をとったのだろうと気にせず足を進めていたのだが、なぜかその歓声が更に強まっているように感じ、不思議に思って顔を上げると周囲の貴族達と目が合った。

第二王子に集中していたはずの視線が、なぜこちらに向けられているのか。疑問に思う間もなく、ぽんっと肩に手が置かれる。

「どちらに行かれるのですか？　ディルフォード公爵令嬢」

振り返ると、先程壇上にいたはずの第二王子が微笑んでいた。

「え……？」

心なしかその笑顔の裏に、怒りと圧力《あつりょく》が感じられる。今まで一度も会ったこともなく面識《めんしき》のない第二王子から、怒りを買うような覚えは全くなかった。

突然のことに動揺しながらも会場中の視線を集めてしまっている今、ディルフォード公爵令嬢として毅然《きぜん》と対応しなければならない。小さく咳《せき》払いをすると、姿勢を正して相手と向き合った。ここまで逃げるように会場を動いていた事実は、なかったことにしてしまおう。

「……わたくしに何か御用《ごよう》でしょうか、殿下」

「存外《ぞんがい》貴女の足が速くて驚きましたよ。追いつけないかと思いました」

にっこりとおっしゃるが、それはまさかマリーリカ様を避けて移動していた私の後を、追いかけてこられたということだろうか。知らぬ間に非礼をはたらいてしまっていたのかと、冷や汗が背中を伝う。青くなっているだろう私の顔色を見て、なぜか嬉しそうな笑みを浮かべたウィリアム殿下は、膝《ひざ》を折りこちらに手を差し伸べた。

「私と一曲、踊ってくださいませんか？」

なぜ第二王子からダンスの誘いを受けているのか、全く理解できない。頭の中は真っ白で、そこかしこに疑問符が飛んでいる状態であるが、第二王子のお誘いの言葉に年若い令嬢が上げた悲痛《ひつう》の叫びが耳に入り、幸いにも正気を取り戻した。

この国の貴族令嬢として、王子殿下のお誘いを断るわけにはいかない。

「……光栄です」

差し伸べられたその手を取り、ダンスフロアの中心へとエスコートされる。相変わらず頭の中は混乱したままだが、体面上涼しい顔をしていられるのは、これまでの淑女教育の賜物《たまもの》だった。

無尽蔵《むじんぞう》に湧《わ》いてくる疑問符を閉じ込めて、顔だけは平静を装う。

音楽に合わせて第二王子お披露目のダンスが始まり、身体を動かしていれば、少しは冷静な思考が戻ってきた。長らく病床にいたというから、まるで深窓《しんそう》の令嬢のような手足をされているのだろうと想像していた第二王子だが、意外にも十分に背も高く均整《きんせい》の取れた体つきをしているようだ。

「突然の誘いに驚かれましたか？」

掛けられた声に視線を上げると、目を細めて微笑むウィリアム殿下がいる。

「このダンスが終わったら、貴女に求婚しようと思っています」

「求婚」の言葉に再び思考が止まりそうになりつつも、なんとか平静を装う。なぜ私なのかと口に出しかけて、はたとその真意に気付いてしまった。

第一王子が王太子となった今、第二王子は臣下《しんか》へ降《くだ》ることとなるが、長らく身を隠していた彼には何の後ろ盾もなく爵位を与えるとしても心許《こころもと》ない。王子が臣下に降った場合、与えられる爵位は公爵位と相場《そうば》が決まっているのだが、相応の人材を側に置いたとしても、今の彼に公爵位は負担が大きすぎるだろう。そこで白羽《しらは》の矢が立ったのが私だ。公爵位を継承する予定で婚約者のいない私は、彼にとっても周囲にとっても最も合理的《ごうりてき》で理想の政略結婚相手なのだろう。妙に納得して、混乱しながらも実は舞い上がっていた自分が恥ずかしくなった。

「……殿下でしたら私など選ばずとも、もっと若く美しい御令嬢が見つかりますわ」

にっこりと淑女の笑みを浮かべて、遠まわしな断り文句を口にする。貴族の令嬢として育てられたのだから政略結婚は当たり前。そんなことわかりきってはいるのだが、第二王子との婚約だけは避けるべしという以前からの決意はちゃんと意識に残っていた。

「私とは結婚したくないと？」

肯定《こうてい》はできないので、曖昧《あいまい》に微笑み返すしかない。第二王子は私の婚約者候補リストからは既に削除《さくじょ》済みだ。このままのらりくらりとかわして、諦《あきら》めてもらおう。

「姻戚《いんせき》関係などなくとも、ディルフォード公爵家は今後も協力は惜しみませんわ。どうぞご安心ください」

社交用の笑顔の仮面を貼り付けて答えれば、第二王子は何かを思い出したかのように、ああ、と呟く。

「言葉足らずでしたね。私はずっと貴女を想い続けてきたので、爵位や家名など関係なく貴女と結婚したいのです」

そう言いながら繋《つな》いだ手を引かれると、目の前に彼の顔が現れた。端整《たんせい》な顔立ちに、すらりと伸びた長い手足。優雅な立ち振る舞いの王子様に「貴女を想い続けてきた」と告げられれば、御令嬢達はたちどころに心奪われてしまうのだろう。しかし彼の立場を考えれば、そうやって自分の武器を最大限に利用して、私を懐柔《かいじゅう》しようとしているのは明らかだった。保身《ほしん》のためとはいえ、あからさまな嘘を吐くのはいかがなものかと怪訝《けげん》な顔で相手を窺えば、第二王子は何がおかしいのか小さくふふっと笑い声を漏らした。

「色々と元気であれば、私と結婚しても構わないんですよね？」

そして再び私の頭の中は真っ白になる。なぜそれを、よりによって第二王子がご存じなのか。私の中で、原因となる人物は一人しかいなかった。

「……ウィルですね、殿下のお耳に入れたのは」

ウィルの雇い主とは、ウィリアム殿下だったのだろう。そう考えれば辺境伯の家名を名乗ることができたことも、今回の衣装を自前で用意できたことにも納得がいく。

——アイツめ、まさか本人に伝えるなんて……!!

次に会ったらどう料理してくれようと、いつもの締まりのないウィルの顔を思い浮かべて憎々《にくにく》しく唇を噛《か》んでいれば、何がおかしかったのか向かい合う彼は小さく吹きだした。

「あはは、半分正解です。気付きません？」

ウィリアム殿下は心底楽しそうに、こちらを見つめている。半分正解ということは、半分は間違っているということだ。

「私は『お嬢様』と踊りたかったので、あの場所で待っていてほしいと言ったんですよ」

そう言うと殿下は吐息《といき》がかかりそうなほどに顔を寄せて、にっこりと微笑む。その距離の近さに驚きながらも、思わず目を瞬《しばたた》かせた。私を『お嬢様』と呼ぶ、あの場所で待ち合わせをしていた人物は――。

「も、もしかして」

「はい。私が『ウィル』です」

予想だにしなかった回答に、頭を鈍器《どんき》で殴られたような衝撃《しょうげき》が走る。

「で、でも見た目が全然」

そう口にしながら自分の言葉にハッとする。第二王子の瞳は深い紫色で、貴族の出で立ちをしたウィルと同じだった。

そして今日ウィルと出会ったとき、瞳は『これが素』だと言っていた。情報屋として公爵家を訪れていたウィルと、先程王城で会ったウィルはまるで別人のようだった。今目の前にいる第二王子は、言われてみれば貴族に扮《ふん》したウィルと顔立ちが似ているし、近くで見れば確かに体格など情報屋であるウィルとの共通点もある。

「長いこと姿を隠すような生活をしていたので、変装は得意なんです。兄上の手伝いでしょっちゅう市井《しせい》に紛《まぎ》れていたもので」

「じゃあウィルの言っていた雇い主って」

「はい、兄上――王太子殿下のことです」

突然明かされる事実の数々に、理解が追いついていかない。次から次に判明していく真実に思考の処理が間に合わず、混乱した状態の私は、何かを口にしようとして、ぱくぱくとただ口を動かすことしかできなかった。

「ここまで大変だったんですよ。私はコーネリアとしか結婚したくないけど、ディルフォード公爵家が後ろ盾になれば無駄に王位を争わせようとする外野も出てくるし……何よりコーネリアには一度縁談《えんだん》を断られてましたし」

「うっ」

昔あった王家との縁談を断ったのは両親である。しかし、あの日の居酒屋で色々語ってしまった以上、私自身に第二王子を拒否したい気持ちがあったことを知られているので何の言い訳もできなかった。

「ウィルとして、縁談を断られた理由を知ることができて一安心しました」

にっこりと微笑む、その笑顔が怖い。女性に夜の心配をされるのは、男性としては屈辱《くつじょく》的なことだっただろう。身の置き場がないような空気の中、なんとか言葉を絞り出す。

「……殿下、なぜ私なのでしょう。政略結婚自体は理解できますが、その、私と殿下は何も接点もありませんでしたし、好意を寄せていただくような理由もないかと」

どうか気の迷いであれ、と一縷《いちる》の期待を胸に質問を口にした。

「酷いなぁ。ずっと昔、私達の出会いを覚えていませんか？」

「も、申し訳ありません」

逆に詰《なじ》られてしまい、反射的に謝罪の言葉しか出てこない。

「あはは、構いませんよ。貴女が思い出せないのも無理はないですし」

「え？」

思わず聞き返した私の言葉に、殿下はにこやかな笑みを返した。

「ああ、曲が終わりますね。詳しくはまた」

そう囁《ささや》くと、間もなく迎えた曲の終わりで礼を交わし合う。向かい合ったままの彼は、宣言通りその場に跪《ひざまず》いた。第二王子の突然の行動に、周囲の視線は釘付けになる。そんな周囲の様子など気にも止めず、こちらを見上げ笑みを浮かべた彼は、私の手をとり、そっとその甲に唇を寄せた。

「ディルフォード公爵令嬢、どうか私と結婚していただきたい」

彼の言葉に、会場内にはどよめきが起こる。

年若い御令嬢の悲鳴のような声も聞こえれば、「あの『女公爵』が求婚されてるぞ」と見世物でも見るかのように囃《はや》し立てる貴族令息達の会話も聞こえてくる。これまで、人前で行われるロマンス劇については何度か目にしてきたが、国中の貴族が集まっている前で、まさか自分が求婚される立場に置かれるなど予想だにしていなかった。

彼は私と面識があると言っていたが、私には全く身に覚えはない。この求婚が、最も合理的な政略結婚相手を得るためのものなのか、彼の言うように本当に私に対する特別な想いによるものなのかの判別もつかない。しかしディルフォード公爵家の者として、この国の貴族令嬢として、王子からの求婚を断るという選択は間違ってもできなかった。

私が口にできる答えは、既に決まっている。

「は――」

「待ってください！」

私の言葉を遮《さえぎ》るようにして、甲高《かんだか》い声が会場に響く。会場中の視線が向けられたその先にいたのは、その大きな瞳に敵意を滲ませてドレスの裾を握りしめている御令嬢――マリーリカ様だった。

「恐れながら申し上げます！　ディルフォード公爵令嬢は、殿下のお相手に相応しくありません！」

その発言に、周囲が水を打ったように静まり返った。

第二王子に対して下の身分の者が話しかけるという礼を欠いた行動ももちろんだが、筆頭公爵家であるディルフォード家の私を貶める発言に、会場中の貴族が息を呑んだ。

社交マナーを学んだ貴族としてはあり得ない行動を目の当たりにして、私ですらもしばらく目を瞬かせていたが、会場内の冷え切った空気に冷静さを取り戻す。この場で冷静でないのは、頭に血が上っているらしいマリーリカ様と、その側でおろおろと周囲を見回しているクラウス様くらいだろう。セシリアの晴れの舞台だからと控えていたが、公衆《こうしゅう》の面前《めんぜん》で侮辱するつもりなのであれば見過ごすわけにはいかない。やるならば二度と刃向かおうなどと思わないよう、徹底的に潰させてもらおう。こちらを威嚇《いかく》するように鋭く睨み付けていたマリーリカ様を、目を細めて見やれば、それだけで彼女はたじろいだようにその身を一歩引いた。喧嘩を売ってきたのは彼女であるにもかかわらず、これではまるで私が悪役のようではないかと肩を竦める。しかし、たとえ周囲に悪役だと思われようが、ディルフォード公爵家の一員として己にかかる火の粉は自分で払わねばならない。

肩にかかる紅髪を払い、彼女のもとへ歩み寄ろうと一歩踏み出したとき、私の前を遮るようにして横からスッと腕が伸ばされた。突然のことに目を瞬かせつつ腕の主に視線を向ければ、先程まで跪いていたはずのウィリアム殿下が、その背に私を庇《かば》うようにマリーリカ様を見据えていた。

「根拠は？」

短く告げられた彼の言葉は、その笑顔のせいかどこか柔和な響きがある。それに安心してか、マリーリカ様は興奮を隠そうともせず前のめりに叫び声を上げた。

「ディルフォード公爵令嬢は、八年間婚約関係にあった相手がいたにもかかわらず、浮気をしていたような方だからです！」

大きく響いたその声に、会場内にいた貴族達は再びざわつき始める。まさかそんなという声もあれば、あれほど浮気に厳しい態度をとっていたくせにと非難まじりの囁きも聞こえてきた。

「初耳ですね。ちなみにお相手は？」

「本日、ディルフォード公爵令嬢のパートナーを務めていらっしゃった方です！　おかしいと思っていたんです。先月婚約破棄されたばかりのディルフォード公爵令嬢が、突然辺境伯ゆかりのお相手をパートナーとして連れて来るだなんて。クラウス様という婚約者がありながら、陰であの方と交際していたに違いありませんわ！」

先程私が否定したばかりの話を、彼女はあたかも真実であるかのように大々的に言い放つ。どうしてそうなったのかと相手の思い込みの強さに辟易するが、よく考えてみれば彼女はどちらかといえば頭の回る方の人間だった。

つまり実際に浮気の事実があったかどうかは、どちらでもいいのだろう。彼女の真の目的は、少しでも私の名誉に傷をつけることだ。ありもしない浮気をでっちあげてでも、私に疑惑の目を向けさせたいらしい。

「なるほど。彼女の本日のパートナーは、ウィル・ラーヴァントで間違いありませんか？」

「は、はい！　そのようなお名前だったかと」

理解してもらえたと思ったのか、マリーリカ様はぱあっと輝くような笑みを浮かべた。そんな彼女は、今現在対峙《たいじ》している第二王子こそが、疑惑の相手であるウィル・ラーヴァントその人だとは夢にも思わないだろう。私自身、つい先程本人に正体を告げられるまで全く気付いていなかった。

ちらりと隣の彼を見上げれば、その横顔には涼しげな笑みが浮かんでいる。

「実は私も、彼とは旧知の仲なんです」

「え」

殿下の言葉に、彼女は凍《こお》りついたように動きを止めた。

「もともと王家とラーヴァント辺境伯家は親密な間柄ですし、表には出ないものの頻繁な交流もあります。筆頭公爵家であるディルフォード家と王家が親しいことは当然ご存知でしょう？　彼と彼女との間に、男女の関係など一切なかったことは、私が保証しますよ」

「し、しかし殿下は長らく留学をされていたのでは――」

「留学中、私の後見はラーヴァント辺境伯家だったとしてもでしょうか？」

「えっ」

殿下の言葉に、会場中が再びしんと静まり返った。

「あまり思い込みだけで物事を決めつけない方がいいと思いますよ。誤った情報を口走ってしまって、恥をかくのは貴女ご本人ですから」

「わ、私は、殿下のことを心配して――」

「その心配、というのも一つの思い込みでしょうね。これ以上続けるのであれば、王家が介入した上で正式な検証を行うことになります。万が一事実無根ということになれば、筆頭公爵家であるディルフォード家に対する侮辱行為として罪に問うことになってしまいますが、問題ありませんか？」

あくまで柔和な声音で語られた言葉だが、さすがのマリーリカ様も事の重大さを認識したのか、その顔を青ざめさせる。

「ああ、でもここで黙ってしまうと事実無根であったことを認めてしまうことになってしまいますね。どうしたらいいんでしょう……」

わざとらしく困ったように首を傾げた彼だが、『事実無根』とはっきりと明言することによって、私にかけられた疑惑を晴らそうとしてくれているのは明らかだった。

まさか『ロマンス潰し』と呼ばれる私が、こうして守ってもらう立場になるだなんて夢にも思っておらず、むずがゆいような心地になる。守られるだけの立場がどうしても落ち着かず、つい目の前にあった彼の腕に手を伸ばした。

「殿下、検証は必要ございません。自分の潔白は、自分自身が一番よく知っておりますから」

「ああ、そう言っていただけると助かります」

まるで救いの手を差し伸べられたかのように大げさに喜ばれる。そんな殿下の行動を見て、周囲の人々もほっと胸を撫《な》で下ろしたようだった。彼女をやり込めた殿下を宥《なだ》める私が発言したことで、結局私がこの場を収めたような空気感になり、なんとも複雑な心境になる。

「横槍《よこやり》が入りましたが、改めて求婚しても？」

こちらを振り返った殿下は私の両手をとると、ずいとその顔を近づけた。ウィルを彷彿《ほうふつ》とさせる顔の近さに反射的に手を伸ばしそうになるが、殿下に摑まれていたおかげでなんとか不敬行為を免れる。我が国の貴族の求婚は、男性が跪いて愛を乞《こ》い、相手を受け入れるならば女性がその手に額を寄せるという流れが慣例である。しかし、現状彼は立ったまま私に向かい合っているし、婚約関係にない男女がダンス以外でこれほど近距離になることも社交マナー的にはありえないことだった。

「ディルフォード公爵令嬢、どうか私を貴女の伴侶《はんりょ》として選んでください」

彼の声が、再び会場内に響く。型破りな求婚に、周囲の貴族達も先程とは違い、あっけにとられたようにこちらを見守っていた。

長年姿を見せなかった第二王子だから社交マナーが身についていないだの、常識がなっていないだのと後から言われないだろうかと心配になるが、そもそもこの求婚自体が仕切り直しの二回目であり、先程まで非常識な言いがかりという横槍が入ったりと例外ばかりだった。慣例通りにはいかない求婚だったが、それはそれで私らしいのかもしれない。

なんたって私は貴族男性の夢であるロマンス劇を潰す『ロマンス潰し』であり、この国で例外的に爵位継承を認められる予定の『女公爵』だ。今更一つ二つの例外が増えたところで何の問題もないだろう。そう思ってしまえば、なんだかおかしくなってつい笑みが零《こぼ》れてしまう。そんな私の様子を見て、向かい合う彼は、なんだか眩しそうにその目を細めた。

「どうぞ末永くよろしくお願い申し上げます」

静まり返っていた会場に私の返答が響けば、どこからともなく一つ二つと手を叩く音が鳴る。その音を皮切《かわき》りに、会場は大きな拍手に包まれたのだった。

◇◆◇

「殿下。やっぱり気の迷いだった、とか言いません？」

「どうしてですか？」

会場にいた貴族達から祝福の挨拶をひとしきり受け、周囲に人気《ひとけ》の少なくなった頃合いを見計《みはか》らって気になっていたことを小声で尋ねた。

「その、やっぱり殿下に好意を寄せていただくような理由に心当たりがないと申しますか……」

殿下の政略結婚の相手として、自分が理想的な地位立場にあることは間違いない。

しかし、ダンス中に彼が口にした『私達の出会い』という重大事項を思い出せない以上、その好意自体が何かの勘違いか気の迷いである可能性は否定しきれなかった。

「ああ、そういえば先程言いがかりをつけられたとき、あのときと立ち位置が逆でしたね」

「え？」

「あのときの貴女の後姿を、忘れたことはありませんよ」

目を瞬いた私に、殿下は至極《しごく》穏やかな笑みを浮かべる。

「コーネリアが十一歳のときに、王城で貴族令嬢を集めた交流会が開かれませんでしたか？」

「？　ええ、確かにありました」

それは私が初めて参加した、王城でのお茶会だった。

「あれは兄と私の婚約者を選定する目的で開かれた会だったんです」

「なるほど」

確かに、国内の貴族令嬢の交流会だと聞いていたあのお茶会には、当時両王子と年の近かった御令嬢達が多く参加していた。しかし、あのとき挨拶を交わしたのは第一王子だけで、第二王子の姿を見かけた記憶はない。

「そこで困っていた令嬢を助けましたよね？」

あのお茶会の最中、当時から有り余っていた正義感で、虐《いじ》められていた御令嬢を助けた覚えはある。年上だろう相手の御令嬢に一方的に責め立てられていた少女を、どうにも見過ごすことができずに背に庇ってしまったのだが、そんなところを第二王子に見られていたとは予想外だった。

「見ていらっしゃったんですか？」

「はい、特等席で」

「特等席？」

首を傾げた私を見て、殿下は目を細めるようにして笑みを深める。

「私を背に庇ってくださった貴女の姿が、目に焼き付いて離れなかったんです」

その言葉に目を瞬かせる。第二王子を背に庇った記憶はない。私が背に庇ったのは当時虐められていた御令嬢で、その美しい御令嬢は、まばゆい金の髪を揺らしながら紫色の瞳を潤ませて――。

「まさか!?」

「そのまさかです」

あんぐりと口を開けたまま言葉も出ない私を見て、殿下は楽しそうな笑い声を上げた。

「当時はまだ兄上の地盤が固まってなくて、第二王子である私が公の場に姿を出すことも、大っぴらに婚約者を探すことも憚《はばか》られた時期だったので、こっそり御令嬢方に紛れて交流を図るつもりだったんです」

あのとき、御令嬢の中に紛れた彼は、とある御令嬢にぶつかってしまい謝罪と名乗りを求められたらしい。身分を隠しているため名乗れなかった彼が、相手の御令嬢に責め立てられていたところに、虐められていると勘違いした私が無駄な正義感を振りかざして割って入ってしまったようだった。

「あの日貴女と出会ってから、結婚するなら貴女がいいとずっと想い続けてきました」

うっとりとこちらを見つめていたウィリアム殿下は、掬《すく》い上げるように私の手を取ると、その手を見つめながら突然表情を暗くした。

「でも貴女には縁談を断られてしまっていたし、更に数年後には別の男と婚約してしまわれたでしょう？　さすがの私も悲しかったなぁ」

「それは、すみません……？」

私に何の非もないのではと思いつつも、とりあえず謝罪する。隣に立つウィリアム殿下の圧が強過ぎて、謝罪しなければ繋いでいる手を捻《ひね》り潰されそうな気さえしていた。

「ふふ、こうやって無事に貴女の手を取れたんですから、全部許してあげます」

不意に顔が近付けられ、反射的に身体を反《そ》ってしまう。そんな私の行動を見て、楽しそうに笑っているのだからウィリアム殿下は少し変わっているのかもしれない。

「これから、たっぷり貴女を愛させてくださいね」

そっと耳元で囁かれると、瞬時に全身が粟立《あわだ》った。

「なっ――」

「あはは、新鮮な反応をありがとうございます」

「か、からかってますね!?」

私の言葉に、殿下は嬉しそうに目を細めながら、こちらを覗き込む。顔面が熱い。きっと今、私の顔は真っ赤に染まっているのだろう。

「長い間、ずっと我慢してきたんです。求婚を受け入れてくれたんですから、どうか私のこれまでの想いも受け止めてくださいね」

そう囁いた彼は、引き寄せた私の手にそっと唇を寄せる。

流れるような動きに目を奪われながらも、私はただただパクパクと口を動かすことしかできなかった。

◇◆◇

「殿下。まだ間に合います、引き返せます！　どうかお考え直しください！」

「往生際が悪過ぎますよ、コーネリア。先程私の求婚を受け入れてくれたでしょう？」

目の前には、至極楽しそうなウィリアム殿下の御尊顔《ごそんがん》が迫っている。私はといえば、正面には殿下の身体、両横は腕に囲まれ逃げ場もなく、背後は閉ざされた扉に押し付けられているという身動きの取れない状況だった。

求婚を受け入れた後、周囲からの祝福の挨拶に流暢《りゅうちょう》に対応したウィリアム殿下は、会場の貴族達に向けて引き続き祝宴を楽しむよう伝えると再び私の手をとった。その手に導かれるように会場を後にして、連れて来られたのがこの王城の一室だった。

周囲を見回せば、ベッドや鏡台などひとしきりの家具が揃っているところからどうやら客室のようだと見当をつけていると、背後で扉が閉まる音がする。

「あの、ここは？」

「控室ですよ。一般には開放していませんが」

そう口にしながらにこりと微笑んだ彼は、くるりと身を翻《ひるがえ》した。

こちらに向かい合うように立つと、ずいと顔を覗き込んでくる。まるでウィルのときのような距離感の近さに、思わず上体を反ろうとするとコツッと頭が扉に当たった。彼にとってはいつもの距離なのだろうが、今までは相手がウィルだと思っていたからこそ気安く顔を掴んでいたのであって、相手がウィリアム殿下となれば話が別だ。その顔を掴んで他所《よそ》に押しやるだなんて不敬を働くこともできず、どうやってこの距離から逃げようかと思案していれば、不意に彼の手がこちらに伸ばされる。その動きにびくりと身を固くしたものの、彼の手は私の横を通り過ぎて、トンっと音を立てて扉に置かれた。それを見て、自意識過剰《じいしきかじょう》だったと勘違いを恥じ入りつつも安堵《あんど》の溜め息を溢したところで、はたと自分の置かれた状況に気付き全身の血が引いていくような心地になる。

今私は、正面にいるウィリアム殿下と閉ざされた扉に挟まれた状態で、横に置かれた彼の腕によってドアノブにはもう手が届かない状況である。逃げ道を探して反対側へと身体を向ければ、もう片方の彼の腕に塞がれて、とうとう完全に囲まれてしまった。恐る恐る相手の方を見上げてみれば、先程と変わらない穏やかな笑みを浮かべたままのウィリアム殿下がこちらを見つめている。

「あ、あの……」

私の声など聞こえていない様子で、ゆっくりとその顔を近づけてくる殿下。確かに先程彼からの求婚を受け入れたため、正式な手続きはまだだとしても私達はほぼ婚約中と同様の状態である。

口付けを望まれたら、そう簡単には拒否をすることもできないが、そうは言ってもつい先程の今。ウィルの正体が第二王子で、お茶会で出会った少女がウィリアム殿下だったと知ったばかりで、まだ心の準備なんて全くできていなかった。

「――申し訳ありません！」

謝罪と同時に、両手を彼の顔に伸ばす。正面から聞こえた「うっ」という呻き声にゆっくり顔を上げると、そこには私の手によって顔を押し返されている殿下がいた。

「ま、誠に申し訳ございません！」

そう言いながらも、彼の顔を押し返す手の力を緩めることはできない。この両手の力を抜いた瞬間、不埒《ふらち》な事故が発生してしまうだろう。顔を押し返されているにもかかわらず、変わらぬ笑みを浮かべたままの様子の殿下からは、行為を中断しようとする気配はみじんも感じられなかった。

「求婚は受け入れました！　しかしさっきの今でこんな」

「私と口付けはしたくないと？」

「そうではなく！　段取りというか順序というか、私にも心の準備というものが」

「十年近くも我慢したのですから、味見くらいさせてもらってもいいですよね？」

ぐぐっと体重をかけられると、押し返していた手もどんどん重みに負けていき、殿下の顔はもう目の前に迫ってきている。

「私は既にウィリアム殿下の求婚を受け入れました！　ですので、これ以降は逃げも隠れもできませんからっ」

「そうは言っても今逃げようとしていますよね？　ああ、なるほど。この両手はコーネリアの意思ではないということですね」

ふっと両手にかかっていた重みがなくなったと思えば、その手首を摑まれ、いとも簡単に頭の上に縫《ぬ》いとめられてしまう。両手を固定され、いよいよ抵抗する術《すべ》がなくなってしまった。

「えっと……や、やめましょう？」

かろうじて笑顔を作っているつもりだが、口元が引き攣《つ》っているのが自分でもわかる。私の言葉が耳に入っているのかいないのか、ウィリアム殿下はにっこりと微笑んだ。

「大丈夫ですよ。コーネリアの性格上、初夜《しょや》までは純潔《じゅんけつ》を守ろうとするのはわかっていますから、最後まではしないつもりです」

穏やかな言葉をかけつつも、彼の濃紫の瞳は怪《あや》しい光を帯びていた。

――食べられるっ……！

近付いてくる顔に思わず目を瞑り身体を固くしていると、ふにっと額《ひたい》に柔らかいものがあたる。予想外の感触に、瞬きを繰り返しながらゆっくりと目を開ければ、視線の合った殿下は笑いを堪《こら》えるような表情を浮かべていて、思わず漏れてしまった「えっ」という私の声で、堰《せき》を切ったように笑い始めてしまった。身体を曲げてお腹《なか》を押さえながら笑うその姿に、一連の行動が彼の冗談であったことに気付く。

「か、からかったんですね!?」

思わず顔が熱くなる。真っ赤になっているだろう顔のまま、わなわなと唇を震わせていれば、笑いすぎたせいか眦《まなじり》に滲む涙を指で掬っていた殿下に優しく見据えられた。

「ああ、すみません。からかったつもりではなくて、先日ご紹介いただいたロマンス小説に、こういうシーンがあったものですから。コーネリアが喜ぶかなと思って実践《じっせん》してみたんです」

「は」

「どうです？　喜んでいただけましたか？」

にっこりと微笑みを浮かべる殿下。その一連の言葉に理解が追いついた瞬間、頭から熱風《ねっぷう》が噴《ふん》出《しゅっ》しそうなほどの羞恥心《しゅうちしん》に、声にならない叫び声をあげた。

「ウィルのときの記憶を思い出さないでくださいっ!!」

羞恥心に引きずり出されるように、先月のやりとりが蘇《よみがえ》ってくる。私の部屋の本棚に置いてあるロマンス小説のタイトルを把握《はあく》していたウィル。彼に連れられて下町の本屋に向かい、ロマンス小説を薦《すす》めた。ロマンス小説とは即《すなわ》ち女性のための女性の夢を叶《かな》える女性向け官能《かんのう》小説であり、確かにこういった強引に相手から迫られるシチュエーションは定番中の定番だった。知らなかったとはいえ自分の婚約者となる相手に、自分好みのロマンス小説を紹介してしまったなんて、もはや性《せい》癖《へき》を暴露《ばくろ》しているも同然だった。

「『第二王子』も『ウィル』も同じ私なので、思い出すなと言われても難しいんですよねぇ」

微笑む殿下は、確実にこの状況を楽しんでいる。真っ赤になっているであろう顔をなんとか隠したくて俯くが、彼の手に顎《あご》を捕まえられ、すぐに顔を上向かされてしまった。顔を上げた先には、目を細めながらこちらを見つめる殿下の顔がある。

「冗談です。でも、味見したいのは本当」

その言葉が終わる前に、唇に柔らかいものが重ねられた。驚きに目を見開くと、くすりと小さく笑う気配がする。ゆっくりと離れていくウィリアム殿下は、なぜか恍惚《こうこつ》とした表情を浮かべており、その瞳には妖《あや》しげな光が滲んでいた。

「ああ、ずっとこれが見たかったんです。コーネリアの瞳に私だけが映っているなんて、夢のようです」

そう言いながら、再び唇が重ねられる。触れては離れ、離れては触れて。その柔らかさと温かさが繰り返し重ねられ、まるで何かを確認するかのように何度も口付けられる。

「……前もって調査済みではありますが、念のためお尋ねしますね。これがコーネリアの初めての口付けですよね？」

彼が『調査済み』と言うからには、裏をとっているのだろう。ウィルとはそういう男だったし、そもそも質問の仕方が完全に誘導尋問《ゆうどうじんもん》だった。

「知っていて聞いているんですよね？」

「ええ、コーネリアの口からちゃんと聞きたくて」

にこりと笑みを深めた殿下だったが、この短い間に彼は笑みを浮かべたまま器用に感情を伝えてくることを思い知っていた。今は完全に威圧《いあつ》されている。

「……ご存知の通りです」

「この口付けが、コーネリアの初めて？」

「はい」

「コーネリアの初めての唇を奪ったのは？」

「……ウィリアム殿下です」

なぜ同じ質問を何度も繰り返すのかと訝《いぶか》しく思って見上げるが、そこにはただただ満足げに微笑んでいるウィリアム殿下がいた。その手が私の頬に触れ、ゆっくりと輪郭《りんかく》をなぞる。彼の指先の艶《なま》めかしい動きに、嫌な予感が背中を伝った。

「殿下、あの……味見とはどこまで」

輪郭をなぞっていた指は、首筋を伝うと鎖骨《さこつ》の窪《くぼ》みを指の腹で何度もなぞるように撫でている。その動きがくすぐったくて逃げようと身を捩《よじ》っても、先程から変わらず背を押し付けられたままの体勢では逃げようもなかった。

「どこまでなら許されるんでしょうねぇ」

ふふっと楽しそうな笑い声を漏らすと、鎖骨にあった指がつつ、と降りていき、胸の膨《ふく》らみを撫でた。笑顔ではあるものの、品定めをするような殿下の視線と不埒な手の動きに、さあっと血の気が引いていく。

「殿下。落ち着いて、落ち着いてください。私達の関係はまだ始まったばかりでして――」

「もちろん落ち着いていますよ？　私は、愛する婚約者の『心配事』を減らしてあげようとしているだけです」

「え？」

間抜けにも、そのまま聞き返してしまう。私の声ににっこりと微笑み返した殿下は、次の瞬間、衝撃の言葉を告げた。

「子作りに励《はげ》めるか心配していたでしょう？　ああ、自分の身体に興奮してもらえるかどうかも心配していましたよね」

ひゅっと喉が鳴る。そうだ、ウィルが殿下だったということは、あの居酒屋での会話も全て聞かれてしまっているということだ。真っ青になっているだろう私の顔を見て、殿下はうっとりしたような表情を浮かべた。

「愛《いと》しいコーネリア。心配いりませんよ。子は授かりものではありますが、少なくとも私に病はなく呪いもでまかせです。そして何より私は貴女を抱きたくて仕方ないんですから」

再び唇が重ねられ、同時に胸の膨らみの上に置かれていた彼の手が、服の上から形を確認するようにやわやわと動かされる。先程の触れるだけの口付けとは違い、唇を柔らかく食《は》まれ、僅《わず》かに開いた隙間から彼の舌が入り込んでくる。

「んぅっ！」

初めての感覚に抵抗しようとしても、両手首を頭の上で縫いとめられ、脚の間に彼の膝が差し入まれれば身じろぎすることもできなかった。熱を帯びた彼の舌が、私の舌を誘い出すかのようにトントンと触れ、上顎を撫で歯列《しれつ》をなぞり、甘い刺激を与えてくる。やわやわと動かされていた彼の手は、次第に力を強めて円を描くように胸を揉みしだいていた。痺《しび》れるような感覚に頭がぼうっとしてくると、力が抜けたのを感じたのか、彼の口付けがぐっと深くなり、捕食《ほしょく》されるように喉奥まで舐《な》めつくされる。

舌を吸われ、甘噛みされると、腹の奥に行き場のない熱が溜まっていく。混ざり合った唾液が口端から溢れ、首元へと伝っていくのがわかった。

「……ああ、コーネリア。ようやく女の顔になりましたね」

降ってきた声に瞼《まぶた》を上げれば、熱を帯びた双眸《そうぼう》がこちらを見つめていた。口端を吊《つ》り上げて弧《こ》を描いた唇は、濡《ぬ》れて艶かしく光っている。

「私はずっと、凜《りん》と立つ貴女が快楽に堕《お》ちる瞬間を見たくて仕方なかったんです」

脚の間に差し込まれていた膝を更に押し込められると、お腹の底が切なくなるような刺激が走った。それと同時に太腿《ふともも》に何かが当たり、その感触にハッと我に返る。今太腿に当たっているソレは恐らく、男性が性的興奮を覚えたときに硬くなるというアレだ。

まずい、この状況は非常にまずい。このまま流されてしまえば、婚前交渉《こんぜんこうしょう》に突入してしまう危険性が非常に高い。

「で、殿下！　私達の婚約はまだ成立しておりませんよね!?」

突然の私の主張に、殿下はキョトンとした表情を浮かべた。まるで少年のようなその表情だが、密着した身体はそのままであり、先程からずっと殿下のソレが私の太腿に当てられている状態だ。一刻も早く、この状況を打破しなければならない。

「ああ、書類上はそうかもしれませんね。しかし私はすぐにでも結婚するつもりですので、婚約期間は必要ありませんよ」

にっこりと穏やかな微笑みで返される。なんとなく傾向がわかってきたが、ウィリアム殿下は発言の物騒度が高ければ高いほど笑顔が穏やかになっている気がする。

「それはいかがなものかと！　世の中には順序というものがございますし、アルフレッド殿下が立太子されたのならば、まずは王太子殿下のご結婚が先なのでは⁉」

これは我ながら会心《かいしん》の一撃《いちげき》だと思った。王太子殿下の結婚が急がれる今、第二王子が先を越していいはずがない。

「コーネリアは私と結婚したくないとでも？」

そう告げるウィリアム殿下の笑顔は至極穏やかだった。笑顔の裏の圧が強過ぎる。

「……そうは言っておりません」

「では、コーネリアは私と結婚したいということですね？」

「……はい」

これ以外の回答方法があれば教えてほしい。

「嬉しいなぁ。私達は相思相愛《そうしそうあい》ということですね」

にこにこと笑みを浮かべながら額に口付ける殿下に、乾いた笑いを返すことしかできなかった。

とりあえず殿下が動くたびに例のアレが太腿に押し付けられているので、密着した下半身をなんとか離してほしい。なんと伝えればいいのかと考えあぐねていると、殿下がくすくすと笑い出した。

「まあ十年も待ったんです。今更もう数ヶ月待つくらい誤差ですから、コーネリアに合わせますよ。それに、コーネリアの婚約者という期間も味わってみたいですし」

長い睫毛《まつげ》を伏せながらこうして穏やかに笑っている姿は、まるで絵画《かいが》から抜け出してきたかのような非常に魅力的な貴公子である。

笑顔で圧力をかけてきたり、突然迫ったりしてこなければだが。

「ああ、忘れてました。コーネリア、少し横を向いてください」

殿下の言葉を不思議に思いながらも素直に従うと、突如肩口にピリッと痛みが走った。反射的に痛みの方を振り返れば、肩口に顔を埋めていた殿下と目が合う。思わぬ至近距離に反射的に身体を引こうとするが、即座に殿下の腕に腰を捕まえられ、身動きが取れなくなってしまう。

「私の痕《あと》をつけておきました。この痕は他の人に見せないよう、しばらくは肌の露出《ろしゅつ》の少ない服を着てくださいね」

言われて肩口を見てみれば、確かに赤い痕が残っていた。許可なく痕をつけられたことに抗議《こうぎ》しようと殿下に視線を向けて、目の前の光景に息を呑む。先程まで浮かべていた笑顔はどこへ消えたのか、彼は酷く真剣な眼差《まなざ》しで私につけた赤い痕を見つめていた。

「貴女は私のものだと主張していないと不安なんです」

そう呟いた殿下は、赤い痕に唇を寄せ、痛みを労《いた》わるかのようにその痕を舌で撫でる。

「出会った日から今まで、コーネリアのことだけをずっと見つめてきました。貴女が欲しくて、貴女の隣に立てる人間になれるよう、これまでずっと努力をしてきたつもりです。他の男に貴女の婚約者の座を奪われたときは、嫉妬でどうにかなってしまいそうでした。コーネリアの側にいられる彼が羨《うらや》ましくて、悔しくて仕方がありませんでした。醜《みにく》い胸中《きょうちゅう》を晒《さら》すなど恥ずべきことだとわかってはいるのですが、どうか私の気持ちを汲《く》んでくださいませんか？」

切なそうにそう囁かれてしまえば、先程までの怒りも消え失《う》せてしまい、なんだか毒気を抜かれてしまう。これまでの人生でこれほどまでに情熱的な言葉をもらったこともなかったし、ずっと私を見つめてくれていたと聞けば悪い気はしない。むずがゆいような、こそばゆいような感覚に、思わず緩んでしまいそうな顔を引き締めた。

「……肩口は隠しにくいです。別のところにしてください」

そう口にしながら、ふいっと視線を外す。

許すわけではない。彼の行動を全て許すつもりはないが、あまりにも真っ直ぐすぎる彼の想いを目の当たりにすれば、自分の怒りなどちっぽけなものに思えてしまった。

「では次はもっと深い場所にしましょうか」

「え」

その声に振り返れば、こちらにむかってにっこりと綺麗《きれい》に微笑む殿下がいた。

「まさかコーネリアから誘ってもらえるだなんて思ってもみませんでした。案外大胆《だいたん》なところもあるんですね」

「えっいや違──ま、またからかってますね!?」

火照ったように熱い顔面は、恐らく真っ赤に染まっているのだろう。そんな私の顔を見て、ウィリアム殿下は再びクスクスと笑いはじめてしまった。可愛い、愛しい、愛していると言葉を重ねながら、頬に額に唇にと口付けを落とされると、まるで甘い蜂蜜《はちみつ》の中にとっぷりと沈《しず》められていくような心地になる。

なぜこれほどまでに好意を寄せてもらえるのかは未《いま》だ理解できてはいないが、相手の言葉と行動が、真っ直ぐな好意を表してくれているのは確かだった。

「……そろそろ戻らないと、両親が心配します」

「ディルフォード公爵夫妻もコーネリアを大切にされていますからね。確かに今日は早目にお返しした方が良さそうだ」

そう言うと、ようやく殿下は私との距離をとってくれた。名残惜《なごりお》しそうに最後にもう一度触れるだけの口付けをすると、私の手を取って扉を開けてくれる。部屋を出ようとしたところ、殿下は何かを思い出したようにこちらを振り返り、にっこりと微笑んだ。

「先程言い忘れましたが、初夜のときには胸の詰め物は入れなくて大丈夫ですからね」

耳元で囁かれた言葉に、全身から嫌な汗が噴出する。

「お願いですから記憶から消してください!!」

私の叫びは、王城の廊下に響き渡る。そんなところまで把握されていることが、悲しいやら恥ずかしいやら。ウィリアム殿下に翻弄される未来しか想像できず、先が思いやられると一人頭を抱えるのだった。

四章　唯一つ欲しいと思ったもの（ウィル視点）

一番古い記憶は、息苦しさだった。

苦しくて手を伸ばせば、こちらを見つめる侍女《じじょ》が涙でぐちゃぐちゃの顔で謝《あやま》り続けている。今考えれば、断れない状況まで追い詰められた彼女は、仕方なく私に毒を盛ったのだと思う。しかし、幼い私には彼女の事情を知る由《よし》もなかった。

――苦しい、助けて！

焼けるような喉《のど》の痛みに、もがくように助けを求めても、侍女は泣くばかりで伸ばされた私の手に気付くことはない。徐々《じょじょ》に薄れていく視界の中、誰かが強く自分を抱き上げた感覚を最後に私は意識を手放した。それが今思い出すことができる最も古い記憶であり、同時に初めて死を実感した瞬間でもあった。


王子としてこの世に生まれたことは、私にとって幸《さいわ》いとは言えなかった。長らく子に恵まれなかったことで父は第二妃を取り、私が産まれる半年前に二人の間には男児が誕生していた。正妃である母から産まれた私は、母曰《いわ》く本来なら王位が約束されるべき立場だったらしい。

——お前が一年早く産まれていれば。

それが母の口癖《くちぐせ》だった。


殺されかけたのは、四歳の頃だ。

頼りにしていた侍女の一人によって毒を盛られ、三日三晩生死の境《さかい》を彷徨《さまよ》って、ようやく息を吹き返したのだという。死の淵《ふち》から戻ってみれば、子供を殺されかけたショックから母の心は完全に壊《こわ》れていた。私を私として認識できず、母上と呼ぶと怯《おび》えられ、私は貴女《あなた》の息子だと伝えるたびに錯乱《さくらん》して、自分には息子はおらず娘しかいないと口にする。医者が言うには、息子を失う恐怖や逃避が重なってこの状態に至ったのだそうだが、もはや理由なんてどうでもよかった。

それから、母の前では娘として振る舞うようになった。

私が娘として振る舞えば落ち着くようにはなったが、それでも恐怖の発作はどうしても襲ってくるようで、そのたびに母は何かに怯えるように私を抱きかかえては周囲を見回していた。

一度、発作が起きたときに私が側《そば》におらず、錯乱した母が奇声を上げながら部屋を出てしまったこともあった。私はそんな状態の母の側を離れることはできず、いつのまにか彼女の心の支え兼、依存の対象となっていった。そういえば、私に毒を盛った侍女は牢《ろう》の中で服毒自殺を遂《と》げたらしい。

女性とは、なんと弱い存在なのだろう。その弱さに支配された女性は簡単に壊れていく。

十歳になった頃、回復を見込めないことを理由に母は暇《いとま》を出され、実家へと下がっていった。第二妃が次の正妃となり、今まで同じ城内にいながらも面識《めんしき》のなかった第一王子と顔を合わせるようになったのは、その頃からだ。

義理の母となった女性は温厚《おんこう》な性格で、私に対しても実の息子と変わらぬ対応をしてくれたし、兄である第一王子は元々淡々《たんたん》とした性格なのか、私に対して歓迎もしない分敵意《てきい》もなかった。四六《しろく》時中《じちゅう》側を離れることができなかった母との暮らしに疲れていた自分にとっては、そのくらいの距離感がちょうどよく、ようやく息をつける時間を過ごしていた。

しかしその頃から、兄と私に早々に婚約者を設けるべきという話が出始めた。既に有力な家には何件か打診をしたという。

私は擦れた心の内で、婚姻《こんいん》を建前《たてまえ》にそれぞれの後ろ盾《だて》を決めるだけだろうと毒づいていた。王家の血筋に生まれた以上、政略に巻き込まれることは仕方のないことだとしても、婚約者という名目で自分の周囲に新しい女性を置かれるなんて煩わしいことこの上ない。うんざりした気持ちで周囲の話を聞いていたのだが、過去の毒殺未遂の影響から未《いま》だ城外に出すことも憚《はばか》られていた私については、兄の婚約者が決まるまでは先送りしてもらえるようだった。

中々婚約者を決めようとしない兄に周囲はヤキモキしていたようだが、私にとっては非常に都合が良かった。王位継承《おういけいしょう》争いを復活させないよう、私の婚約者の身分は厳しく制限されるだろう。兄の婚約者が公爵《こうしゃく》家なら侯爵《こうしゃく》家以下、侯爵家なら伯爵《はくしゃく》家以下、そうやってまるでカードゲームのように婚約者が決められるのだからおかしなものだ。

婚約も結婚も馬鹿らしい。

しばらくして、兄の婚約者が定まらないことに痺《しび》れを切らした周囲は、国中の年若い御令嬢を持つ貴族の家に招待状を出し、交流会と銘打ったお茶会を王城で開催することにした。

それは実質《じつしつ》、我々の婚約者を選ぶ場だった。当初、御令嬢達が各々《おのおの》交流している場に兄と私が顔を出す予定にしていたらしいが、兄の婚約者が決まっていない状態で私を表に出すことが問題視されたらしく、結局挨拶《あいさつ》回りは兄一人で行い、私は一人の令嬢としてその場に紛《まぎ》れ込むことになった。

長らく母の前で娘として過ごしてきた私には造作《ぞうさ》もないことだ。当日指示通りにお茶会に紛れ込んだものの、既に友人の輪ができている中に、積極的に入り込んで交流するつもりもなかった。適当に時間を潰して、目ぼしい御令嬢はいなかったと報告しようと席を立ったそのときだった。

とんっという衝撃と共に、甲高い悲鳴が上がる。声の方を振り返ってみれば、近くにいた体格のいい御令嬢が、自身のドレスにクリームを溢《こぼ》していた。どうも軽食を持って席に戻ろうとしていた彼女に、私がぶつかってしまったらしい。

「申し訳ありません」

「なんてことしてくれるのよ！　このドレスは私のお気に入りだったのに」

金切《かなき》り声を上げながらこちらを睨《にら》みつける御令嬢に、正直溜《た》め息が零《こぼ》れそうになった。女性の甲高い叫び声も泣き喚《わめ》くさまも、母と過ごす間にうんざりするほど見てきたからか、ああまたかといった気持ちにしかならない。母を相手にするうちに、激昂《げっこう》した女性に溜め息は逆効果だと学んでいたため、零れそうになった溜め息は相手に気付かれないようなんとか呑《の》み下した。

「名を名乗りなさい！　お父様に言いつけて、貴女の家にドレスの請求書を送りつけてやるわ！」

聞いているこちらが恥ずかしくなるほどの他力本願《たりきほんがん》な怒り方に、ついつい白い目を向けたくなってしまう。顔を真っ赤に染めながら鼻息荒く叫ぶ姿に、この愚《おろ》かな御令嬢に何と返答するのが正解か思案《しあん》していると、急に目の前が紅《あか》く染まった。

何が起こったかと顔を上げれば、深紅《しんく》の髪を豊かに揺《ゆ》らした少女が私の前に立ち、金切り声の御令嬢との間に立ちはだかっていた。視界が紅く染まったのは、彼女が身に纏《まと》っていた紅色のドレスの裾《すそ》が翻《ひるがえ》ったからのようだ。

「お話し中、失礼いたします。ヴァーレン伯爵家ユリエッタ様、お久しぶりでございます。お会いできて光栄ですわ」

紅髪の少女は小柄で、体格差からヴァーレン伯爵令嬢を見上げるような状態になっている。

「……コーネリア様、お久しぶりですわね。私、そちらの御令嬢に用がありますの。先程ドレスを汚されてしまいまして――」

「まあ、大変ですわ。お気に入りのドレスが汚れてしまった悲しみはよくわかります。でも、汚れたのがこの場で良かったかもしれませんね」

「なんですって⁉」

一層《いっそう》ヒステリックに叫ぶヴァーレン伯爵令嬢の金切り声に、思わず顔を顰《しか》めてしまう。コーネリアと呼ばれた少女も、なぜわざわざ相手を刺激するような言い方をするのだろうか。

「ご存知ですか？　このお茶会は、国中の御令嬢が集まる会。万が一に備えて王城に替えのドレスが用意されておりますの。王妃様が見繕《みつくろ》われたとあって、素晴らしい品ばかりだと伺《うかが》っておりますわ。気に入ればそのまま頂戴《ちょうだい》できるとか」

「ま、まあ！　それを早く教えてくださる？　ドレスも汚れてしまったことですし、相談してみようかしら」

「ええ、もちろん。侍女に声をかければ案内があると思いますわ」

弾む心を隠すことなく、軽やかな足取りでヴァーレン伯爵令嬢は去っていく。彼女が城内へと案内されていくのを見送って、私を背に庇《かば》っていたコーネリア嬢は、ゆっくりとこちらを振り向いた。

「もう大丈夫ですわ。顔をお上げなさい」

凜《りん》とした声が上から降ってくる。私より少しだけ背の高い彼女は、真《ま》っ直《す》ぐこちらを見下ろしていた。

「貴族の子女たるもの、これくらいで泣いていいては家名に関わりますわよ」

先程返答を考えながら俯《うつむ》いていた様子が、涙を堪《こら》えるように見えたのだろう。少女は私の頰を包み込むように手を添えると、まるで気合を入れるかのようにぺちっと両頰を叩《たた》いた。

「つらいときや悲しいときほど、上を向くのよ。そうすれば涙も零れ落ちないわ」

にっこりと微笑《ほほえ》む彼女は、私を安心させるように頭を撫《な》でる。かなり歳下《としした》だと思われているのだろう。

「……なぜ、あなたは王城のドレスの予備を知っていたのですか？」

この会の主催者側である私ですら、そんな用意があるなんて知らなかった。そんな裏事情を知っているなんて、言い争っている現場を目にした大人の誰かが、彼女に入れ知恵したのだろうか。

「ああ、お父様に聞いたのよ。国中の令嬢が集まる場で、万が一でもみっともないことになるわけにはいかないでしょう？　もし準備がないのなら、自分で予備を持ってこようかと思っていたの」

「どうして？」

たかが十歳前後の貴族令嬢だ。困ったのなら親に頼ればいいし、悲しくなったなら泣き喚けばいい。女性はそうやって自分の弱さを主張することで、誰かが助けてくれる瞬間を待っている存在のはずだった。

「私はコーネリア・ディルフォードだもの。ディルフォード公爵家に生まれた私は、全ての令嬢の模範《もはん》とならなければならないからよ。そのための準備と努力は怠《おこた》らないわ」

自信に満ちたその笑顔が、眩《まぶ》しいと思った。私とそう歳の変わらない少女が、大人の手も借りず、己《おのれ》の理想を目指して努力をしている姿勢が美しかった。

「困ったときは私を呼ぶといいわ。貴女のお名前をうかがっても？」

「私は――」

名乗りかけて、言葉を呑み込んだ。本当の名を告げれば、私が女の格好をしてこの場に紛れていたことが知られてしまう。彼女には、知られたくないと思ってしまった。

気が付けば衝動《しょうどう》のままに、彼女の前から逃げるように城内へ向かって駆け出していた。背後から呼び止める声が聞こえたが、振り返ることはできなかった。ひどく顔が熱くて、真っ赤に染まっているだろう顔を彼女に――コーネリアに見られたくなかったから。

それから、私はコーネリアのことを徹底的に調べ上げた。

ディルフォード公爵家の一人娘であること、自分の紅毛《あかげ》を気にしていること、弱いものに手を差し伸べがちであること、正義感溢《あふ》れる性格をしていること。中でも、過去に兄か私かどちらかという縁談を断られていたことを知り、兄との縁談が成立しなかったことに心底安堵《あんど》した。

もし、兄や他《ほか》の男がコーネリアのことを気に入ってしまったら――。

そう思うと居ても立ってもいられず、私は両親に直談判《じかだんぱん》しに行った。コーネリア・ディルフォードと結婚したいと告げた私の言葉に、返ってきた答えは否《いな》だった。もう既に一度断られているし、仮にディルフォード家に再び縁談を持ちかけてうまくいったとしても、婚約者が決まっていない兄を差し置いて、筆頭《ひっとう》公爵家のコーネリアと私が婚約してしまえば、ディルフォード家という後ろ盾《だて》を得た私が兄の地位を脅《おびや》かしてしまうらしい。

何が王位だ、王太子《おうたいし》だ。

コーネリアを得られないのならば、何の意味もない。

両親の話を受けた私は、今度は兄の元へ向かった。兄さえ婚約者を得て地位を確立してくれれば、臣下《しんか》に降《くだ》るという形をとり、ディルフォード公爵家のコーネリアとの結婚に一歩前進する。

しかし、早々に婚約者を決めてほしいという私の提案に、兄は首を縦に振らなかった。例のお茶会でも特定の御令嬢に興味を持つような様子もなく、山のような縁談を持ち込まれても頑《かたく》なに婚約を拒む理由を尋《たず》ねてみれば、溜め息混じりに本心を語ってくれた。

兄は、一目見たときから心奪われていた御令嬢が、自身の後押しをしてくれているロイトニー公爵家の息子と婚約していることで苦しんでいたらしい。そんな兄の事情を知り、私は王太子など心底興味もなく、コーネリアを得られるならば他はどうでもいいことを伝えた。

一度決めた相手を譲れないのは血筋なのだろう。

それぞれが望む婚約者を得るために、兄は王太子の地位を固めロイトニー公爵令息《れいそく》の婚約を破談《はだん》に持ち込むこと、兄が婚約者を得た後は私とコーネリアとの婚約成立に協力することを約束し合った。

それからは、兄が王太子となれるよう地盤《じばん》固めに協力した。病弱であると偽《いつわ》り公《おおやけ》の場に姿を現さないことで、第二王子を王太子にと推《お》す勢力を作らないように努め、王城を抜け出して下町に身を潜めては、噂《うわさ》話を広めたり役に立ちそうな情報を集めて兄に持ち帰った。

人と関わっていくうちに自分の容姿では目立ち過ぎることに気付き、その筋の者に教えを受けて見た目を偽るようになった。そんなことを続けていれば、いつのまにか王族でありながら一端《いっぱし》の情報屋として、ある程度の信頼を寄せられるようになっていた。

ちょうどその頃、コーネリアの周囲を把握《はあく》するために送り込んでいた内偵《ないてい》から、彼女の縁談話が纏まりかけていると知らせが入った。彼女を他の男に取られるなんて耐えられない。すぐにでも阻《そ》止《し》すべく動こうとしたが、兄に止められた。

一つの縁談を潰したところで、ディルフォード公爵家の跡《あと》取《と》りという地位を望む者は多い。一旦仮にでも婚約者を置き、後々排除《はいじょ》する方がやりやすいと言われ、はらわたが煮えくり返りそうなほどの思いを堪えて、渋々納得した。

――少しの間の虫除《よ》けになってくれればいい。

そうして彼女の婚約者の座に収まったのが、クラウス・ルガートだった。

彼女の婚約者が決まった報告を聞いたときも、アイツは仮の婚約者だと自分に言い聞かせ、己の嫉妬《しっと》心を押さえつけながら必死に耐えた。


それから数年して、ロイトニー公爵令息とセシリアの破談は上手《うま》くいった。多少お膳立《ぜんだ》てはしたものの、学園で熱心にアプローチをしていた御令嬢に心を奪われてくれた彼は、誘導通り卒業パーティーで派手に婚約破棄《はき》を言い渡した。予想外だったのは、そこにコーネリアが立ちはだかってセシリアを庇ったことだったが、些細《ささい》な誤算であり、問題なく婚約破棄されたセシリアに兄はその場で求婚した。感動の逆転劇に盛り上がる会場の中、素性《すじょう》を偽って潜り込んでいた私は、一人呆然《ぼうぜん》と立ち尽くすコーネリアをうっとりと見つめていた。

相変わらずの正義感に、真っ直ぐな瞳《ひとみ》。困っている人を見過ごせず、手を差し伸べずにはいられない姿を再び目にすることができて、思わず頬を緩《ゆる》ませてしまう。

私のコーネリアは昔から変わらず、真っ直ぐで果敢《かかん》で無鉄砲《むてっぽう》で、本当に愛《あい》らしい。久々に近くで見ることのできたコーネリアを記憶に焼き付けようと見つめていると、卒業祝いに来たらしいクラウス・ルガートが視界に入った。

卒業パーティーは、エスコートのために婚約者を連れて入場することができる。コーネリアの婚約者として、彼女をエスコートするために呼ばれたのだろう。クラウスから花束を受け取ったコーネリアが、嬉しそうに頬を染める姿に、頭が焼き切れるかと思うほどの嫉妬を覚えた。

ダンスに誘われクラウスの手を取ったコーネリアを、これ以上見ていることはできなかった。

もう限界だ。

これ以上、陰から見守ることなんてできない。

兄はようやくセシリアを手に入れることができた。

次は私がコーネリアを手に入れる番だ。


コーネリアが学園を卒業してからは、瞬《また》く間に忙しくなった。

一人の淑女《しゅくじょ》となった彼女が、クラウス・ルガートとの結婚に向けて準備をし始めたからだ。

コーネリアが学園に通っている間に、クラウスには浮気なりなんなりの過失《かしつ》を作ってもらい、卒業後に自然な婚約解消をしてもらう予定だったのだが、クラウスが他の女性に靡《なび》く様子はなく大きな失態も起こさなかったため、当初の予定から大きく計画がずれていた。

男性しか爵位《しゃくい》を継げないこの国で、女性に求められるのは『清く正しく美しく』そして従順《じゅうじゅん》であることだ。

それを利用し、コーネリアを他の男達から遠ざけるため、一貴族に扮《ふん》してサロンに潜り込んでは彼女の有能《ゆうのう》さを吹聴《ふいちょう》して回った。ほとんどの者がコーネリアと距離を取ってくれたが、それでも彼女の魅力《みりょく》に気付く者は一定数いた。

その中でも特に手強《てごわ》かったのが、婚約者であるクラウスだった。

貴族の青年を装いクラウスとある程度親しくなった上で、コーネリアについての評判を伝えても、のらりくらりとかわされ続け、彼女との関係に探りを入れても、曖昧《あいまい》ながら彼女を肯定するような発言を続けていた。

一度、気の強い彼女との婚約は大変だろう、と心にもないことを口にしたことがある。

「精一杯《せいいっぱい》周囲の期待に応えようと努力している彼女は、健気《けなげ》で可愛《かわい》いよね」

そう返答されたときは、心底ゾッとした。

コーネリアの婚約者として一番側にいる男が、彼女の魅力を理解しているだなんて恐怖以外のなにものでもない。

内偵のサラから聞いている分には、今のところ手は出していないようだが、このところめっきり大人びてきた彼女に、我慢がきかなくなることも容易に想像できた。

クラウスの処理に頭を悩ませていたとき、兄からコーネリアの結婚を延期させるために、女性の爵位継承を認可する特例を作ろうとの提案を受けた。

爵位の所在《しょざい》が明確にされなければ婚姻は結べない。

それは彼女の常日頃の努力と優秀さがもたらしたものだったが、私に与えられた最後の好機《こうき》でもあった。

コーネリアの爵位継承の審議《しんぎ》が始まり、女公爵として相応《ふさわ》しいかどうかの素行審査《そこうしんさ》という名目《めいもく》でディルフォード公爵に了承《りょうしょう》を得た上で、私は彼女付きの情報屋としてコーネリアの元へと通い始めた。

ディルフォード公爵夫妻には第一王子の縁者であることのみを伝え、素性《すじよう》は明かさなかったが、どことなく察するところもあっただろう。

変装した状態ではあったものの、コーネリアと久しぶりに直接会うことができ、言葉を交わせる喜びは、つい目的を忘れそうになるほどだった。

彼女は相変わらずだったし、情報屋として接しているからか、素の姿を見せてくれることが嬉しくて、気軽に軽口《かるくち》を叩いたりからかったりできる『ウィル』としての時間を満喫していた。

同時にその間も、あの手この手でクラウスに婚約破棄させようと動いていたものの、全くうまくいかなかった。

悔しいが、アイツが本気でコーネリアのことを愛していて、コーネリアもアイツのことを望んでいるのならば、二人の婚姻を認めるしかないのだろうか。

そんな不安を抱えながら日々を過ごし、女公爵の認可を引き伸ばすのもそろそろ限界かと思われたそのとき、ようやく希望の光が差し込んだ。

名前も聞いたこともない末席《まつせき》の男爵《だんしやく》令嬢が、見事クラウスを籠絡《ろうらく》したらしい。

あのクラウスがどんな令嬢に口説《くど》き落とされたのかと調べてみれば、そのお相手は中々に強《したた》かな様子で、社交界の噂を踏まえた上で、プライドの高いコーネリアなら婚約破棄をつきつけられれば別れさせるために多額の手切金を彼女に支払うだろうと踏んで行動したらしかった。

彼女に目をつけられたクラウスは気の毒だが、彼にもそれ相応の隙《すき》があったのだろう。

サラから婚約破棄の報告を聞き、私は足早《あしばや》にコーネリアのもとへと向かった。

彼女の部屋に着いてみれば、婚約破棄をされたばかりにもかかわらず、コーネリアには取り乱した様子もなくただぼんやりと天井を見上げていた。

やはりコーネリアにとってクラウスはただの政略結婚の相手だったと安心したものの、話しかけても生返事で、いつものようなキレがない。

コーネリアの口から婚約破棄された事実を直接聞けたことは良かったが、先程から上を向きがちな様子が気になった。

『つらいときや悲しいときほど、上を向くのよ。そうすれば涙も零れ落ちないわ』

幼かったあの日、コーネリアが口にした言葉が蘇《よみがえ》ってくる。

コーネリアはクラウスとの婚約破棄に心を痛めているのだろうか。

仮の婚約者であり虫除けのはずだった男に、コーネリアの心を奪われてしまったのだろうか。

そんな不安に襲《おそ》われ、彼女の気持ちを確かめずにはいられなくなった。

ウィルとして得た信頼を活用し、本音を聞き出そうと下町へと彼女を連れ出した私は、行きつけの居酒屋を目指した。

マスターからコーネリアは私の彼女かと問われれば、緩みそうになる口元を必死で引き締《し》める。

サラの手によって化粧《けしょう》を施され黒髪と眼鏡《めがね》を着用したコーネリアは別人のような姿になっているし、ぱっと見で彼女の正体を見破《みやぶ》れる者はいないだろう。

この場で彼女の本当の姿を知っているのは私だけだという事実が、細やかな独占欲《どくせんよく》を満たしてくれていた。

個室に入れば、周囲をぎこちなく見回し思案している様子に笑ってしまいそうになる。

相変わらず、ディルフォード公爵令嬢として正しくあるためには、どうするべきかを考えているのが見てとれた。

思わずその頬に触れそうになったが、思いとどまり手元にあったジョッキを彼女の頬に当てる。

驚いて可愛らしい悲鳴を上げた彼女に頬が緩む。その後丁寧《ていねい》に説得をすれば、ようやく心の内を語り始めてくれたのだった。


クラウスへの恨《うら》み言は、予想通りのものだった。

長年の間、コーネリアの優秀《ゆうしゅう》さを囁《ささや》き続けてきたこれまでの努力は、無駄ではなかったらしい。

「そういえば立太子の式典に、第二王子が出てくるらしいですよ。幼少期の毒殺未遂事件から公の場に顔を出してなかった王子、優良物件じゃないですか？」

話を聞きがてら、さりげなく自分を売り込んでみたが、望ましい反応は返ってこなかった。

私を受け入れられない理由として『呪いをかけられているせいで子ができにくい』と言われたが、情報の出所が隣国マルシュナーとわかれば、コーネリアを気に入っていた外交官《がいこうかん》の息子が予防線《よぼうせん》を張ってきたものだと推察《すいさつ》できた。

ふざけたことをとは思うものの、敵がわかっただけでも貴重な情報だと思おう。

相手に対しては一度、直接牽制《けんせい》しておくことを心に決める。

そんなことを考えていれば、コーネリアの口から思わぬ言葉が飛び出した。

「そもそも、病弱だと夜の方も励《はげ》めないと思うのよね」

さすがの私も動揺《どうよう》して口に含んだものを吹き出してしまい、さらに慌てたのが悪かったのか、おかしなところに入ってしまい咳込《せきこ》んでしまう。

そんな私の様子をどう思ったのか、コーネリアは慌てるように弁明《べんめい》を始めた。

「こっちは真剣なの！　公爵家の後継ぎは私しかいないんだから、私が早急に男児を産むしかないし、その先のことも考えればできれば女児も欲しい。精力的に子作りに励んでもらわないと困るのよ。そうすると、人前に出られないほどに病弱な第二王子は対象外なのよ」

まさかコーネリアに、私の夜の心配をされているとは思わなかった。

「私だって一応恥じらいのある乙女なんだから、夜くらい求められたいわよ。閨《ねや》まで『強く正しく逞《たくま》しく』な私を求められたくないの。ロマンス小説みたいに何回も求められるような甘い夜をとまで贅沢《ぜいたく》は言わないから、せめて私の身体に興奮してほしいじゃない？　そう考えたら、いっそ身分を気にせず騎士辺りも候補に入れる方がいいのかしら。逞しい肉体に組み敷《し》かれるっていうのも、ロマンス小説では定番だし……」

コーネリアがロマンス小説を好んで読んでいたことは知っていたし、並んでいた本のタイトルから、男性から深く愛され激しく求められる傾向を好むことは把握していた。

公爵令嬢として、外では姿勢を正して凜と立っている彼女が、男に激しく求められ組み敷かれることを望んでいるなんて、想像しただけで己の情欲が熱を持つ。

そうはいってても婚約者候補に騎士を入れるだなんて、冗談でも言わないでほしい。

コーネリアの次の婚約者は、私だと既に決まっているのだから。

兄の婚約が成立し、コーネリアの婚約が解消された今、私はいつ彼女に求婚しても許される身なのだ。

愛《いと》しいコーネリアを目の前にして、今求婚してしまおうかと、はやる気持ちを必死に抑える。

できれば『ウィル』の姿ではなく、本来の姿で気持ちを伝えたい。

嘘《うそ》偽りない姿の私を、コーネリアに受け入れてもらいたい。

「まあ新しい婚約者はおいおい探すとして、当面の問題は式典出席のためのパートナーよ。さすがにパートナーなしで出席するわけにもいかないし……。ウィル、貴族相手の仕事してるんだから心当たりない？　そこそこの身分で、後腐《あとくさ》れなく式典のパートナーを引き受けてくれそうな相手」

クラウスの代わりなんていくらでも用意できるが、これ以上彼女の隣に他の男を立たせるなんて考えられなかった。

「あ、できれば身分は伯爵家以上がいいわ。クラウス様は恐らく例の浮気相手を連れてくるでしょうし……」

そのとき、彼女の口からクラウスの名前が出てきて、思わず聞いてしまった。

「お嬢様は、アイツに未練があるんですか？」

口にした後ですぐに後悔した。

たとえコーネリアがアイツに好意を持っていたとしても、今更コーネリアを諦めることなんてできない。

未練なんてない、そう言ってほしいだけの一言だった。

「……可愛いって、言ってくれたのよ」

呟《つぶや》かれたその言葉に、足元が崩《くず》れていくような絶望感《ぜつぼうかん》を覚える。

「初めて会った日に庭園を散策《さんさく》したのだけど、急に出てきた虫に驚いてしまって、公爵令嬢らしからぬ驚き方をしてしまったの。だけど、そのとき彼が私に言ってくれたのよ。可愛らしい一面もあるんだねって。それが嬉しくて、彼を婚約者に選んだわ」

私は間抜けな顔をしていたと思う。

クラウスがコーネリアを可愛がり、愛を語り睦《むつ》み合っていたなどと語られるのかと覚悟《かくご》をしていたのに、彼女の口から出てきたのは、まるで道で転《ころ》んだ子供を慰《なぐさ》めるような一言だった。

「……それだけですか？」

「おかしいでしょう？　でもそれだけなの。それまでずっと優秀だとか立派だとか公爵家の人間として褒《ほ》めてもらえることはあったけれど、女性として褒められることはほとんどなかったの。お父様以外の男性から可愛いって言われたのは、そのときが初めてだったわ。雇われる側の人間からしたら、雇い主がこんな夢見がちで幻滅《げんめつ》したかしら」

そのときほど、自分の行動を後悔《こうかい》したことはない。

コーネリアを得たいがために、私は水面下《すいめんか》でずっともがいていたし、彼女を得るために必死に努力していたつもりだった。

しかし、クラウスはたった一言で八年もの間、彼女の気持ちを得ることができたのだという。

幼き日の王城でのお茶会で逃げずに向き合えていたなら、その後一度でも彼女に直接会えていたのなら。

身分を明かさなかったとしても、彼女に好意を伝えられていれば、易々《やすやす》とあの男にコーネリアの心を割かれることはなかったはずだ。

そのことが悔しくて、気付けなかった自分が情けなくて強く唇《くちびる》を嚙《か》み締《し》める。

「未練がないとは言い切れないかもしれない。それでも私は『ロマンス潰し』の『女公爵』なのだから、たとえ自分のことだとしても、やられっぱなしは嫌なのよ」

苦笑混じりに微笑みかけてくれるコーネリアは、相変わらず美しかった。

女性なんて、皆男性に守られ助けてもらうことを待つだけの存在だと思っていた。

そんな私の目を覚ましてくれた存在。

あの日から、ずっとコーネリアは私の心の支えであり、何を捨てても唯一欲しいと思ったものだった。

強く気高い彼女を手に入れて、私だけのものにして、依存させて閉じ込めてしまいたい。

そう思ってしまう私は、どこか壊れているのかもしれなかった。

「いいですね。その話、乗ります」

素知らぬ顔をして、彼女の要望を承諾する。

もとよりコーネリアのパートナーを他の誰にも任せるつもりはなかった。

目の前の問題が解決したことに安堵したのか、お酒が進みすぎたせいか、話がまとまった頃には彼女は椅子にもたれかかるようにして寝息を立てていた。

男の前でこんな無防備《むぼうび》な姿を見せるなんてと心配になりつつ、相手が他の誰でもなく自分であってよかったと思う。

手を伸ばし、唇に触れれば柔らかな感触があった。親指でその形をなぞり少しだけ力を加えれば、柔らかさに吸い込まれるようにして湿《しめ》り気を帯びた口内に触れる。

その感触だけで、腹の底で蠢《うごめ》く欲望がずくりと疼《うず》いた。

「……覚悟しておいてくださいね」

居酒屋へ行こうと公爵邸を出る前に、くれぐれもご自重《じちょう》くださいとサラに念押しをされたことを思い出す。

コーネリアの性格上、婚前交渉は嫌がるだろうし、初めての思い出は大切にしたがるだろう。

私が我慢強いことに感謝してほしいなと囁くと、無防備な彼女の額に一つ口付けを落とした。

初めて出会ったときの、紅く美しい髪と凛とした立ち姿が忘れられなかった。

弱い部分を隠すように、どんなときでも負けじと立ち上がろうとする彼女が眩しくて愛しくて、どうしても欲しくなった。

強がっている外側を剝《は》ぎ取って、柔らかな女の部分を確かめたい。

彼女のことを全て暴《あば》きたい。

私の中の異様なまでのコーネリアへの執着《しゅうちゃく》が、ようやく実を結ぼうとしているのだと思うと、もう少しお預けを食らうことも我慢できそうだった。

五章　式典を終えて

「お嬢様、愛《いと》しの俺が来ましたよー」

私室の扉がノックされると同時に顔を出してきた相手に、思わず飛び上がりそうになる。

「でっ——ウィル!?」

殿下《でんか》と呼びそうになった言葉を慌《あわ》てて言い直した。

書類を確認していた執務机に手をついたまま立ち尽くしている私を見て、彼はにんまりと笑みを浮かべる。いつもの詰襟《つめえり》シャツにスラックスをサスペンダーで留めたその姿は間違いなく情報屋のウィルなのだが、先日の式典で私は彼の正体を知ってしまった。

長ったらしい薄茶の前髪に目元を隠した『情報屋のウィル』というのは仮の姿であり、彼の真の姿は、輝くような黄金色《こがねいろ》の髪に濃紫の瞳を持つ我が国の第二王子——ウィリアム殿下、らしい。

らしい、と付けてしまうのは私自身、未《いま》だ事実を受け入れかねているからだった。

先日その真実を彼本人の口から聞いたばかりだというのに、慣れた様子で部屋の中央にあるソファで寛《くつろ》いでいる姿を見ていると、あまりにいつも通りの光景に、立太子《りったいし》の式典での出来事は全て夢だったのではないかというような気がしてくる。

「よ、ようこそおいでくださいました……？」

一応彼の正体を知ってしまった身としては今まで通りの対応をするわけにもいかず、ひとまず歓迎《かんげい》の言葉を口にしてみる。いつ来客があってもいいようにとドレスを着こんでいたことが、ようやく役に立ったのかもしれないと考えるとなんだか複雑な心境《しんきょう》になった。

以前と何ら変わらない彼の態度にどう接していいのか困惑していると、ソファで寛ぐウィルから小さな笑い声が上がる。

「あはは、いつも通りでいいですよ？　この格好《かっこう》の俺に対するお嬢様の態度が変わったら、邸《やしき》の使用人達にも正体がばれちゃうじゃないですか」

そう語るウィルは、へらりと締まりなく笑う。

「情報屋っていう職業は今後も役に立つはずなので続けていこうと思ってるんです。協力してもらえたら嬉《うれ》しいなぁと」

「……わかったわ」

彼がそう言うのならば、そうすべきなのだろう。

了承を口にして再び腰を落ち着けようとしたところで、ハッと側《そば》に控えていたサラの存在を思い出す。

優秀すぎる侍女《じじょ》はその存在感を消すことも上手であるため、うっかりその存在を忘れたまま彼とのやりとりをしてしまった。内心の動揺を抑《おさ》え込みながら密《ひそ》かに目で訴えれば、私の視線に気付いたウィルは暢気《のんき》にああと声を上げる。

「サラは大丈夫ですよ。同業ですから」

その言葉に何度か瞬《まばた》きを繰り返し、意味を理解した瞬間、勢いよくサラを振り返った。

「そうだったの!?」

優秀すぎる侍女だとは思っていたが、まさか彼と同業——情報屋だったとは思いもよらなかった。

「……身分は殿下の方が上ですが、同業としては私の方が長いですね」

私の問いを肯定《こうてい》したサラは、自分の正体を暴露《ばくろ》したウィルの方にちらりと非難《ひなん》がましい視線を送ると、こちらに向かって静かに頭を下げた。

「安心してください。どちらかといえば私はお嬢様の味方ですので」

「あ、裏切られた」

「殿下に目をつけられたお嬢様に同情してるんですよ」

「はは、違いないね」

二人の気の置けないやりとりを目の当たりにして、確かに彼らが知り合いであったことを認識する。

恐らく、サラの雇い主が第二王子であるウィルなのだろう。幼少期から側付きの侍女として支えてくれていたサラの知らない一面に、少なからず衝撃を受けるが、そういえば以前下町に出た際にディルフォード公爵令嬢《こうしゃくれいじょう》だと気付かれずに過ごせたのは、二人が施《ほどこ》してくれた変装のおかげだった。

その道のプロが施してくれていた変装だったと知れば、完成度の高さにも頷《うなず》ける。

「そういうわけなんで、サラの前では色々隠さなくて大丈夫です。俺もそのつもりでお嬢様に接しますんで」

ソファで寛ぎながらこちらを見上げるその様子は、いつもと変わらぬ情報屋のウィルそのものだ。これが先日出会った優美で華やかな第二王子だというのだから、本当だろうかとつい自分の記憶を疑いたくなってくる。

半信半疑《はんしんはんぎ》のまま、だらけた様子のウィルを観察していたが、こちらの視線に気付いた相手になぜか楽しげに手を振られて、なんだか真面目《まじめ》に考えるのが馬鹿らしくなってしまった。

この状態ではしばらく書類は手に着かないだろうとひとまず執務を中断し、サラにお茶をお願いするとウィルの向かいのソファに腰を下ろす。正面からじっと相手を見つめれば、ウィルは再びへらりとその頬《ほお》を緩ませた。

「……本当にウィルが、そうなのよね？　未だに信じられないんだけど」

「あは、今更疑っちゃいます？」

私の問いに楽しそうな声を上げたウィルは、半ば寝そべっていた身体《からだ》を起こし、身軽な様子でソファに座り直した。

「信じられないなら、あの日二人で控室に籠《こも》ったときのやりとりを再現しますけど？」

「け、結構よ！」

慌てて声が裏返ってしまう。あの日、殿下とのダンスを終えた後の控室でのひとときは、今思い出しても顔から火を噴きそうなほど破廉恥《はれんち》な時間だった。私の動揺を喜ぶかのようにあははと笑い声をあげている相手は、羞恥心《しゅうちしん》というものが欠落しているんじゃないだろうか。

それともそういった行為に慣れているのだろうかと訝《いぶか》しんだ視線を送れば、楽しげに首を傾《かし》げられてしまう。そんな動作さえ自然なように感じるのは、普段から近すぎる距離感と馴《な》れ馴《な》れしい態度のせいだろう。

そういえば以前下町に行ったときも、居酒屋の店主がウィルに何か下世話なことを言っていた気がする。

情報屋として活動していれば、色仕掛《いろじか》けの一つや二つはお手の物で、女性相手の振る舞いについても慣れているのかもしれない。

「……からかわないでちょうだい。貴方《あなた》にとっては手慣れたことでも、私にとっては不慣れなこともあるんだから」

「手慣れた、とは？」

きょとんと目を丸くした相手に、肩を竦《すく》めながら小さく嘆息《たんそく》する。

「しらばっくれなくていいのよ。前に居酒屋の店主が言っていたじゃない、多くの女性と関係を持った経験があるんでしょう？」

「いいえ？」

間髪《かんはつ》入れずに返ってきた否定の言葉に、沈黙が落ちた。お互いに疑問符を浮かべながら無言で見つめ合ってしまったが、そもそも王族として閨《ねや》教育を受けているはずの第二王子が、女性経験がないということはまずないはずだ。

「……そこは嘘《うそ》をつかなくてもいいのよ。下町の居酒屋店主からの確かな証言も聞いているし、それに、その、閨教育だってあったはずでしょう？」

口にしにくい単語をもごもごと口の中で呟《つぶや》けば、向かい合う相手は心底不思議そうに首を傾げた。

「居酒屋の個室を使うのは密談をするためでしたし、マスターの誤解はちょうど良かったので訂正しませんでした。あと、閨教育は無理だったんで実地《じっち》については拒否させてもらいましたね」

「無理？」

聞き返した私に、ウィルはなぜか大げさに溜《た》め息を吐《つ》いてみせる。

「無理に決まってるじゃないですか」

さも当然のごとく言い切った彼は、その足を組んでこちらを覗《のぞ》き込んだ。

「この前はっきり言葉にしましたよね？　これまでずっとお嬢様だけを想《おも》ってきたって。そんな俺が、他の女に勃《た》つと思います？」

「勃――!?　こ、言葉を選びなさいよ！」

思わぬ直接的な言葉に慌てて身を引けば、ウィルは驚きに瞬いた後、楽しそうにからからと笑い始めた。

「えー俺ですもん。普通にそのくらい言いますって」

「そりゃ『ウィル』なら言いかねないけど……」

確かに情報屋のウィルであれば、そういった俗《ぞく》っぽい言葉も使うだろう。彼の言葉を耳にして、自分の動揺の原因が、ウィルの中にウィリアム殿下の存在を意識しているからだということに気が付く。

同一人物だと言われても未だに信じきれないところはあるが、笑顔で人をからかってくるところは間違いなく同じだった。ただ、その笑顔の種類は明らかに違う。人の心に容易《たやす》く忍び込んでくる情報屋の『ウィル』の笑顔は、良く言えば親しみやすく、悪く言えば締まりのないものなのだが、第二王子である『ウィリアム殿下』の笑顔は、良く言えば高貴で、悪く言えば人を寄せ付けない圧力を伴《ともな》うものだった。

同じ笑顔でも全く違うように思えて、なんだか頭の中が混乱してしまう。

「……見た目も口調も随分《ずいぶん》と違うけれど、どれが本当の貴方《あなた》なの？」

本心がつい口から漏《も》れれば、締まりのない笑みを浮かべていたウィルがきょとんと目を丸くした。しばらく沈黙した彼は、その手で顎《あご》を掴《つか》みながら珍しく真剣に考え込んでいる様子を見せる。

「うーん、難しい質問ですねぇ」

「自分のことでしょう？」

彼本人が答えを持っていないのならば、他人が正解に辿《たど》りつきようもない。

「まあ、そうなんですけど。第二王子であるときの自分が、見た目を偽《いつわ》っていないことは確かなんですけど、この姿で過ごしてきた時間の方が長いので『ウィル』の性格も染みついてしまっていると言いますか……。素《す》の姿で愛されたいと思いつつも、この姿で無下《むげ》に扱われたいと思っている自分もいるんですよねぇ」

「何の話よ……」

脱線していくウィルの話に、さっきまでの真剣さはなんだったのかと思わず脱力してしまう。まあ、この軽口がウィルらしいと言えばらしいのだが。

「あ、でもお嬢様にとって『ウィル』はあまり好《この》みじゃないでしょう？」

妙に確信的なその言葉に、つい訝しんだ視線を向けてしまう。

「なんでそう思うのよ」

「俺みたいな軽薄で馴れ馴れしい男、嫌いですよね？」

彼の言うことは確かに合っている。昔から華やかで軽薄な男性よりも、誠実で真面目な男性が好みではあった。

「加えて言えば、見た目は『ウィリアム殿下』より『ウィル・ラーヴァント』の方がお好きですよね？」

やっぱり確信があるような言い方に、ますます眉根《まゆね》を寄せてしまう。確かに彼の言葉は的を射ているが、そんな話をウィルにしたことは一度もなかった。棚に並べていたロマンス小説のタイトルから推察したのか、それとも過去に誰かに話した内容を耳にしたのか。

落ち着かない内心を隠すように、サラが置いていったお茶を手に取ると、静かに口に運んだ。

「……根拠は？」

ちらりと目線だけで様子を窺《うかが》えば、人の良さそうな笑みを浮かべたままのウィルは、私の質問を待ってましたとばかりに口を開いた。

「相手に誠実さを求めるお嬢様は、軟派《なんぱ》に見える長髪はお好きではないでしょう？　前にセシリア嬢に『深い髪色には目を奪われる』と言っていましたし、元々明るい髪色はお好きではない。ということは、短髪で暗い髪色の『ウィル・ラーヴァント』はお嬢様の好みだろうなと思いまして」

セシリアとそんな話をしたような記憶もあるが、どう考えても最近のことではない。一体いつからこちらの情報を集めていたのかと問いただしたくなるが、同時にふと疑問が浮かんだ。

私の好みをここまで正確に把握《はあく》している彼――ウィリアム殿下が長髪だったのはなぜだろうか。

好みに合わせてほしいとは思わないが、自分だったら好意を寄せる相手に少しでも好感を持ってもらおうと、相手の嗜好《しこう》に寄り添ってしまう気がする。もしかして、ずっと私を想っていたという殿下の発言は、少々誇張《こちょう》があったのではないだろうか。

「あ、なんで好みじゃないってわかってて髪を伸ばしてたんだって思ってます？」

「なっ!?」

至近距離で顔を覗き込まれ、低い声で囁《ささや》かれる。あまりの近さに驚いて身を引けば、ウィルはあははと声を上げて笑った。

「お嬢様って『ディルフォード公爵令嬢』のときは面《つら》の皮が厚いけど、こういうときはほんっとわかりやすいですよね。めちゃくちゃ顔に出てるし、なんなら声に出てるときもあるし」

なんでわかったのかと問う前に、答えを聞かされてしまう。貴族令嬢としてあるまじき失態を指摘され、慌てて自分の顔を押さえた。

そういえば以前下町の本屋に行ったときも、ウィルにずばり考えていたことを当てられてしまったことを思い出す。あのときも同じように己の思考が、顔もしくは声に出てしまっていたのだろう。

反省半分、羞恥半分で項垂《うなだ》れていると、言い当てた本人は楽しげな様子で足を組み、自身の膝《ひざ》の上に頬杖《ほおづえ》をついた。

「お嬢様の好みに合わせて第二王子の髪を切ろうとしたこともあったんですけどねぇ。残念ながら情報屋として、いざというとき性別を誤魔化《ごまか》せるように、切るわけにはいかなかったんです」

溜め息まじりに告げられたのは、至極《しごく》まっとうな理由だった。その内容に納得していれば、再び顔を近づけられ、こちらを覗き込むようにしてにこりと微笑《ほほえ》みかけられる。

「もちろん、お嬢様に切れと言われれば切りますよ？」

瞳の奥に揺れる光を見れば、この言葉は冗談ではないのだろう。ウィルの姿をしているのに、向けられた笑顔にはウィリアム殿下のそれが重なって見えた。第二王子の太陽を溶かしたような見事な金髪は、殿下の華やかさを引き立てる一つの要素だと思う。それを私の言葉一つであっさりと捨ててしまうだなんて、彼の言葉をそのまま鵜《う》呑《の》みにするつもりはないが、それでもやはり情熱的な口説《くど》き文句に聞こえてしまう。

「……あんな美しい御髪《おぐし》を切れだなんて、罰《ばち》が当たるわ」

気恥ずかしくて顔を逸《そ》らしてみるが、伸びてきたウィルの指に顎を捕らえられ、正面を向かされてしまった。向かい合った先には、どこか切なげに眼《め》を細めたウィルが笑っている。

「……存外《ぞんがい》嫌われてなさそうで安心しました」

目を奪われるようなその表情は一瞬で、すぐにいつもの軽薄な笑顔に戻ってしまう。いつもの様子に戻った途端にその顔が目の前に迫ってきたため、反射的にその顔面を摑んでしまった。相手の中身は殿下と知ってしまった後だが、彼自身が以前同様の態度を求めているのだから不敬《ふけい》には当たらない――はずだ。

「おかしいなぁ、これは口付けを許される流れだと思ったのに」

「どうしてそうなるのよ……。中身が同じだろうが、第二王子に求婚された私が情報屋と不埒《ふらち》な関係になっているだなんて、万が一誰かに見られたら公爵家の名にかかわる醜聞《しゅうぶん》よ」

「――ということは、『私』が嫌われてるわけじゃないんですね？」

そう口にしたウィルは顔を掴まれた状態のまま、にっこりと微笑む。ふざけた体勢ではあるものの、彼の笑顔に先程一瞬見えた憂《うれ》いがなくなったことに、心の内でほっと胸を撫《な》で下ろした。

「……貴方の正体を嫌ってるわけじゃないわ。ただ、私にとっては先日が初対面のようなものだったから、まだ慣れないだけよ」

私の言葉に目を細めた彼は、自分の顔を掴んでいた私の手をゆっくりと外す。

「えーさっきも言いましたが、どんな変装をしたって俺は俺なんですけど」

そんな軽口を耳にして、ハッと恐ろしいことに気付いた。

「まさか、他にも別の姿があるんじゃないでしょうね……？」

おずおずと尋ねる私を見て、ウィルは声を上げて笑いはじめる。

「大丈夫です大丈夫です。自分が使い分けている姿は、お嬢様に見せた三種類だけですから安心してください。どの姿でいようと自分には変わりないんですけど、やっぱり素顔の自分を受け入れてもらいたいって気持ちはあるんで、第二王子のときの俺にも、おいおい慣れていってくださいね？」

そう言う彼は、笑みを浮かべたまま いたずらっぽく片目を瞑《つぶ》ってみせる。その軽薄な様子を目の前に、もし後から自分の知らない彼の別の姿が出てきても、不思議ではないだろうなと感じる。

――あの日から、ウィルには翻弄《ほんろう》されてばかりだわ。

今更ながら、先日の式典から彼に心乱されてばかりなことに思い当たり、行儀《ぎょうぎ》が悪いながらもつい大きな溜め息を溢《こぼ》してしまった。情報屋の姿の彼と会うたびにこの調子では、心臓がいくつあっても足りそうにない。

そう考えながら、頭を抱えそうになったところで、はたと気がついた。

よくよく考えてみれば、そもそも私とウィルとは情報屋と雇い主という関係だ。彼も以前と同じ関係性を望んでいるのであれば、この姿の彼と接するときには、雇い主として毅然《きぜん》とした態度で臨《のぞ》めばいいのではないだろうか。

「……それで？　今日は情報屋としてここに来たの？」

いつも通りの声音で問いかければ、ウィルはパッとその表情を明るくする。

「ああ、そうでした。お嬢様にお伝えしたいことがあってきたんです」

そう口にしたウィルは、へらりとその顔を緩めた。

「婚約手続き、もう済みましたんで」

「は？」

あまりの驚きに、ついつい口の端から令嬢らしからぬ声が漏れてしまった。

「……誰と、誰の？」

「お嬢様と、第二王子の」

恐る恐る尋ねれば、微笑んだままのウィルが言葉を返す。信じられないその言葉に、ただただ瞬きを繰り返すことしかできない。

「求婚されたのはつい先日のことよ？　一体どうやって――」

「ご両親には婚約破棄があった後に自分が第二王子であることを明かして、再度求婚することについて口頭で了承を得ていたんです。だから書類は準備してありましたし、あとはお嬢様の同意と公爵のサインをもらうだけだったんです。先程公爵からサインを頂いて手続きは完了しました」

そう言いながら、ウィルはどこに隠していたのか一枚の書類を取り出す。手渡された紙には婚約証明書と記載があり、確かに父のサインが記《しる》してあった。

なるほど、今日の訪問はこの手続きをするためで、自室に訪れたのはその報告のためだったのか。

そう納得しながらも、あまりの手際《てぎわ》の良さに感心するしかない。感心するしかないのだが、こういうことは当事者に話を通してからすべきではないかと、つい胸中に靄《もや》ついたものを抱えてしまう。

「……そういう大事な話は会ってすぐに伝えなさいよ」

「あは、俺を目の前にして動揺してるお嬢様が可愛《かわい》くてつい」

気の抜けるようなその言葉に、思わず白い目を向けてしまった。それにしても、まさかこれほど早く婚約が結ばれることになろうとは。

正直、先日の求婚はもしかしたら夢だったかもしれないと思っていた節《ふし》があったため、婚約証明書を目の前にして急に現実であることを実感する。

「ちなみに、婚約期間中は毎日お嬢様に愛を伝えに伺う予定ですので」

「はい？」

書面を見つめていた顔を上げて聞き返せば、にっこりと微笑みかけられた。

「お嬢様に、愛を、伝えに——」

「違う、そこじゃない」

相手の言葉を遮《さえぎ》りながら否定すれば、こちらをからかっているのか、ウィルはきょとんと小首を傾げてみせる。

国中の貴族に聞いて回っても、婚約期間中毎日逢瀬《おうせ》を重ねるような暇人《ひまじん》達はいないだろう。しかも婚約期間中の訪問であれば、彼は当然第二王子として姿を現すはずだ。情報屋姿の彼と会っている今でさえ、現在進行形で翻弄されているのに、見慣れない第二王子の訪問を毎日受けてしまったらどうなってしまうのか。

——確実に心臓がもたないわ。

こめかみを押さえつつ、内心の焦りを落ち着かせながら慎重に言葉を選ぶ。

「毎日来られると業務に支障が出るわ。せめて週一回に——」

「はい、じゃあ週一回で」

即座に了承されたことに驚いていると、にっこりと笑顔を返される。あっさりと受け入れたところを見ると、もともとその予定だったに違いない。

「……からかったわね？」

「やだなぁ、交渉したと言ってくださいよ。初めから週一回って言えば、隔週《かくしゅう》とかに値切られそうでしたもん」

「うっ」

図星《ずぼし》を突かれて、思わず令嬢らしからぬ声が漏れる。交渉事で相手にしてやられたことを反省していれば、ふいに彼の手が私の髪に触れた。手に取った一房の紅髪に唇を寄せた彼は、嬉しそうにその目を細める。

「訪問ができないんですから贈り物は毎日させてくださいね。何を贈ろうか、今から楽しみにしてるんです」

「……そんなに気遣わなくてもいいわよ」

そもそも訪問回数を減らすことを求めたのは私だ。会えない時間を埋めるための贈り物を受け取る権利などない気がする。

「ああ、負い目《おめ》とかは感じなくていいですからね。贈り物は大切な婚約者に愛を伝える一つの方法だと思ってるんで、どんな女性でも喜ぶような無難でありふれたものではなく、お嬢様に喜んでもらえるものをお贈りしようと思ってます」

「だからそんなに気を遣わなくても……」

「なにがいいですかね？　ああ、この前お嬢様に紹介いただいたロマンス小説のように、毎日一本の薔薇《ばら》を添――」

「ロマンス小説のことは忘れてちょうだい！」

言い終わらないうちに、全力で言葉を遮った。至極楽しそうな様子のウィルと、赤くなっているだろう顔のまま肩で息をする私。ウィルだろうがウィリアム殿下だろうが、私をからかって喜ぶ悪《あく》癖《へき》は全く同じようだ。婚約者となったウィルもといウィリアム殿下に翻弄される日々がしばらく続くことを確信して、やっぱり自分の心臓はもちそうにないと先が思いやられるのだった。

◇◆◇

大きな窓からは、眩《まぶ》しいほど日差しが差し込んでいる。ずらりと並んだ公爵家の使用人達を背に玄関ホールで待機していた私は、開かれた扉から姿を現した待ち人に淑女《しゅくじょ》の礼をとった。

「ようこそいらっしゃいました、ウィリアム殿下」

毎度のごとく予定より少し早く到着した彼は、私の姿を認めると、その目を細めるようにして微笑みを浮かべる。

「やあ、愛しのコーネリア。本日も実に可愛らしいですね」

さらりと歯の浮くような台詞《せりふ》を口にした相手を目の前に、口元が引《ひ》き攣《つ》りそうになるのをぐっと堪《こら》えて笑顔を作った。

今日は、週に一度の婚約者の来訪日。相変わらずの華やかな顔立ちのウィリアム殿下は、深い紅色の王族衣装も相まって、その姿はまさに絵本から抜け出してきた王子様そのものといった出《い》で立《た》ちである。

「ああ、今日は私の瞳色のドレスを身に着けてくれているんですね。貴女《あなた》の美しい紅色の髪が紫色の生地《きじ》に映えて、非常に似合っています。愛しい婚約者に己の色を纏《まと》ってもらえるなんて、私は幸せ者ですね」

「……先日、仕立て上がったばかりですの」

こちらの変化にすぐに気付いてくれた彼の言葉に驚きつつも、気恥ずかしさからつい視線を逸らしてしまう。

今日身に着けている紫色のドレスは、以前から言われていた「己の瞳の色のドレスを身に着けてほしい」という彼の要望に沿って新しく仕立てたものだった。殿下に褒められて悪い気はしないものの、彼の華やかさを前にすると新作のドレスさえもなんだか霞《かす》んで見える。

――今日も一段と眩しいわね。

その眩《まばゆ》い容姿に目を細めれば、心なしか窓から差し込んでくる日差しすらも、彼の引き立て役になっているような気がした。

黙り込んでしまった私を不思議に思った彼が首を傾ければ、一つに纏めた長髪がさらりと揺れ、その美しい光景に、後ろに控えていた使用人から感嘆《かんたん》の吐息が漏れる。そんな周囲の様子に気付いているのかいないのか、彼は恥じらうようにその視線を伏せた。

「お恥ずかしながら、貴女と会えることが楽しみで仕方なくて、昨夜はあまり眠れませんでした。ああ、今日も貴女に似合う花束を用意したんです。どうか受け取ってください」

その言葉と同時に、ふわりと花束が差し出される。目の前に現れた花束は、真っ赤な薔薇を中心に色とりどりの花達が美しく添えられていた。

「……ありがとうございます」

毎度のことながらロマンス小説もびっくりな貴公子対応に驚いてしまう。これまで個人的に花束を贈られるような経験がほとんどなかった私は、毎回花束を受け取るだけでも内心狼狽《うろた》えていた。

「毎回お花をくださいますが、あまりお気遣いいただかなくても、お気持ちだけで十分ですわ」

「おや、花はお好きではありませんでしたか？」

「いえ、好き、ですが……」

「でしたら今後もぜひ贈らせてください。コーネリアに喜んでもらえるのでしたら、私にとってそれ以上の慶《よろこ》びはありませんので」

眩しいほどの笑みと共にそう告げられれば、かっと熱くなる顔を誤魔化すように小さく咳払いをする。

公爵邸の使用人達が多く揃《そろ》うこの場で、婚約者の口説き文句ごときに動揺している姿を見せるわけにはいかない。

「……客間に、ご案内いたしますわ」

近くにいた使用人に花束を預けて顔を上げれば、目が合った殿下に嬉しそうに微笑まれる。

——毎度のことながら、調子が乱れるわ。

婚約者の出迎えなんて、元婚約者にも当然のようにしていたことだった。そんなあたりまえの行動をこれほどまでに喜んでもらえることに戸惑《とまど》いつつも、悪い気はしていない自分がいることに、なんだか複雑な気持ちになる。落ち着かない心境のまま客室へと足を踏み出せば、いつものように使用人達からの熱烈な視線が突き刺さってきた。

私達の婚約が結ばれた直後、公爵邸の使用人達の間で例の求婚話が急速に広まった。婚約破棄をされた私に第二王子が求婚するという出来事が、まるで王太子《おうたいし》アルフレッドと王太子妃セシリアのときのようだと若い侍女達を中心に盛り上がり、その影響から今現在、我が邸の使用人達はウィリアム殿下を熱く支持している。

彼らの歓迎はありがたいのだが、一人一人の視線から「お嬢様を頼みます」「どうか幸せにしてください」という熱いメッセージが伝わってきて、更にはその使用人達に「任せてください」と言わんばかりに殿下が頷き返すものだから、毎度のように居たたまれなくなる。

客間に到着し向かい合って腰を落ち着けると、給仕がお茶を用意する姿を横目にしながら、どうしても今日一番に伝えておきたかったことを口にした。

「殿下、先日はお時間をいただき誠にありがとうございました」

私の言葉に一瞬瞬きを繰り返したものの、心当たりを思い出した彼は、にっこりと笑みを浮かべる。

「ああ、セシリア嬢の件ですね。こちらこそコーネリアの親友にご紹介いただけて嬉しかったですよ」

用意されたカップを手に取った彼は、その琥珀《こはく》色の水面を見つめながら、ゆっくりと口に運ぶ。

セシリアからもらっていた『式典終了後、可及的《かきゅうてき》速やかに報告に来い』という手紙の通り、式典後すぐに会う約束を取り付けていたのだが、情報屋姿の殿下にその予定を話したところ、なぜか彼は自分も行くと言い出した。

一応確認をとセシリアに相談したところ、絶対に連れて来るようにと返事がきたため、結局婚約の挨拶を兼《か》ねて二人揃ってアンダーソン家に伺うことになったのが先日のこと。殿下の同行を相談した際のセシリアから手紙が『絶対に連れて来なさい。聞きたいことが山ほどあるわ』と不穏な内容だったため、内心どうなることやらと心配していたのだが、実際に顔を合わせた二人は、私の目の届く範囲では終始和《なご》やかに会話をしていた。

下町に行ったくだりは上手に伏せながらも、情報屋のウィルとして式典のパートナーを務めることになった流れを報告した殿下は、セシリアから身分を偽って私の側にいた理由を問われれば、公爵位を継ぐための素行調査だったと答えた上で、「幼い頃から想い続けていたコーネリアに近付きたいという下心がなかったかといえば嘘になりますけどね」と爽《さわ》やかに告げた。

そんなやりとりに思わず赤面していれば、私の様子を見たセシリアは苦笑を浮かべつつも、最終的には私達の婚約を祝福してくれたようだった。

「セシリアが認めてくれてよかったです。セシリアにとっては義弟にあたるとはいえ、殿下に対する質問の仕方じゃありませんでしたから」

苦笑まじりに紅茶を口にすれば、向かい合う殿下が首を傾げた。

「あれは納得したわけじゃないと思いますけどね？　コーネリアの様子を見て、認めざるを得なかったんだと思いますよ」

「え？」

「いえ、おかげで助かりました」

にっこりと微笑まれれば、その続きを聞くことはできない。もしかしたら無意識なのかもしれない笑顔の圧力は、もはや殿下の性分《しょうぶん》なのだろう。さわらぬ神にたたりなしとそれ以上の追及は諦《あきら》める。手に持っていたカップをテーブルに置くと、先に断りを入れることにした。

「殿下。ご訪問いただいたのに誠に申し訳ないのですが、本日は別件で来客の予定がありまして、あまり長くはお時間を取れないかと思います。先に非礼をお詫《わ》び申し上げます」

そう口にしながら、深く頭を下げる。殿下との婚約が結ばれてしばらくした後、滞《とどこお》っていた私の公爵位継承が認可された。なにも同時期に人生の転機が集中しなくてもと思うが、そうなってしまったものは仕方がなく、ここ最近は爵位継承の手続きを進めながら父の仕事を手伝いつつ業務を学ぶという、慌ただしい日々を過ごしている。

今日は、我が邸を訪れる隣国の外交官との会談に同席し、次期ディルフォード公爵として挨拶をする予定だった。ディルフォード公爵である父は我が国の外交官も務めており、次期ディルフォード公爵となった私は、その職も引き継ぐことになる。これまでは殿下の訪問日に仕事が重ならないよう調整していたのだが、今日に限っては、なぜか父を通して殿下の訪問が伝えられたため、会談の一時間前に殿下の訪問を受けることになってしまっていた。せっかく訪問した婚約者を短時間で帰すなんて、薄情な女だと思われただろうかと恐る恐る相手の様子を窺うが、視線の先の殿下は、なぜか先程と変わらない笑みを浮かべたまま優雅にお茶を口にしていた。

「ああ、マルシュナーの外交官でしょう？　話は聞いていますよ」

「え？」

驚きに声を上げれば、向かい合う殿下はにっこりとその笑みを深める。

「それもあって訪問日を今日にしたんです。私も貴女の婚約者として、御挨拶させていただこうと思いまして」

手に持つカップの水面に視線を落としながら語られた殿下の言葉を耳にして、しばらく目を瞬いていたものの、ハッと彼の行動の理由に思い当たり冷や水を浴びせられたような心地《ここち》になった。考えてみれば、自分が女公爵となることが決まった今、次世代の挨拶をするとすれば公爵位を共に支える彼についても紹介すべきだっただろう。

男性優位の国も多い外交の場で、女性が相手となれば侮《あなど》られる可能性も大いにある。そんな女性を軽んじ男性を重用するタイプの相手に対しては、私の婚約者が現王族のウィリアム殿下であるという事実は特に効果を発揮するはずだ。今回の会談相手が旧知の仲であるマルシュナーの外交官であることは別にしても、彼が同席することによって、外交において優位に立ちやすくなることは間違いない。次期ディルフォード公爵家の武器とも盾《たて》ともなる彼の存在を、紹介しない手はなかった。

――私の落ち度だわ。

自身の失態を反省しつつ、深く頭を下げる。

「殿下の心遣いに感謝いたします。王家の威光《いこう》をお借りすることは心苦しくはありますが、お力添えいただけることを心強く思っております」

外交の場において、優位性を保《たも》つことは重要だ。彼の持つ肩書《かたがき》を借りる——言ってしまえば彼を利用することを許してもらえたことに感謝の意を示す。交渉を優位に進めるために手札を揃えるという基本中の基本を見落としていたなんて、なんだかんだ爵位継承が認められたことに、どこか浮かれていたのかもしれない。

女公爵としての立場の確立を急くあまりに、冷静さを欠いていたのだろう。溢れそうな溜め息を呑みこみながら顔を上げれば、なぜかきょとんとした様子でこちらを見つめている殿下と目が合った。

「殿下？」

「ああ、いえ。まさかそうとられるとは予想外でした」

そう言いながらにっこりと微笑んだ彼は、手にしていたカップをテーブルに置くと、小さく首を傾げた。

「コーネリアが謝る必要はありませんよ。確かに相手によっては私が必要な場合もあるかもしれませんが、今回はディルフォード公爵家と縁の深いマルシュナー国のタガール公爵家との顔合わせだと聞いていますし、そう気を張る必要もないでしょう。コーネリアはディルフォード公爵の名代《みょうだい》としてもよくやっていますよ」

その言葉に、ついじんわりと目の奥が熱くなりそうになる。次期公爵だと認めてもらったからには周囲の期待に応えなければと、完璧な振る舞いを心がけているつもりだった。これまでだって失敗をしないように入念な準備をして、揚《あ》げ足《あし》を取られないように予防線を張って、完璧に見せる努力をしてきたし、普段の自分であれば二人での挨拶を提案したはずだ。そうしなかったのは浮かれていたからか、視野が狭《せば》まっていたからか。そんな私の小さな綻《ほころ》びを繕《つくろ》おうとしてくれるような温かな殿下の言葉に、視界が滲《にじ》みそうになり慌てて上を向いた。

「もともと顔を出すのは結婚後からでいいかなと考えていたんです。ただ今回の挨拶については別の目的があって、私から公爵に願い出たんですよ」

ふと、その言葉に不穏な響きを感じて視線を戻す。向かいに座る殿下は、ただただ穏やかに微笑んでいた。ウィリアム殿下は笑顔が穏やかなときこそ不穏なことを考えていることは、殿下と出会ったときから、身に染みて理解していた。この感じは間違いなく何か裏があるのだろうと背中に冷たいものが伝う。

しかし、ここで尋ねてしまえば墓穴《ぼけつ》を掘《ほ》ってしまうような気がして、結局彼の目的が何かを聞くことはできないまま会談の時間を迎えたのだった。

◇◆◇

「やあやあディルフォード公爵、久しぶりだな」

「タガール公爵。息災でなにより」

客間へと案内されてきたタガール公爵は、父の顔を見るなりその顔を綻ばせた。お互いに熱い抱《ほう》擁《よう》を交わし合う二人は、別の国の外交官同士でありながら長年の親友同士でもある。ふくよかな体に亜麻色《あまいろ》のジャケットを羽織《はお》ったタガール公爵とは、父を通して昔から親交もあり、私にとっても叔父のように親しみ深い存在だった。久しぶりの再会に会話を弾《はず》ませ、旧交を温める二人の姿を、一歩下がった位置で見守る。本来他国の外交官との会談は王城で行うことが一般的だが、父とタガール公爵との長年の親密な関係性から、マルシュナー国の外交官に限っては昔から例外として我が邸での会談が許可されていた。

「我が邸までご足労いただき感謝する。今日は改めて報告したいことがあってね」

父の言葉と共に視線を向けられ、改めてタガール公爵に向けて淑女の礼をとった。

「タガール公爵、ご無沙汰《ぶさた》しております」

挨拶を口にして微笑みかければ、以前会ったときよりも少しふくよかになったタガール公爵は、眩しそうにその目を細める。

「おお、コーネリア嬢か。これはまた、ますます磨《みが》きがかかったようだな」

「まあ、嬉しいお言葉をありがとうございます」

タガール公爵には四人の子供がいるが女児に恵まれず、娘が欲しかったらしい彼は、幼い頃から私のことを実の娘のように可愛がってくださっていた。

そんな彼に、私の口から今回の報告ができることは、嬉しくもあり誇《ほこ》らしくもある。

「この度、私が父の跡を継《つ》ぐことに決まりましたのでご報告申し上げます。タガール公爵には直接ご報告させていただければと思い、この場に同席させていただきました」

私の言葉にタガール公爵はその目を大きく開き驚きの表情を見せたものの、次の瞬間には目尻《めじり》を下げてその顔に満面の笑みを浮かべた。

「なんと、コーネリア嬢が跡を継ぐか。いやはや優秀な御令嬢だとは思っていたが、ディルフォード公爵も鼻が高いだろう？」

「はは、タガール公爵こそ優秀なご子息に恵まれているではないか」

「それぞれ自由に育ってはいるがね。末の息子は未だにこうして私の側付きをしているし、優秀に育つかどうかはまだわからないな」

はははという笑い声と共に視線を送られた先には、タガール公爵家の末の息子であるレイグが呆《ほう》けた顔でこちらを見つめていた。私より三歳年下のレイグは、タガール公爵の訪問の際は必ず付いてきていたので、幼い頃は会談中に一緒に遊んだこともあったし、たまに会う弟のような存在だった。以前はよくつっかかってくるような性格だったのだが、さすがに彼も今年十八歳になることもあり落ち着きも出てきたのだろう。

今日は来訪してから一言も発しておらず、タガール公爵の側に大人しく控えているようだった。

「おや、そちらの方は？」

そんなことを考えていると、タガール公爵から声が上がる。彼の視線は、私の隣に並び立つウィリアム殿下に向けられていた。私から紹介をと口を開きかけたが、肩に手を置かれて制される。こちらに向けてにこりと微笑んだ彼は、タガール公爵に向き直ると、その手を胸に当てて一礼をとった。

「タガール公爵、お初にお目にかかります。私はウィリアム。ガーディアル国第二王子であり、次期ディルフォード公爵となるコーネリアの婚約者です」

殿下の自己紹介に、タガール公爵は再び大きく目を見開く。驚きを露《あら》わにしたタガール公爵だったが、何度か大きくその顔を縦に揺らすと「そうか、そうか」と感嘆の言葉を口にしながら、その手を殿下に差し出した。

「コーネリア嬢の婚約者殿でしたか。初めてお会いしたが、王家の方だったとは存じ上げませんでした。ご挨拶が遅れ申し訳ございません。このような機会に、お会いできて光栄です。私はマルシュナー国から参りましたジョゼフ・タガールと申します」

「タガール公爵のお話は、ディルフォード公爵からもお伺いしております。ご多忙の中、我が国へ訪問くださり、誠にありがとうございます。今後はコーネリア共々、親しい関係を築いていければと願っております」

「もちろんです。ウィリアム殿下」

まるで情報屋だった頃のウィルのような柔和さで、あっという間にタガール公爵と打ち解けた殿下は、私の父ディルフォード公爵も加えて三人で和気《わき》あいあいと盛り上がり始めてしまった。

そんな三人を目の前にしながら、心の内で密かに先程のタガール公爵の発言を反芻《はんすう》する。タガール公爵は『婚約者と初めて会った』と口にしたが、しばらく会う機会のなかった彼の言う『婚約者』とは、恐らくウィリアム殿下ではなく元婚約者のことだろう。ここ数ヶ月の間に起こった婚約破棄と殿下との婚約について報告できていなかったため誤解を招いてしまったようだ。

タガール公爵に嘘をついているようで、なんとなくすっきりしないままではあるが、今は正式な会談の場でもあるし、この楽しげな雰囲気に水を差すのも野暮《やぼ》だろうと過去のいざこざはそっと心の内にしまっておくことにした。

「これほど気さくな方が婚約者とは、コーネリア嬢もさぞ心強いことだろう。王家ゆかりの方となれば、ディルフォード公爵家もますます安泰ですな」

「お褒めに預かり光栄です。コーネリアが公爵位を継ぐことになったのは、彼女の優秀さが認められたからですので、愛する彼女のために私も微力ながら協力していきたいと考えています」

「ははは、これはこれは。婚約者殿は随分とコーネリア嬢に熱を上げているようだ」

「ええ、もちろんです。私にとって、彼女の隣に立てることがなによりの喜びですから」

「で、殿下！」

思わぬ方向に進んでしまっている二人の会話に、思わず口を挟《はさ》んでしまう。客間中の視線がこちらに突き刺さり、徐々に顔面が熱を帯《お》びていくのがわかった。そんな私を見て殿下は嬉しそうに微笑んでいるし、タガール公爵は声を上げて豪快に笑い始めてしまった。

「はっはっは！　二人の熱にあてられてしまいそうですな。相思相愛《そうしそうあい》のようでなによりなにより。いやいや、残念だったなレイグ」

「なっ！」

上機嫌なタガール公爵に話を振られて慌てたのは、今日我が邸に着いてからほとんど口を開いていなかったレイグだった。外交官である父の補佐として我が国に来ていた彼は、黒いシャツに金刺《きんし》繍《しゅう》の入った紺色の上着と落ち着いた身なりをしていたのだが、今の一言で形無《かたな》しである。

「ちょうどいい。この場に来ている我が愚息も紹介させてもらえんかね」

「ぜひ」

タガール公爵の申し出に、穏やかな笑みで答えたのはウィリアム殿下だった。確かにこの場にいる人間の中で、父と私は既《すで》にレイグのことを知っているし、タガール公爵はウィリアム殿下に彼を紹介したかったのだろう。突然話を振られたレイグは、こういった場に慣れていないせいか顔を顰《しか》めながらも、父親譲りの赤髪を手ぐしで整えながらウィリアム殿下の前に出た。緊張しているのか落ち着かない様子で視線を彷徨《さまよ》わせたレイグは、殿下に向けてぎこちない礼をとる。

「……初めまして、レイグ・タガールと申します。ガーディアル王家の方にお目通り叶《かな》い、恐悦《きょうえつ》至極にございます」

「ご丁寧にありがとうございます。コーネリアの夫となりましたら、王家からは離れ一臣下となりますので、堅苦しくないお付き合いをお願いできれば幸いです」

「こちらこそ、よろしくお願いいたします」

終始笑顔のウィリアム殿下に対し、挨拶を終えたレイグはすぐさま殿下の前から下がってしまった。外交官としては落第点な行動だが、ウィリアム殿下の底の知れない笑顔から逃《のが》れたくなる気持ちはわからないでもない。

タガール公爵家はしっかり者の長男が継ぐと聞いているから、外交の場に立つ予定もないレイグの態度に少々難《なん》があろうと気にする必要はないのだろう。側に戻ってきたレイグに対して「しゃんとせんか」と小突いているタガール公爵は、外交官ではなく父親としての表情を浮かべていた。

「さあさあ、全員の挨拶も終わったところで、本題に入ろうか」

父であるディルフォード公爵の声かけによって、席に着いた私達は、それぞれ外交官とその補佐官の顔に切り替わる。立場は変わるものの、先程までの和やかな空気は確かに残っており、業務的なやりとりもいつも以上につつがなく進行していた。

これまでいつも二対二で話していた場だったが、ウィリアム殿下という一人が加わったことで、その存在が確かな心強さに繋《つな》がることを感じさせられたのだった。

◇◆◇

「おいっコーネリアどういうことだよ！」

小休憩の間に席を立ち、客間に戻ろうとしたところで、なぜか廊下にいたレイグに声をかけられた。着いてくるよう言われて後に続けば、玄関ホールにほど近い場所まで移動させられて今に至る。

廊下の死角で向かい合いながら小声で詰め寄られているのだが、そもそも彼から怒りをぶつけられる心当たりは全くなかった。

「どういうことって、なんのことよ」

眉根を寄せて質問を返せば、相手は苛立《いらだ》ったようにその赤毛をがしがしと掻《か》いた。

「婚約者だよ、婚約者。前は伯爵家《はくしやくけ》の三男坊だって言ってたじゃないか！　なんでいつの間に、よりによって第二王子になってんだよ⁉」

彼の言葉に思わず目を見張る。

先程タガール公爵は、元々婚約者はウィリアム王子だったような口ぶりで話していたが、レイグが気付いていたということは、彼の父であるタガール公爵も婚約者の交代を察していたのだろう。

その上で敢《あ》えて先程のような態度をとったということは、殿下や我々に配慮《はいりょ》した判断だったに違いなく、長年外交官を務めてきたタガール公爵の対応力に感心してしまった。

あの場で事実を訂正するかを悩んでいた自身の未熟さを反省する。

「おいっ聞いてんのか！　なんで婚約者が王子になってんのかって聞いてんだけど⁉」

レイグの言葉にハッと我に返った。ついつい思考に耽《ふけ》ってしまったが、目の前で声を潜めながらも怒りをあらわにキイキイと声を上げている相手を見て、思わず溜め息を溢しそうになってしまう。

先程客間で会ったときは以前よりも大人しくなったように見えたため、年頃になってようやく落ち着きが出てきたのかと思っていたのだが、こうして話してみれば変わったのは身長が伸びたことくらいで、相変わらず口の悪い少年のままだった。

「なんでと聞かれても、前の婚約者に婚約破棄された後に殿下と婚約しただけよ」

「はっ⁉　婚約破棄⁉」

目を大きく見開いて驚愕《きょうがく》の表情を浮かべた相手を見て、改めて事の大きさを実感してしまう。

隣国においても、婚約破棄はなかなかの醜聞らしい。それに加えて、国内で『ロマンス潰し』だなどと大層な通り名で呼ばれているディルフォード公爵令嬢の婚約破棄となれば、それはそれは大層な醜聞だっただろうと自嘲《じちょう》の笑みが溢れた。

「婚約破棄は事実よ。元婚約者から婚約を解消したいと申し出があったから受け入れたわ」

私の淡々とした口調に冷静さを取り戻したのだろうレイグは、気遣うような視線をこちらに向けながらも、顔を俯《うつむ》けてぽつりと呟いた。

「婚約破棄はわかったけど、だからってなんで王子と……俺が前に言った話、忘れてたのかよ」

「前に言った話って？」

「あれだよ、ほら……呪いってやつ」

「……ああ、あの話」

彼から聞いた話に思い当たると同時に、別の記憶まで蘇《よみがえ》ってくる。

『子をできにくくする呪いをかけていたそうなの』

『まあ呪われていたとしてもその分励《はげ》めばいいんでしょうけど、そもそも、病弱だと夜の方も励めないと思うのよね』

レイグから聞いた話を居酒屋でウィル——もといウィリアム殿下に語り、本人を目の前にして夜の心配をしてしまったことを思い出し、思わず遠い目をしてしまう。

あの夜やらかした数々の失言は、もう記憶から消し去ってしまいたい過去だった。両手を伸ばし相手の肩をがしっと摑めば、レイグは驚きに身を強張《こわば》らせる。

「その話は忘れましょう。記憶から抹消しといて」

念を押すように下から鋭く睨《にら》み付ければ、レイグは慌てたように視線を逸らした。

「な、なんでだよ。俺がなんのために――」

「とにかく忘れなさい。初めからそんな話はなかった。いいわね？」

「お、おう」

肩を摑む手に力を込めながら強い口調で伝えれば、戸惑いながらも頷き返すレイグ。

押されれば押し負ける。こういう扱《あつか》いやすいところが、まさに弟と感じられるところだった。了承を得たことでほっと胸を撫で下ろしつつも、思い出した記憶を消そうと呻《うめ》きながら頭を抱えていると、気まずげにしていた彼が口を開いた。

「……ガーディアルの第二王子って、ずっと病弱で外部と接触してなかった奴だろ？　なのになんでいきなりコーネリアの婚約者になるんだ？」

「知らないわよ。気が付いたら婚約は結ばれてたし」

「は？」

呆けたように聞き返されても、突然の求婚から婚約が結ばれるまで、あっという間に手続きがなされていたのは事実だ。

「なんだそれ。無理やりってことか？」

「いや、無理やりってわけじゃないわ」

求婚をされたのは事実だし、幼い頃から自分を想ってくれていたという殿下の言葉も確かにあった。決して無理やり婚約を結ばされたわけではないが、正直流されていないかと問われれば否定できない節もある。

「……おい、コーネリアお前騙《だま》されてるんじゃ――」

「おや、こんなところで内緒話《ないしょばなし》ですか？」

背後からかけられたその声に、思わず身体が跳《は》ねそうになった。穏やかな声音にもかかわらず、ぞわりと背筋が凍りつきそうな気配《けはい》に、恐る恐る振り返れば、そこにはにこにこと人の良さそうな笑みを浮かべたウィリアム殿下が立っていた。

「コーネリアの戻りが遅かったので、迎えに来てしまいました」

その笑顔には、会談中と特に変わった様子はない。今の気配は気のせいだったのだろうか。

「……遅くなってしまい申し訳ございません」

「嫌だなあ。コーネリアがそんな態度だと私が束縛《そくばく》しているように見えるじゃありませんか。普段のように、私の顔をその手で摑んでから思いっきり引っぺがすくらいの扱いでいいんですよ？」

「あ、あれはっ――！」

情報屋のウィルにしている仕打ちを引き合いに出されて、思わず汗が吹き出しそうになる。常日頃から王族でもある婚約者を手酷《てひど》く扱ってるような彼の発言に、私の常識を疑われては堪《たま》らない。

訝しげな視線をこちらに向けているレイグに、なんと言い訳をするべきかと考えていると、ウィリアム殿下の手がそっと肩に置かれた。

「ふふっ大丈夫ですよ。貴女と私の秘密ですからね」

眩いばかりの笑顔を向けられ、これはいつものパターンだと確信する。

「……からかっていますね？」

「あはは、バレました？」

ちっとも悪びれない様子の殿下は、私の恨《うら》みがましい視線を気にするどころか、笑みを深めながらこちらに顔を近づけてきた。

「コーネリアは罪作りな人ですね」

「え？」

「私の目を盗んで異性と密談だなんて、浮気だと思われても仕方のない状況ではないですか？」

その指に顎を捉えられ、深い紫の双眸《そうぼう》に覗き込まれる。不穏な言葉を口にした彼は、その瞳に仄《ほの》暗《くら》い光を宿《やど》しながらじっとこちらを見つめていた。張りつめた空気に息を詰めるように強張ったままの私を見て、なにを思ったのか殿下はふっと小さな笑みを溢し、至近距離にあったその顔をゆっくりと離した。

「ふふ、冗談です。私はコーネリアの性格を知っていますから、貴女からの浮気は疑っていませんよ」

彼の指が私の紅髪を一房掬《すく》い上げると、そっと唇を寄せられる。再びこちらに笑顔を向けた彼の表情には、もう先程のような翳《かげ》りは見えなかった。

凍《こお》り付いていた空気がやっと緩んだ気がして、ようやく肩の力が抜ける。

「さあ、戻りましょうか。レイグ殿も、タガール公爵がお待ちでしたよ」

側にいたレイグに声をかけると、殿下は私の肩を抱くようにして客間へと足を踏み出した。

「あの、殿下。自邸内ですし、一人で歩けますから」

「おや、私に肩を抱かれるのがお嫌だと？　ああ、もしかしてレイグ殿の前だから恥ずかしいんですか？」

「レイグ限定ではありません。誰の前でも恥ずかしいです」

明らかにこちらをからかっている様子の殿下を睨み付けるように言葉を返せば、何が楽しいのかくすくすと声を上げて笑い始めてしまった。どうやら彼は、私が焦る姿を喜ぶ悪趣味な面がありつつ、私に怒鳴られたり言い返されたりすることを喜ぶ一面もあるらしい。婚約者の悪癖に頭を抱えたくなり深い溜め息を吐けば、なにを思ったのか隣を歩いていた殿下が不意に後ろを振り返った。

彼の視線の先には、後ろをついてきていたレイグがいる。

「ああ、レイグ殿。一つお伝えしそびれていたことがありました」

「……何か？」

警戒するレイグに対し、殿下は至極穏やかな微笑みを浮かべた。

「今後は、あまり私の婚約者をからかわないでくださいね。御存じのとおり、コーネリアは非常に素直な性格をしているもので、案外『噂《うわさ》』なんかも信じてしまいますから」

隣に立っている私にも、穏やかな声音に込められた確かな苛立ちが伝わってくる。

彼の夜の生活を心配した例の『噂』について、レイグによって語られたものであったことを殿下が確信しているのは明らかだった。殿下の怒りを買った原因が自分であることは間違いないので、完全にとばっちりであるレイグには申し訳なく心の中で謝罪する。後でレイグになんと謝ろうかと思案していれば、肩を抱いている手に力が込められた。不思議に思って顔を上げれば、こちらを見つめていた殿下ににこりと微笑みかけられる。

「ああ、でもそういえば、その噂のおかげでコーネリアから情熱的なお誘いもいただけたんでしたね。レイグ殿には感謝しなくては」

その言葉に、思わず息を詰まらせた。

「でっ殿下！」

「はは、これも二人の秘密でしたね」

声を立てて笑う殿下は、楽しそうに私の頭を撫でる。普段あまりしないような所作を不審に思い訝しんで見上げれば、目を細めて微笑んだ殿下が、再びレイグへと視線を向けた。

「レイグ殿、今後もコーネリア共々どうぞよろしくお願いいたしますね」

そう言いながら浮かべた微笑みは、先程のような威圧感《いあつかん》はなく、至極友好的なものだった。客間に戻れば、我々を待ちわびていた父二人と合流し会談が再開される。その後、何事もなく会談を終えることができたのだが、会談が終わって馬車に乗り込むまで、レイグが言葉を口にすることはなかった。

六章　『ロマンス潰し』の女公爵

「殿下、噂《うわさ》を正したいと思わないのですか？」

「噂、ですか？」

週に一度の訪問《ほうもん》日。婚約者として我が邸《やしき》を訪れたウィリアム殿下から、二人の時間を過ごしたいと誘われて庭園《ていえん》に出た私達は、途中東屋《あずまや》で休憩をしていた。お茶の用意をと侍女《じじょ》を呼びに行こうとしたが、やんわりと断られたため、そのまま二人長椅子《ながいす》に隣り合うようにして腰《こし》を下ろす。黒地に華やかな金装飾《きんそうしょく》の入った王族衣装を身に纏《まと》った彼の隣に座れば、胸元に大きく薔薇《ばら》の刺繍《ししゅう》の入った深緑《しんりょく》のドレスも引き立て役になっているような気がしていた。

「好き放題言われているじゃないですか。その、殿下のことを悪様《あしざま》に……」

立太子《りったいし》の式典のあの日、多くの貴族の前で求婚をしたことから、私達の婚約は国中に知れ渡っている。第二王子について、留学という建前《たてまえ》にしてはいたものの毒殺《どくさつ》未遂《みすい》の影響で病《やまい》の床についていると、まことしやかに囁《ささや》かれていたことから、今回の求婚は役に立たない第二王子をディルフォード家に押し付けようとする王家の策略《さくりゃく》だと噂されているようだった。私の公爵位《こうしゃくい》の継承《けいしょう》が認可された現在は、殿下について『女公爵の若燕《わかいつばめ》』と下品な呼び方までされるようになってきていた。

「ああ、私の名誉《めいよ》を傷つけられたと代わりに怒ってくれているんですね。相変わらずコーネリアは可愛《かわい》いなぁ」

「からかわないでください」

生来《せいらい》の鋭《するど》い目つきで睨《にら》みつけてみても、相変わらず殿下に怯《ひる》んだ様子はなく、ただただ嬉《うれ》しそうに頬《ほお》を緩《ゆる》めている。

「私は事実を言っているだけです。情報屋としてもあれほど優秀でいらっしゃるのに、無能《むのう》呼ばわりだなんて、失礼にも程があります」

悔しさのあまりにテーブルを叩《たた》けば、殿下はますます笑みを深めた。

「情報屋として優秀だと吹聴《ふいちょう》して回られたら、商売上がったりですけどねぇ」

「そ、それはそうかもしれませんけど」

確かに情報屋は様々な場所で情報を集めたり、逆に都合のいい噂を撒《ま》くことが仕事のため、素性《すじょう》がバレてしまえば何もできなくなってしまうのかもしれない。要《い》らぬお世話で余計《よけい》なことを言ってしまったのではと反省し、謝罪しようと顔を上げると、なぜか殿下はぼんやりと遠くを見つめていた。

「……コーネリアこそ、自分自身の噂を正したいと思ったことはありませんか?」

「私の噂、ですか?」

予想外の質問に、つい首を傾《かし》げる。立太子の式典での一件があってから、ここ最近は特におかしな噂を立てられることもなかったため、彼の言う噂に心当たりがなかった。

そんな私の様子を横目で確認した殿下は、再び遠くを見やりながら囁くように言葉を続ける。

「ほら、『ロマンス潰し』だとか『女公爵』だとか、この国の女性としては不名誉に感じられる噂もあるでしょう？」

「ああ」

その言葉にようやく合点《がてん》がいきながらも、殿下がそんなことを気にしてくれていたのかと意外な気持ちになった。

「正す必要性を感じませんわ」

私の言葉に、彼はゆっくりとこちらを向くと、その目を瞬《しばた》かせる。

「どうしてですか？　先程も言いましたが『ロマンス潰し』にしろ『女公爵』にしろ、この国の女性にとっては不名誉とされる呼び名ですよね？」

その顔に浮かんでいるのはいつもの笑みなのだが、どこか戸惑《とまど》うように視線を泳がせる彼の様子を不思議に思う。もしかしたら彼は彼なりに私のことを心配して、情報屋としてそれらの噂を払拭することを考えてくれていたのかもしれない。そんな彼の気遣いをありがたく感じつつも、やはり自分の噂について正す気にはなれなかった。こちらを窺《うかが》うようにじっと見つめてくる相手に、にっこりと微笑《ほほえ》みを返す。

「確かに殿下のおっしゃる通り、『ロマンス潰し』も『女公爵』もこの国の女性にとっては不名誉な呼び名だとは思いますが、全て間違いなく私自身を指している事柄ですから」

私の言葉に、殿下は小さく目を見張ったようだった。

「いくつかのロマンス劇を私が潰してしまったことは事実ですし、女性でありながら次期ディルフォード公爵となることも決まっています」

学園の卒業パーティーでロマンス劇に遭遇《そうぐう》し、口を出したことが『ロマンス潰し』と呼ばれる始まりだった。社交界では淑女《しゅくじょ》の三か条を捩《もじ》って『強く正しく逞《たくま》しく』と評され、学園生活でも他の子息達に負けじと努力した結果、爵位継承《しゃくいけいしょう》を認められて『女公爵』と呼ばれるようになった。どちらも一般的には不名誉な通り名ではあるが、それが事実であることは間違いなく、自分の性格や行動が率直に言い表されたものだった。

確かに、これまでそれらの通り名を返上したいと思ったこともある。しかし今になって考えてみれば、私にとってその呼び名は、決して『不名誉』なものではなかった。

「自身の婚約者にそういった噂があることが、殿下にとって不名誉に感じられるということであれば名誉毀損《きそん》の訴えを起こすことなども検討しますが、私自身に限ってはその必要を感じておりません。私の呼び名に関しては、いつか周囲からも『不名誉』だと思われなくなればいいと思っています」

「それは一体？」

驚いたように目を見開いたままの彼は、ぽつりとそう呟《つぶや》く。普段からかわれてばかりの相手が戸惑っている様子に、思わず笑みを溢《こぼ》してしまった。

「弱い立場の女性が悲しい思いをするロマンス劇がなくなり、女性が爵位を継げることが当たり前になれば、どちらも『不名誉』ではなくなるでしょう？　この国の制度、貴族社会の体制が変わっていけばいいと考えています」

私の噂を不名誉だと感じるのは、この国において女性の立場があまりにも弱いからだ。いつか女性の立場が向上し、浮気をした男性に対して意見をすることが認められ、性別関係なく爵位を継ぐことが当たり前になれば、私の通り名のような呼称もなくなるだろう。そんなふうに、この国を変えることができればいいと思う。

「大それたことを口にしているとは思いますが、私がこんな性格でなければあのお茶会で殿下と出会うこともなかったでしょう？　だから――」

諦めて殿下も協力してほしい、と続けようとした言葉は、その先を告げられなかった。目の前には彼の着ていた上着の黒に埋《う》め尽くされ、背中に回された腕にぎゅうぎゅうと締め付けられている。突然の抱擁《ほうよう》に、いつものごとく抵抗を試みるものの、今日に限ってはびくともしなかった。

「……本当に貴女《あなた》は」

「え？」

「私の欲しい言葉を――いえ、それ以上の言葉をくれるんですね」

首元に埋められているために、殿下の顔は見えない。

「本当に、もう離してあげられませんから」

そう口にした彼は、僅《わず》かに身体《からだ》を離すとこちらを覗《のぞ》き込んだ。瞬《まばた》きを繰り返す私を見つめて、その顔にいつもの笑みを浮かべる。

「コーネリア、私が今何を考えているかわかりますか？」

「……いえ、全く」

殿下の考えていることがわかるなら婚約から数ヶ月、私はこれほど悩んでいない。

「虫が、出てこないかなぁと思っているんですよ」

「はぁ、虫ですか」

この季節になかなか虫は出ないのではないか、と首を傾げる。そもそも殿下はなぜ虫なんかに興味をお持ちなのかと疑問に思っていると、ふとウィルと下町の居酒屋で交わした会話の内容が脳裏《のうり》をかすめた。

『初めて会った日に庭園を散策したのだけど、急に出てきた虫に驚いてしまって、公爵令嬢らしからぬ驚き方をしてしまったの。だけど、そのとき彼が私に言ってくれたのよ。可愛らしい一面もあるんだねって。それが嬉しくて、彼を婚約者に選んだわ』

それはウィルに尋ねられて語った、クラウス様を婚約者に選んだ理由だった。

「でで殿下っ⁉」

「ああ、思い出してくれました？　そうです、その『虫』を探しているんですよ」

「あれほどウィルのときの記憶は忘れてくださいと言ったではありませんか‼」

瞬時《しゅんじ》に顔面に熱が集まっていく。あんな子供の思い出のような話を意識されていただなんて思ってもみなかった。虫に動揺《どうよう》してしまったこともそうだが、元婚約者のたった一言の褒《ほ》め言葉に舞い上がっていたと知られていることが恥ずかしくてたまらない。

「嫌ですよ。ウィルとして貴女と過ごした日々も大切な私の思い出です。それに悔しいですからね、私なら同じ状況で間違いなく彼以上のことは言えましたから」

「言わなくていいです。忘れてください！」

「コーネリアの可愛らしい部分は一面どころか二面も三面も知っていますし、例の虫さえ出てきてくれれば、貴女の記憶を上書きできるような愛の言葉を囁いてみせるつもりです」

「過去の出来事に張り合わないでください！」

どこまで本気なのかわからない彼の言葉に頭を抱えていれば、すぐ近くで小さく笑う気配があった。ちらりと視線を向ければ、こちらをじっと見つめる彼と視線とぶつかる。

「病弱でなく呪いもかけられていない第二王子が、愛の言葉を囁けていたら、コーネリアは私を婚約者に選んでくれたんでしょう？」

突然の真剣な空気に、私は言葉を失った。そんな私をどう思ったのか、常に笑顔を絶《た》やさないウィリアム殿下は、苦笑するように眉尻《まゆじり》を下げる。

「私から一方的に求婚して婚約させてしまいましたからね。私も、コーネリアに選んでもらいたいんですよ」

その寂しそうな口調に、胸の奥が急に苦しくなる。確かに殿下からの求婚は突然だったし、当時は全く状況が飲み込めずに困惑した。

それでも――。

「私の婚約者は、ウィリアム殿下です」

「そうですね」

毎日贈り物をくださって、毎日会いたいと言葉にしてくれて。会う度に笑顔と優しさで包んでくださって、惜《お》しげもなく好意を向けてくれる。

「だから……」

「だからなんでしょう？」

こんなに真《ま》っ直《す》ぐに好意を向けられて、心揺れない人間などいるのだろうか。私が言葉に詰まっていると、見るに見かねたのか殿下は小さく笑い声を漏《も》らした。

「いじめ過ぎましたね。すみませんでした」

「あのっ！」

ここで伝えなければ、きっと後悔する気がする。そんな気がして、私は両手をぐっと握りしめた。

「確かに初めは驚きましたし、不本意な部分もありました。でも今は、段々と殿下のお人柄もわかってきましたし、その、今は一方的なものではなくて……私も、その、前向きになっていると言いますか……」

尻すぼみになってしまった語尾《ごび》を口の中でもごもごと咀嚼《そしやく》していると、握りしめていた手にそっと殿下の手が置かれる。

「それは、私に好意を抱いてくれていると思っても？」

下から覗き込むように見上げられれば、思わず笑みが溢れてしまう。

「ここまでしてくださって、嫌えという方が難しいです」

私が言い終えるのを待たずに、伸びてきた殿下の腕に引き寄せられ、気付けば再び抱きしめられていた。温かな体温に包まれて、少し早い心臓の音が心地よく響いてくる。

「嬉しいです。……半分言わせてしまいましたね」

「誘導尋問《ゆうどうじんもん》は殿下の得意技だと思っていますから、大して気にしていません」

私の言葉に応《こた》えるように、額《ひたい》に柔らかな口付けが落とされる。

「コーネリアは腹芸《はらげい》に向きませんからね。いつまでも、真っ直ぐ凜《りん》と立っていてくれたらいいんです。裏の糸引きは安心して私に任せてくださいね」

そうかもしれません、と同意の返事を口にしようとしたが、殿下によって唇《くちびる》を塞《ふさ》がれてしまい、言葉にすることは叶《かな》わなかった。

◇◆◇

私達の結婚式は、王太子《おうたいし》夫妻が結婚された翌月に執《と》り行われた。婚約からは約一年、準備期間は約半年というスピード結婚となり、セシリアとアルフレッド殿下という王太子夫妻も参列した結婚式は、当初の予定よりも盛大なものになった。

純白《じゅんぱく》のドレスを身に着け、両親の喜ぶ顔を見ることができ、セシリア達に祝福《しゅくふく》してもらえたことで、改めて今の幸せを噛《か》みしめる。ウィリアム殿下は式の最中も終始好意を隠そうともせず、私の側《そば》に身を寄せたまま何度も愛を囁いてくれるので、その度に顔を赤らめそうになって慌《あわ》てるのだが、私のそんな様子を見ては嬉しそうに顔を綻《ほころ》ばせる彼に小さく苦笑することしかできなかった。

式と披露宴《ひろうえん》を終えた後に自邸《じてい》へと戻り、部屋で休んでいると、訪ねてきたサラに別館への移動を促《うなが》される。結婚式の幸福感に舞い上がっていた私は、そこでようやく思い出した。

結婚式の後に訪れるのは、初夜《しょや》である。

普段あまり出入りしていなかった別館に入れば、既に侍女達が準備万端で私を待ち受けていた。

頭から爪先《つまさき》まで隅々《すみずみ》まで洗われたあとは、あれやこれやと香油《こうゆ》やクリームで整えられ、なんとも心もとない衣装を着付けられる。風が吹けば飛んで行ってしまいそうなくらいの軽い素材で作られた夜着は、これなら着ない方がマシなのではと思うほどの透《す》け具合だった。あとはごゆっくり、と言わんばかりに良い笑顔で去って行った彼女達は、明日の昼までは別館に足を踏み入れないらしい。

つまり、よろしく励《はげ》めということだろう。

「コーネリア、準備はできましたか？」

侍女達と入れ代わるようにして、殿下が扉《とびら》の側に姿を現す。いや、結婚して臣籍《しんせき》に降下《こうか》されたのだから、今夜からはウィリアム様と呼ぶのが正しいのだろう。

「……はい、大丈夫です」

こんなとき、なんと返せば良かったのか。何冊も読んだロマンス小説では、もっと色っぽい誘い文句を読んだことがあったはずなのに、肝心《かんじん》なときには何一つ言葉が出てこない。徐々に近づいてくる彼の姿に、うるさいほどに心臓《しんぞう》が高鳴り、緊張《きんちょう》からついつい背筋《せすじ》を正してしまった。自分が座っているベッドに殿下が腰を下ろしただけで、思わず肩《かた》が跳《は》ね上がってしまう。

「ウィリアム様、こ、今夜はよろしくお願いいたします」

両手をついて頭を下げれば、優しい微笑みが返ってきた。

「どうぞ、ウィルと。元々私の愛称《あいしょう》ですし、長ったらしい名前は呼びにくいでしょう？」

その言葉に一瞬《いっしゅん》戸惑《とまど》いを覚える。

首元をくつろげたシャツに暗色の下衣を身につけている彼は、普段より親しみやすい姿ではある。

彼の要望通り『ウィル』と呼ぶことは可能なのだが、その名を呼ぼうとすると、どうしても情報屋のときの姿が脳裏《のうり》に浮かんでしまっていた。

「ウィル、様？」

「はい。情報屋として会っていたときのように呼び捨てていただいても構いませんよ」

「そういう訳にもいきません。ウィル様は、私の旦那《だんな》様になる方ですし――」

ちらりと相手の様子を窺う。この薄暗い部屋の中で、肩口まである豊かな金髪を垂《た》らし蠱惑《こわく》的な濃紫の瞳《ひとみ》でこちらを見つめているウィリアム様を、いつものように呼び捨てるのは躊躇《ためら》われた。

「大事な初夜の時間に、別の姿を重ねるべきではないと思いますから」

「ふふ、相変わらず真面目《まじめ》ですね」

ウィル様は私の方へ腕を伸ばし、侍女によって整えられた紅髪を一房《ひとふさ》手に取ると、そっと口付けを落とす。その行動は、彼の風貌《ふうぼう》も相まって、まるで歌劇《かげき》のワンシーンのようだった。

「もう一度、名前を呼んでいただいても？」

「はい、ウィル様」

私の言葉に、向かい合う相手はうっすらと目を細める。

「いいですね。コーネリアに名前を呼んでもらえるだけで心浮かれてしまいます」

この美しい男性がなぜ私をこんなにも好いてくれるのかは未《いま》だ理解できていないが、自分の中にも彼への好意が育ってきたと自覚した今、その問題は些細《ささい》なことのように思えた。

こちらを見つめる彼の眼差《まなざ》しが熱を帯びていることに気付き、どくんと鼓動《こどう》が高鳴る。

「先にお伺いしますが、貴女の初めてを『ゆっくり丁寧《ていねい》に』頂くか、『本能《ほんのう》のまま激しく』奪《うば》うかだったらどちらがいいですか？」

その質問に、思わず目を瞬かせた。

「え、選べるんですか……？」

「まあ、私が自制するか自制しないかというだけなので」

間の抜けた私の質問に、彼はきょとんとした様子で首を傾げる。こんな初夜があるんだろうか。

閨《ねや》のマナーについては誰に聞いても、殿方《とのがた》にお任せすればいいとしか返ってこなかったし、ロマンス小説では色々な手法で愛されていたものの基本女性は受け身だった。初めては痛いという話は聞いていたし『ゆっくり丁寧に』がいい気もするが、ロマンス小説定番の『本能のまま激しく』も経験してみたい気もする。真剣に悩んでいると正面から小さく噴《ふ》き出すような気配がして、顔を上げてみれば、肩を揺らしながら笑いを堪《こら》えているウィル様がいた。

「すみません。そんなに真剣に悩まれると思っていなくて」

「！　かっからかいましたね!?　こんなときにっ！」

「違うんです違うんです。コーネリアは淑女ですから初めては『ゆっくり丁寧に』がいいかなと思っていたんですが、存外『本能のまま激しく』奪われてもいいと思ってくださったようで、嬉しい限りだと思っていたんです」

とんっと肩を押され、背中からベッドに沈《しず》み込む。起き上がろうと身体を起こせば、覆《おお》いかぶさってきたウィル様の顔が目の前に現れた。

唇が重ねられ、そのままベッドへと押し倒される。ついに始まるのだと緊張で目を瞑《つむ》っていたが、目の前に気配はあるもののウィル様が動く様子はない。不思議に思い、薄《うっす》らと瞼《まぶた》を上げてみれば、じっとこちらを見つめている双眸《そうぼう》と目が合った。

「……ウィル様？」

「はい」

「えっと……何を？」

私の疑問に、ウィル様は穏やかな笑みを浮かべる。

「私に穢《けが》される前のコーネリアを、記憶に焼き付けておこうと思いまして」

前から思っていたが、ウィル様は少し変わっている気がする。ことのほか私に関して過大評価《かだいひょうか》し過ぎる傾向《けいこう》があり、非常にありがたい限りではあるのだが、いつか本当の私に気付いて失望されるのではないかと少し心配になっていた。彼の手がすっと私の頬に触れ、ゆっくりと首筋《くびすじ》、胸元《むなもと》と降りていく。指先が肌の上を滑《すべ》るたびに、その動きにつられるように身体に力が入ってしまう。

「ふふっこの衣装では、胸に詰め物はできませんね」

「わわ忘れてくださいとあれほど言っているではありませんか！」

彼の言葉に、自分が初夜用の透け透け衣装を身に纏っていたことを思い出す。

「あはは、冗談ですよ。コーネリアがあまりに緊張しているから、可愛くてつい」

初夜を迎える緊張からか、そんないつもの冗談にさえ顔が熱を持つほどに反応してしまうが、ウィル様はただただ楽しそうにこちらの様子を眺《なが》めていた。

「からかわないでください」

「胸の詰め物については冗談です。でもコーネリアのことを可愛いと思っているのは本心ですよ」

胸元まで降りていた手が、胸の膨《ふく》らみにそっと触れる。

「……そういえば胸の詰め物をし始めたのは、元婚約者との婚約が成立した後ぐらいからでしたが、何か関係が？」

「そんなことまでご存知《ぞんじ》なんですか……」

胸の詰め物をし始めた時期まで知られていた事実に、思わず頭を抱えたくなる。居《い》たたまれずにふいと逸《そ》らした視線を、再び彼の方へ向ければ、なぜか剣呑《けんのん》な光を帯びた濃紫の瞳と目が合った。

詰め物をし始めた理由なんて恥ずかしくて口にしたくはないが、この感じは答えるまで許してもらえない気がする。

「……セシリアが羨《うらや》ましくて」

あの頃は、ちょうどそれぞれ女性らしい成長が始まった時期だった。日に日に膨らんでいくセシリアの胸を見て、貴族令嬢たるものこうあるべしと思い、足らない部分を補《おぎな》ったことがそもそもの始まりだ。じきに自分も成長するものと信じて疑っていなかったが、まさかこの歳《とし》まで詰め物をし続ける羽目《はめ》になるとは、当時の自分は想像もしていなかった。

もういっそ笑い飛ばしてくれという心地で告白すれば、向かい合うウィル様は、急にその表情を和らげた。

「ああ、セシリア嬢の影響でしたか。良かった、これで一つ手を汚《よご》す理由が減りました」

いつもの笑顔を取り戻した彼が不穏《ふおん》な言葉を口にするが、手を汚す必要がなくなったということは良い方向に事が運んだのだろう。彼の物騒発言を右から左に受け流す習慣は、この数ヶ月でしっかり身についていた。

「そういえば、胸は揉《も》むことで成長が促《うなが》されると聞いたことがあります」

薄い生地のせいか、胸の膨らみの上に置かれたウィル様の手からは、その体温がじんわりと伝わってくる。

「根拠《こんきょ》は知りませんが、人々の間でよく言われている俗説《ぞくせつ》らしいですよ。試してみてもいいかもしれませんが、コーネリアの胸が大きくなってしまったら、新しい虫がまた湧《わ》きそうで心配なんですよねぇ」

「また虫の話ですか……」

ここでまたあの話を蒸《む》し返されるのかとゲンナリした顔を見せると、ウィル様は笑いを堪えるように肩を震わせながら、わからないならいいですと囁いた。侍女達が用意してくれた透ける衣装のリボンを引かれ、胸元からゆっくりと素肌《すはだ》を晒《さら》される。

「貴女の可愛らしさは私だけが知っていればいい」

ひんやりとした部屋の空気が、肌を撫《な》でた。これほどまでに私のことを可愛らしいと言ってくれる彼の前で、一糸纏《いっし》わぬ姿になっていくと思うと、急に心許《こころもと》なくなる。

「……貧相《ひんそう》、ですよね」

「はい？」

思わず本心が口から溢れてしまった。

「セシリアのような豊かな胸があるわけではないので、出るところがない分コルセットで締めて、なるべくボディラインが綺麗《きれい》に見えるようにしてきました。美しく見えるよう最大限の努力をしていたつもりなので……その、服を着ていたときに想像していた姿と違うのではないかと」

急に恥ずかしくなって両手で身体を隠そうとすれば、伸びてきた彼の手に捕えられ、頭の上に縫《ぬ》い止められてしまう。身動きが取れない状態で相手を見上げれば、穏やかな微笑みを浮かべたままのウィル様がじっとこちらを見つめていた。

「あまり私のことを見くびらないでください。胸の詰め物のことも知っていた私ですよ？　コルセットのことも当然知っていますし、コーネリアが体型維持《いじ》のために努力していることも知っています。そういうところも含めて可愛らしいと思っているんですよ」

向かい合う彼は、その目をすっと細める。

「貴女の努力は、自己に対する評価の低さや自信のなさからきていることが多い。けれど諦めずにいかにその点を補えるかを努力できる、そんなコーネリアが可愛くて愛《いと》おしいのです」

彼の顔が近付き、優しく唇を重ねられた。触れるだけの口付けは、唇から頬、頬から首筋へと肌の上を滑《すべ》るように広がっていく。

「私はコーネリアの全てを愛したいんです。だから、私にだけは貴女の全てを見せてほしい」

胸元にチリッと痛みが走る。恐らく彼の痕《あと》が付けられたのだろう。

「他の誰にも心を許さないでください。私だけを見て、私だけを求めて、貴女の隣に立てるのは私だけだと刻《きざ》ませてください」

つつ、と滑らされた舌が胸の先端《せんたん》に触れる。舌先で誘い出すように撫でられると、胸の先が徐々に固さをもっていくのがわかった。

「ほら、ピンと立っているでしょう？　私の舌で気持ちよくなってくれている証拠《しょうこ》ですよ」

湿《しめ》り気《け》を帯びた吐息《といき》が、ぷくりと膨らんだそこにかかるだけで、ぞくりと背中を駆《か》け抜けるような刺激が走る。初めての感覚に戸惑いを隠せないでいると、こちらの様子を窺っていた彼は、こちらの心境を知ってか知らずか、ぱくりとその口に胸の先を含んだ。

「――っ！」

柔らかな唇に吸い付かれ、熱をもった彼の舌に先端を弄《いじ》られる。もう片方の胸の先端も彼の指に摘《つま》まれ、親指の腹《はら》で撫でられれば、初めはくすぐったいだけだった感覚が、徐々に腰に甘い痺《しび》れをもたらし腹の奥に溜《た》まっていく。

すぐに快感《かいかん》に溺《おぼ》れる淫《みだ》らな女性だと思われたくなくて、ウィル様から刺激が与えられるたびに、口端《くちは》から零《こぼ》れそうになる吐息を必死にかみ殺していた。

胸を揉みしだく大きな手、肌にかかる熱い吐息、舌先の動きに合わせて響く淫らな水音。それら全てが眩暈《めまい》がしそうなほどにいやらしく、想像していたよりも遥《はる》かに淫靡《いんび》な空間に、頭の中がどうにかなりそうだった。

「んっ!?」

固くなっていた胸の先端に、柔らかく歯が立てられる。

甘噛《あまが》みするようなその刺激がもどかしくて、思わず小さな声を漏らしてしまった。

「……コーネリアも触ってみますか?」

恥ずかしさに目を閉じていた私は、掛けられた声に薄《うつす》らと瞼《まぶた》を開く。胸元の方に視線を向ければ、艶《なまめ》かしい笑みを浮かべる彼がこちらを見上げていた。その手に導《みちび》かれるままに彼の脚《あし》の間に手を伸ばせば、布越しでもわかるくらいに熱をもつ硬《かた》いモノに触れる。

「コーネリアに興奮《こうふん》しているんです。貴女の中に入りたくて仕方ない」

そう言うが早いか、ウィル様の手によって着ていた下着を取り払われ、その割れ目に彼の指が触れる。湿り気を帯びたそこを割り開き、真ん中あたりに彼の指先が触れると、静かな部屋にくちりと水音が響いた。

「ここが濡《ぬ》れているのも、私の愛撫《あいぶ》に感じてくれた証拠です」

そこをノックするように彼の指がトントンと動かされると、その動きに合わせて淫らな音が響き渡る。まるで涎《よだれ》でも垂らしているように次々と溢れ出る蜜《みつ》をどうやって止めればいいかわからず、情けなくも戸惑っていると、そんな私の様子に気付いたのか、ウィル様は微笑みながら顔を寄せ、唇を重ねてくれた。

唇を割り入り息をつく間も与えられないほどに深められる口付けは苦しいはずなのに、まるで身体の反応に追いつけない心許なさを埋めてくれるかのようで、ただただ甘く感じられる。入口をノックしていた指先が、つぷりと僅かに沈められた。

戸惑いながらも、深められる口付けに溺れるばかりの状態では、声を上げることも叶わない。

浅いところを出し入れしてみたり、中を広げるようにぐるりと内側に触れる指の動きを感じながらも、その動きをまねるかように舌先を吸われ上顎を擦られてしまえば、ただただ切なく気持ち良さだけが広がっていく。その指が同じ動きを繰り返しながら少しずつ奥へ奥へと進んでいくのは、じれったいようなくすぐったいような感覚で、つい腰を浮かせてしまった。

「……貴女の中は温かいですね」

僅かに離れた唇を舐《な》めながら、うっとりとした声音で囁かれる。その低い声にさえ、理性《りせい》を溶かされていくような感覚だった。中に入る指が二本三本と増やされ、その動きはだんだんと激しくなる。十分すぎるほどに潤《うるお》った蜜口に彼の指が突き立てられるたび、じゅぶじゅぶと淫靡な音が響いていた。零れた蜜を纏った親指で手前の突起をぐりぐりと刺激されれば、腹の奥に溜まっていた熱が出口を求めて暴《あば》れ回る。

「んうっ！」

あまりに強い刺激に思わず漏れた吐息は、重ねられた唇の端から零れ出る。逃げようとしても腰を押さえつけられては逃げ場はなく、更に口付けを深められてしまえば、まるで頭の芯《しん》をドロドロに溶かされているような気さえした。

甘い刺激を求めて舌を伸ばせば、ウィル様は応えるように私の舌に吸い付いてくれる。熱を帯びた吐息を漏らしながら、上から下から追い上げてくる快感を享受《きょうじゅ》していると、ふとその動きが緩やかになり、瞼を上げれば濃紫の双眸がこちらを見つめていた。

いつのまにかウィル様も裸になっていることに気付く。

「今から貴女の初めてを奪います。目を閉じずにしっかりと見ていてくださいね」

返事をしようとしたが、蕩《とろ》けた思考の中で口から漏れたのは声にならない吐息だった。脚を上げられ、股の間から彼が覗く。根元まで入れられていた指を抜かれれば、淫らな水音が鳴った。

「随分《ずいぶん》と柔らかくなってますから、痛みも少ないと思いますよ。もし痛くても、私との思い出として記憶してくださいね」

笑みを浮かべたウィル様は、先程まで指が突き立てられていたところに熱いモノを宛てがう。そしてそのまま、ぐっと中に突き入れた。

「いっ……っ！」

突然の痛みに、はしたない声を上げるまいと必死に歯を食いしばる。先程までの快感が嘘《うそ》のように、突然訪れた明らかな痛みは、私の理性を呼び戻していた。中を押し広げようとしているソレは、私の内側で凶悪《きょうあく》な存在感を示している。

「……痛いんですね。良かった、忘れないでいてもらえそうで」

――？

ウィル様が何を言ったのか理解しようとした瞬間、彼は躊躇《ちゅうちょ》なく一気に中を貫《つらぬ》いた。

「あぁあっ！」

あまりの痛みに、声を抑えることもできず情けない声を上げてしまう。一気に中を開かれた痛みはそのままなのに、彼は奥へ奥へと腰を進めるように律動《りつどう》を始めていた。

「あっや、待っ……やぁっ！」

「はは、やっとコーネリアと一つになれた。ああ、最高です」

私の声など聞こえていないようで、ひたすら激しく腰を打ちつけられる。彼の動きに合わせて身体全体が揺さぶられ、肌と肌とがぶつかり合う音が響き渡った。少しでも痛みを和らげたくて腰を引こうとしても、彼の両手に摑《つか》まれ固定されてしまい逃げることも叶わない。

「ああ、気持ちいい。貴女の可愛い声も聞かせてください」

そう言って足の付け根に伸ばされた指に、先程の刺激で腫《は》れ上がった手前の突起をぐりぐりと押しつぶされる。

「ひっあ、あぁっ！」

「はは、こんなにわかりやすく中が締まるんですね。もっと、もっと貴女のことが知りたい」

ウィル様は抽送《ちゅうそう》を止めることなく前に身体を倒したかと思うと、その口で私の胸の先にしゃぶりつかれる。唇で食《は》まれ強く吸いつかれ、舌先でチロチロと刺激されれば、その快感が中を擦られる痛みを越えて迫《せ》り上がってくる。唇を嚙み締めこれ以上情けない声を上げないように耐えるが、触られ擦られ舐められて、全ての刺激がなけなしの理性を追い詰めていった。

「んんっ……！」

過剰《かじょう》すぎる快感が背中を駆け上り、頭の中を白く染めていく。

「ああ、よく締まる。それがイくという感覚ですよ。しっかり覚えてくださいね」

弓なりになった私の身体が弛緩《しかん》すると、再びウィル様の律動が激しくなった。腰を捕らえられ激しく揺さぶられると、快感に蕩けた口からは言葉にならない嬌声《きょうせい》がただただ溢れていく。

「可愛いコーネリア、私の、私のコーネリア」

私の名を呼びながら、溢れた蜜に濡れた肌同士が淫らな音を立てながら激しくぶつかり合う。中を抉《えぐ》るように突き立てられていたソレが、奥にぐぐっと押し入れられたと思えば、中に熱いものが広がる感覚があった。中のモノが波打ち、ウィル様が呻《うめ》くような声を上げたことで、私の中で彼が吐精《とせい》したことを知る。

一度大きく息を吐いた彼は、肩で息を整えながらこちらを見下ろしていた。

「……ウィル様？」

無言の彼に呼び掛けると、薄らと微笑まれる。

「無断で子種《こだね》を放ってしまってすみません。次はちゃんと宣言しますね」

「え？」

次、という単語を耳にして、思わず聞き返してしまった。

「ロマンス小説のように、何度も求められる夜をお望みでしょう？」

その言葉に、さあっと全身の血の気が引いていく。

「あ、あれは――」

「愛するコーネリアの願いは叶えてあげたいですからね」

口端を吊《つ》り上げて微笑む彼の視線は、獲物《えもの》を狙う捕食者のそれだ。確かにロマンス小説であれば、何度も求められる夜は定番であるが、初めて身体を開かれた今、中を擦られた痛みもあれば、達した余韻《よいん》でかなり身体は疲弊《ひへい》している。

「あの、やっぱり小説と現実は違うと言いますか、私の体力が及ばなかったといいますか……」

「ああ、抜かない方がいいんですよね？　抜かずに何度も突き上げられる方がお好みでしょう？」

そう言いながら、腰を掴まれて身体を揺さぶられれば、中に入っていたままのソレが質量《しつりよう》を増しているような気がした。

「違っ、そういうことではなく」

「大丈夫ですよ。体力のある騎士との婚約を考えるくらい求められることを望まれていたのですよね。私が貴女を満足させてあげます。コーネリアが気を失うくらいまで可愛がらせてくださいね」

「あのっ私の話を――」

こちらの言葉を遮《さえぎ》るように、彼の唇が重ねられる。口内に侵入した熱い舌が再び私の舌を捕らえ、音を立てて吸われると、先程の余韻のせいか、いとも簡単に身体の力が抜けてしまった。

唇が離れれば二人の間を銀糸《ぎんし》が伝い、それを惜しむようにまた深く口付けられる。彼の舌が上顎を擦れば、先程覚えた快感の火種《ひだね》がまた灯《とも》るような感覚を覚えた。気が付けば、ウィル様はゆるゆると再び律動を始めている。

「時間はたっぷりありますから、じっくりと私のカタチを覚えてくださいね」

穏やかな笑顔でそう囁かれれば、私に拒否権はない。顎を捕らえられ再び深く口付けられれば、

彼の手は再び私の身体を弄り始める。

このまま再び快楽の中に堕《お》とされるのだろう。

不埒《ふらち》に動く彼の指が、再開を告げていた。


眩《まぶ》しさに目を開けば、既に日も高く昇っており、お昼が近いだろう時間だった。

「愛しい私のコーネリア、身体は大丈夫ですか？」

「……全く大丈夫ではありません」

目の前にはこちらを見つめるウィル様の顔があり、反射的に距離を取ろうとしたが、背中に回された腕にガッチリと捕らえられていた。明るい日差しの下で見れば、一段と美しい顔立ちを目の当たりにしてその眩しさに思わず目を細めてしまう。

「それは大変です。コーネリアの身体にそんな仕打ちをしてしまったなんて、私は一生をかけて償《つぐな》わなければ」

抗議《こうぎ》の声を上げたつもりだったのだが、返ってきた言葉はともかく、正面のウィル様は満面の笑みで嬉しそうにこちらを見つめている。正直、昨夜は散々な目にあった。あれから同じ体勢でもう一回、ひっくり返され背後からまた一回、ウィル様の上に座らされて更に一回と、記憶に残っているだけでも四回は身体を重ねたし、それ以上に何度も達してしまった私はウィル様の太腿《ふともも》の上で揺さぶられている途中で記憶が飛んでしまった。

あんなに何度も求められること自体想定外だったのだが、それよりなにより初めは痛みだけだった行為が回を重ねるにつれて徐々に快感を拾うものになっていったことに羞恥《しゅうち》と恐怖を感じていた。

それにしても、と目の前の相手を盗み見る。四回目の頃には空も白《しら》み始めていたはずなのに、ウィル様はどうしてこうピンピンしているのだろうか。疲れを見せるどころか、にこにこと笑みを浮かべたままで、どこか肌つやまでよくなっている様子にも見える。相手の体力に恐れ慄《おのの》きながらも、なにより一つ確認しておきたいことがあった。

「あの……もしかして怒っていましたか？」

「何がですか？」

「その、ウィル様の夜の心配をしていたことです」

ロマンス小説でさえ、初夜で四回なんて聞いたこともない。昨夜あんなに激しく執拗《しつよう》に私を求めたのは、『ウィル』として会っていたときに、第二王子の夜の心配をしていたことに怒りを覚えていたからではないだろうか。恐る恐るウィル様を見上げると、ああ、と今思い出したかのように声を上げ、けろりとした様子で微笑みかけられる。

「その件については驚きましたが、怒りという感情はありませんでしたよ」

それに、と口にして、ただでさえ近かった距離を更に縮められれば、額同士がこつんとぶつかった。

「実際に証明すればいいだけですからね。コーネリアを孕《はら》ませるまで何度求めてもいいだなんて、私は幸福者です」

その声が艶を帯びたと気付いたときには、背中に回されていたはずの彼の手が、私の臀部《でんぶ》をやわやわと揉み始めていた。

「う、ウィル様！　昨日の今日ですし」

「大丈夫ですよ、痛いのは初めだけ。昨夜も段々快くなっていったでしょう？」

彼の言葉に思わず呻き声を上げそうになる。どうしてこう、彼には全て見透かされてしまうのか。

「で、でも、もうすぐ侍女達も来ますし」

「ああ、先程来られましたよ。コーネリアを起こすのは忍びなかったので、軽食だけ受け取って下がってもらいました」

その言葉に、思わず顔面を強張《こわば》る。多少寝坊してしまったことには気付いていたが、まさか既にお昼を過ぎているとは思っていなかった。明らかに事後であるこの状態を見られたと思うと、恥ずかしさや情けなさから、頭を抱えそうになる。

黙り込んでしまった私をどう思ったのか、ウィル様はそっと額に唇を寄せた。

「私達の役目の一つは、早々に子を授《さず》かることでしょう？　公爵家の人間として、立派に役目を果たしている貴女を皆も誇りに思いますよ」

急に視界がかげったことを不思議に思って顔を上げれば、私の上に覆いかぶさった状態のウィル様がにっこりと微笑んでいる。

「皆のためにも、一層《いっそう》子作りに励みましょうね」

良い笑顔で語りかけられ、下腹部《かふくぶ》に押し付けられる硬いソレの存在に、思わず口元が引《ひ》き攣《つ》ってしまった。

——ウィル様、元気過ぎませんか!?

「えっあの——」

「さあ、始めましょう。また貴女の中にたっぷりと子種を注いでさしあげますね」

暫《しばら》くは腰が動かなくなりそうな予感がする。もうこれは予感ではなく確信かもしれない。

再び彼の腕に包まれながら、この分では思っていたよりも早く新しい命を授かりそうだと心の中で呟くのだった。

◇◆◇

建国以来、長きにわたって男性しか爵位継承が認められなかったガーディアル国の中で、国内初の女公爵となったコーネリア・ディルフォード。彼女は領地をよく治め、国政《こくせい》についても外交の面で大きく貢献した。そんな彼女の側には、王弟《おうてい》として国政を助けながらも、常に妻を献身的《けんしんてき》に支える夫の姿があったという。ディルフォード夫妻の功績《こうせき》が評価された結果、法改正が成され、次代より女性にも爵位継承が認められることとなった。

夫婦の間には、二男三女の五人の子宝《こだから》に恵まれ、それぞれが内外から公爵家を支えたという。

尚《なお》、コーネリア・ディルフォードの跡《あと》を継いだのは彼女の娘であり、ディルフォード家当主《とうしゅ》は二代続けての女公爵となるのだが、それはまた別のお話。

番外編　婚約破棄をしたその後で（クラウス視点）

あのとき、あんなことを言わなければ結果は違っていたのだろうか。

そう考えてしまうのは、自分の行いを悔いているからなのだろう。

全ては自分の責任だとわかっていながらも、もしもという可能性を考えずにはいられなかった。


ディルフォード公爵《こうしやく》家《け》の一人娘であるコーネリア嬢との婚約話が舞い込んできたときは、なぜ僕に、と疑問しか浮かばなかった。ルガート伯爵《はくしやく》家《け》の三男として生まれた僕は、良く言えば温厚《おんこう》篤実《とくじつ》、悪く言えば平々凡々《へいへいぼんぼん》。抜きん出た才もなければ、兄達を押し退《の》けて爵位《しやくい》を奪おうという気概《きがい》もない。兄達に万が一のことがあったときのスペアであり、そうあるべく育ってきたため、僕自身が何かに選ばれたことなど人生で一度としてなかった。

それが突然、この国で王家に次《つ》ぐ高位貴族であるディルフォード公爵家の後継候補だと言われたのだから驚きもするだろう。

何かの間違いかと思いながらも、喜ぶ両親に背を押されれば、こちらから断ることなど到底できなかった。


指定された日に、公爵家へ訪れれば客間には既《すで》に先客がいた。

自分よりも歳下《としした》と思われる少年が二人。

――コーネリア嬢の年齢を考えれば同い年くらいか。

会釈《えしやく》して離れた席に座る。

彼女より四歳歳上の僕は、候補者の中でも最年長になるのだろう。

「失礼、私はヘイリー侯爵家《こうしやくけ》のマルクスです。お名前をお伺《うかが》いしても？」

「ルガート伯爵家のクラウスです」

奥の席に座っていた少年は、僕の家名を耳にすると同時に優雅に脚を組み替えた。

「候補者は三人と聞いていましたが、どうやら私以外は伯爵家の方のようですね。ということは、本命は私のようだ。やれやれ参ったな、気の強い女は好みじゃないんだが」

マルクスは大袈裟《おおげさ》に肩を竦《すく》めて溜《た》め息を吐《つ》く。

面倒くさがっているような仕草を見せながらも、緩《ゆる》んでいる表情を見れば存外《ぞんがい》嫌がっているようには見えない。

それはそうか。

この国一番の公爵家当主となれる滅多《めった》とない機会なのだから。

コーネリア嬢と面談をすべく一人ずつ名前を呼ばれたが、僕の順番は一番最後だった。

使用人に呼ばれて談話室に入れば、噂《うわさ》通りの少女が美しい礼をとった。

燃えるような真紅の髪に鋭《するど》い眼差《まなざ》し、高慢《こうまん》で男性にもはっきりと意見する気の強い御令嬢、それが噂に聞くコーネリア・ディルフォードだ。

しかし、四歳下という歳の差がそう感じさせたのかもしれないが、実際に対面してみれば意外にも年齢相応《ねんれいそうおう》のあどけなさがあり、構えていたほどに気が強そうな印象は受けなかった。

向かい合って座り、天気の話など当たり障《さわ》りのない会話をしてみたが、早々に会話が途切れてしまう。

室内に気まずい空気が流れ、堪《たま》らずに庭園を散歩でもしないかと提案してみれば存外素直に頷《うなず》いてくれた。

ディルフォード公爵邸に来られる機会など二度とないかもしれないし、評判の庭園を見られるだけでもいい記念になりそうだ。

そう思いながら外へ出てみれば、手入れの行き届いた庭園をコーネリア嬢自身が案内してくれるようだった。

彼女の後ろについて歩けば、先程向かい合っていたときに受けた印象より、実際は随分《ずいぶん》と小柄《こがら》であることに気付く。

恐らく彼女の凜《りん》とした佇《たたず》まいと、こちらを真《ま》っ直《す》ぐ見つめる視線が、彼女の存在感を大きく感じさせていたのだと思う。

事件が起きたのは、王宮から移植したという細い木に彼女が触れたときだった。

とん、と軽く手が触れただけだったのだが、その衝撃でボトリと何かが落ちた。

「ひぃっ!?」

それは大きくて黒くてツヤツヤした、少年には大人気の昆虫だった。

特に珍しくもない昆虫だが、それが現れた瞬間、眉ひとつ動かさず男共を言い負かすと噂のコーネリア嬢から悲鳴のような声が上がった気がして、思わずその背中を見つめてしまう。

彼女はこちらに背を向けたまま、硬直しているようにも見えた。

――まさか、虫が怖くて動けないのだろうか?

後ろ姿のため確証はないが、もしやと思い彼女の足元でひっくり返って藻掻《もが》いている昆虫を拾い上げた。

「これは、領民の少年達が喜びそうですね」

「……そうなのですね。よろしければ差し上げますわ」

笑みを浮かべ澄《す》ましたような声音の返答だったが、細められた瞳は昆虫を警戒しているようだし、口元は僅《わず》かに引《ひ》き攣《つ》っている。

恐らく虫が苦手なのだろう。

強がっている姿が、あまりにも普通の御令嬢らしくて思わず笑ってしまった。

「可愛《かわい》らしい一面もあるんだね」

それは、あまりにも自然に漏《も》れた心の声だった。

──しまった。

失言に気付き慌てて手で口を塞《ふさ》ぐ。

相手はコーネリア・ディルフォード。気が強いと噂の最高位公爵令嬢だ。

口のきき方がなっていないと叱責《しっせき》されるか、侮られたと激怒されるかもしれない。

とにかく非礼を謝ろうと頭を下げかけて、固まった。

こちらを見上げる彼女は、なぜかその顔を真っ赤に染めていたから。

「……申し訳ございません。公爵令嬢であるコーネリア様に対して失礼な物言いでした」

「いえ、私の方が歳下ですし大して気にしておりませんわ」

そう返答した彼女は、既に何事もなかったかのような澄ました表情に戻っていた。

その後は会話らしい会話もなく面談が終了し公爵邸を後にしたため、あのときの彼女の表情の変化は、もしや自分の見間違いだったかと思った。そんな一瞬の出来事だった。

それからしばらくして、婚約者に内定したと連絡を受けた。

まさかと思ったが、家族の喜びようは想像以上で、ディルフォード公爵家の次期当主となったといえる僕宛に、周囲の貴族達から沢山の招待状が届くようになった。

婚約者となったコーネリアとは月に一度の訪問日に面会し、訪問日以外は手紙を頻繁《ひんぱん》に送り合う関係だった。

その手紙も毎回堅苦しい書き出しから始まるものの、内容は庭園に花が咲いただとか素敵な本に出会っただとか、随分と微笑《ほほえ》ましいものばかりだった。

誕生日に高価そうなカフスボタンを頂いたため、彼女の誕生日にも何か喜ばれるものを贈ろうと考えたが、今までろくに女性に贈り物なんてしてこなかった僕は何を贈ればいいかわからず、周囲にどんなものが喜ばれるかを聞いて回ると笑われてしまった。

結局母の勧《すす》めもあって、その年は下町で有名なフルーツタルトと小さな宝石があしらわれたペンダントを贈ることにした。

ディルフォード公爵家の御令嬢であれば宝飾品など売るほどに与えられているだろうに、次の訪問時にそのペンダントを着けていてくれたことが嬉《うれ》しかったことを覚えている。


僕が卒業後、入れ替わるようにして彼女は学園に入学した。

在学中は会える頻度《ひんど》は下がったものの、数ヶ月に一回は会うようにしていたし、年頃になった彼女が会うたびに大人びて美しくなっていくさまに驚かされた。

日々の手紙のやりとりで学園生活の様子を窺《うかが》い知ることができたし、卒業パーティーにパートナーとして参加してほしいと言われたときは、くすぐったくも嬉しい気持ちでいっぱいになった。

彼女の卒業パーティーがまさか婚約破棄の現場となるなんて想像もしておらず、そこにコーネリアが口を出してロイトニー公爵家嫡《ちゃく》男《なん》と真っ向から対立してしまったときはどうしようかと思ったが、第一王子であるアルフレッド殿下がセシリア様に求婚したことで、その場はセシリア様の大逆転恋愛劇として丸く収まったことに胸を撫《な》で下ろした。

一人置いてけぼりのようにポカンとしているコーネリアの側《そば》に寄れば、まだ事態を飲み込めていない様子だった。用意していた花束を差し出して、卒業おめでとうと伝えれば、彼女はハッと我に返った後、嬉しそうに顔を綻《ほころ》ばせた。

その頃にはもう、彼女の気の強さは本人の正義感や情の深さからくるものだと十分に理解していたし、そんな彼女の側で共に歩める将来を楽しみにしていた。


状況が変わったのは彼女が学園を卒業してからだ。

婚約当初は、気の強い彼女の機嫌をとるのは大変だろうと同情的に声をかけられることが多く、その度に噂ほどには気の強い女性でないことを伝えれば、あのコーネリア・ディルフォードを庇《かば》うなんてと逆に気を遣われることが多かった。

彼女が学園に通っている間は、優秀な成績を残し生徒の代表として下級生を指導する立場に立つ彼女について、もう少し男性を立てるようそれとなく伝えてもらえないかと言われることが多くなった。

そして学園から卒業後、父であるディルフォード公爵と共に社交や外交の場に立つ機会が増えた彼女は、機知《きち》に富《と》んだ会話や物怖《ものお》じしない性格が評価され、一部の国からは臨席《りんせき》を望まれる声も上がり始めた。他国からの評価に影響されたのか、国内でも彼女の優秀さに注目が集まるようになり、社交界でその名声が高まれば高まるほど、それに反するようにして僕の存在は軽視されるようになっていった。

特に、男性しか爵位を継げないこの国で特例として彼女を女公爵として認める法案が出されてからは、周囲は僕のことを女公爵の付属品としか見なくなっていた。


その頃、個人主催の小さな夜会で、ある御令嬢と知り合った。

貧乏男爵家《だんしやくけ》の末の娘だというマリーリカは、実家の経済状況から夜会に出る機会も少なく、社交界に知り合いと呼べるような者もいないらしかった。

友人になってほしいと言われれば断る理由もなかったし、周囲の注目がコーネリアに集まっている中、僕自身に声をかけてもらえたことが嬉しくて申し出も喜んで引き受けた。

不慣れで社交マナーもあまり詳《くわ》しくないらしく、小さなことを尋ねられ教えてあげると素直に吸収していく様子が微笑ましかった。

知り合ってから何度目かの夜会で顔を合わせたとき、酷《ひど》く顔色の悪い様子のマリーリカに声をかけると、内密に相談したいことがあると言われた。

休憩所で話を聞けば、実家の財政状況が良くないらしく、立て直しのために裕福《ゆうふく》な商家との縁談《えんだん》を親から持ちかけられたらしかった。

「貴族の端《はし》くれとして生を受けたときから政略結婚は覚悟しておりましたが、余りにも突然で……。

しかし私には恋仲の相手も、頼れるような男性もおりませんから、お断りすることもできず、どうしたらいいか……」

言葉を途切れさせながら肩を震わせ涙を流す姿に、心揺れた。

誰も頼る相手がいないと訴える彼女を、ここで僕が見捨てれば、他に誰が彼女を守ってくれるというのだろうか。

コーネリアは立派な女性だから自分の脚で立つことができる。

しかし、この頼りない肩を支えてあげられるのは自分しかいない。

次の訪問日に、コーネリアに婚約解消を申し出た。

事前に親に相談をしたときは、社交界の噂もあってコーネリアの意思に従うように言われていたし、ディルフォード公爵家も婚約の証人である王家でさえも同様の返答だった。

僕とコーネリアの婚約は全て彼女の意思次第なことが、自分の立場の弱さを思い知らされるようで虚《むな》しさばかりが募《つの》っていった。

婚約解消は突然の提案だったにもかかわらず、彼女の応対は冷静だった。

状況を確認し、理由を尋ね、そして承諾した。

彼女にとって僕は、その程度の存在だったのだろう。

それでも、部屋を去ろうとする彼女の背中に思わず声をかけてしまった。

コーネリアにとって、僕は取るに足らない存在だったのかもしれない。

それでも最後に、短くない婚約期間の下にあった日々は幸せだったたと、コーネリアの側にいられて嬉しかったと、これまでの感謝を伝えたいと思った。

そう思っていたはずなのに、扉の前で振り返った彼女を見て、僕は息を呑《の》んだ。

「クラウス様、今までありがとうございました。今後社交の場でお会いした際は、赤の他人ということでよろしくお願い申し上げます」

そのとき、冷淡な言葉とは裏腹に、こちらを振り返った彼女の細められた目元は、悲しみに歪《ゆが》められているように見えた。

僕の願望がそう見せただけで、気のせいだったかもしれない。

彼女に僕は必要ないのではなかったのか。

僕は女公爵の付属品に過ぎない存在ではなかったのか。

確かめたくて追い縋《すが》るように去っていく後ろ姿に声をかけたが、その声に彼女が振り返ることはなかった。


「やあクラウス、お久しぶりです」

その声に、思考の中から引き戻される。

久々の夜会の場だというのに、長々と思考に耽《ふけ》ってしまっていたらしい。

声の方に視線を向ければ、久々に顔を見せた友人がいた。

「ウィル、今までどこにいたんだい？　ラーヴァント家に連絡しても不在にしているとしか返ってこなくて心配していたんだよ」

僕の言葉に苦笑を浮かべる彼は、その濃紫の瞳を細めれば大抵の御令嬢が頬《ほお》を染めるような顔立ちをしているのだが、彼も自分と同じく嫡男でないという理由で女性からあまり人気がないらしい。華やかな顔立ちながらも、黒地に細やかな刺繡《ししゅう》の入った控えめな衣装を身に着けている姿は、以前からあまり目立ちたくないと言っていた彼の意思が表れているようだった。

「社会勉強のために隣国に行っていました。これからはそちらを拠点にしようと思っているので、こちらにはなかなか顔を出せなくなりそうです」

残念そうに溜め息を溢《こぼ》した彼は、近くの給仕から飲み物を受け取る。

ウィルとはかれこれ七、八年にはなる長い付き合いで、周囲に流されず変わらず僕の話を聞いてくれる数少ない友人だった。

「立太子《りったいし》の式典で、君がコーネリアをエスコートしていたときには驚いたよ。まさか二人が知り合いだったなんて」

「知り合いと言っても家同士の繫《つな》がりがあるというだけですよ。親から言われて引き受けましたが、今まで遠目に姿を見たことがあるだけで、あの日初めてコーネリア嬢と話したくらいです」

困ったように微笑む彼は、以前から気の強い女性は苦手だと言っていたし、親から言われたのならば断ることもできなかっただろう。

それは大変だったねと声をかければ、気遣いに対する感謝の言葉が返ってくる。

「コーネリア嬢と婚約破棄をされて、その後どうです？　ガレウス男爵家の御令嬢と良い仲になっていると聞いていましたが」

「ああ、彼女とは何ともなくなったよ」

式典時の、マリーリカの様子には驚かされた。

これまで抜けているところはありながらも僕の指摘には素直に従っていたのに、あのときの彼女は僕が何を言っても、社交マナーを無視した声かけや憶測《おくそく》での物言《ものい》いをやめなかった。

彼女の思いがけない行動を回想していれば、コーネリアに浮気の疑惑を投げかけてしまった自分自身の発言を思い出して、胸の奥に小さなささくれが立つ。

ウィルのことを知っている自分が、二人が無関係なことは一番よくわかっていたはずなのに。式典が終わってからずっと自分の発言を後悔していた。

「おや、何ともなくなったとは聞き捨てなりませんね。婚約破棄までして選んだお相手なのに？何かありましたか？」

「ああ、いや。恥ずかしい話であまり話したくないんだが、色々行き違ってしまったみたいなんだ」

マリーリカから相談を受けたあの日、裕福な商家との縁談を断るため僕の協力を必要としているのだと、マリーリカは僕と恋仲になりたいのだと思ったから、僕は婚約破棄に踏み切った。

婚約破棄を伝えたときには、マリーリカは私のために申し訳ないと涙ながらに御礼を伝えてくれたし、あとは僕から男爵家に求婚をするだけで彼女を助けてあげられるはずだった。

婚約破棄後すぐの再婚約は外聞《がいぶん》も悪いだろうと少し期間を空ける予定にしていたのだが、立太子の式典が終わった数日後、彼女から告げられたのは例の裕福な商家との婚約が成立したという事後報告だった。

親が婚約を早めてしまったらしいが、彼女も家のためには仕方ないことだし親を裏切ることはできないと涙ながらに語るので、僕は何も言うことができなかった。

気が付けば、僕はコーネリアを手放してまで選んだはずのマリーリカまで失っていた。

「それは大変でしたね。クラウスも苦労が絶えない」

「ありがとう。そう言ってくれるのはウィルだけだ」

心配そうにこちらを窺うウィルを見て、安心してもらうためにも笑顔で応えたいが、精一杯微笑もうとしても浮かべられるのは苦笑くらいだった。

「婚約破棄なんてするものではないな。後悔しか残らない」

婚約者も社交界の立場も失ってしまった自分にも、まだ失っていなかった友人という存在があったのだと思うと、つい感傷的になり奥底に沈めていた本音が漏れてしまった。

「色々と頭を悩ませることも多かったでしょうし、遠方の領地で心を休めてみては？　コーネリア嬢との復縁を望んだとしても、彼女は随分と王家の若燕《わかいつばめ》に熱を上げているようですし。噂に聞くところ、婚姻前にもかかわらず公爵邸では毎夜のように男を求める媚《こ》びた声が響いているとか」

「コーネリアは、そういう女性ではないよ」

「随分彼女のことを買ってらっしゃるんですね」

僕の言葉に、ウィルは相変わらずの微笑みで応える。

「八年間も共に過ごしていたのだから、彼女の性格くらい知っているよ。気が強そうに見えるのも、公爵令嬢として隙《すき》を見せまいと気を張っているだけなんだ。実際は、努力家で真面目で可愛らしい面もある女性だよ」

「そうですか」

「ウィリアム殿下の求婚が政略的なものだったとしても、彼も彼女のことを知れば知るほど、夢中になってしまうんじゃないかな」

自嘲《じちよう》気味《ぎみ》に口にすれば、案外真実味を帯《お》びた予想だなと思う。

彼女の魅力は実際に接してみなければわからない。

周囲の噂に振り回されて彼女を失ってしまった僕がそう感じているというのは、なんとも皮肉な話だった。

「クラウスは相変わらず、本当にいい人ですね」

「やめてくれ。自分の都合で婚約破棄をした僕が、いい人なはずはないよ」

「そうやって自分の損得を考えず、誰かのために手を差し伸べてしまうところですよ。ガレウス男爵令嬢の件も、ディルフォード公爵家に入れる利を考慮《こうりよ》すれば、捨て置いてしまっても良かったはずです。それなのに貴方《あなた》は彼女を見捨てられなかったんですね。それに、元婚約者なんて既に他人同然にもかかわらず、再婚約相手との幸せまで願えるなんて」

ウィルは良かれと思って僕を褒めようとしてくれているのだろうが、あまりにも的確に自分の落ち度を指摘されてしまい、居た堪れなくなって思わず俯《うつむ》いてしまった。

「もし貴方のような方と結婚されていたら、公爵家は共倒れだったでしょうね」

それは囁《ささや》くように、ポツリと溢れたような小さな呟《つぶや》きだった。

俯いていた顔を上げて、声の方に視線を向ければ、先程と変わらない笑顔でこちらに微笑みかけるウィルがいる。

ウィルの方から聞こえてきたと思ったが、気のせいだっただろうか。

「何か言ったかい？」

「いえ、相変わらずクラウスは人がいいなと思いまして」

ウィルは給仕に空のグラスを渡して、新しい飲み物を受け取っている。

「そんなことはないよ。コーネリアは本当に可愛らしくて素敵な女性だから――」

「クラウス」

言葉を遮《さえぎ》るようにして名前を呼ばれた。

「聞きましたよ。婚約破棄のときに彼女から赤の他人として振る舞うよう言われたんでしょう？名前で呼んでいるところを周囲に聞かれてしまうと、まだ婚約者気取りなのかと揶揄《やゆ》されてしまいますよ」

「ああ、すまない。気を遣ってくれてありがとう」

ウィルが人の話を遮るなんて珍しいこともあるものだと思ったが、僕を慮《おもんぱか》ってのことだったらしい。社交界で居場所のない自分に、こうやって気遣ってもらえるだけでも心からありがたく思う。

ふとウィルの手元に目をやれば、先程受け取ったグラスの持ち手辺りにヒビが入っているように見えた。

「ウィル、そのグラス割れかけていないかい？」

「ああ、本当ですね。教えてくださってありがとうございます。では返しがてら、今日はこの辺で失礼しようかと。クラウスに久々に会えてよかったです」

「僕もだよ。隣国に住んでしまったらなかなかこちらに戻る機会も減ってしまうかもしれないが、ぜひまた会いに来てほしい」

「ええ、もちろん。またお会いできることを楽しみにしています」

ウィルは優雅に一礼すると、その場を去っていった。

その背中を見送りながら、夜会に呼ばれる機会も少なくなった今、果たして次はあるのだろうかとつい溜め息が溢れてしまう。コーネリアとの婚約が解消されて半年、彼女とウィリアム殿下との婚約は順調だという。貴族の間では、『女公爵と若燕』と揶揄されて二人の関係は格好《かっこう》の噂の的となっているらしいが、実情は噂とは違っているのだろう。

あの日婚約破棄を告げた後、彼女の背を追いかけていれば何かが変わっていただろうか。

そんなありもしない想像をしてしまいながらも、彼女が幸せならばそれを見守ることが自分のせめてもの償いだと思う。

そうは思うものの、心の底では素直に彼女の幸せを願えていないことに苦笑を漏らしながら、ぬるくなった葡萄酒《ぶどうしゅ》を口にするのだった。

番外編二　それぞれの道へ

シャンデリアの輝く大ホールには、楽団《がくだん》の奏《かな》でる華やかな音楽が響《ひび》いている。

国中の貴族が集められたその場所で、彼らが次々に口にするのは王太子《おうたいし》夫妻への祝福だった。

会場内で貴族達が列をなす中で、順番を迎えた私は濃紫色の裾《すそ》を広げる。本日のためにと仕立てたドレスは胸元《むなもと》の薄紫色から裾にかけて色を変化させるデザインで、周囲の視線を引きながらもふわりと舞った。

「ご懐妊《かいにん》おめでとうございます。王太子妃殿下」

王太子夫妻を目の前に、敬意を込めて最上の礼をとった。

深い紅色の椅子《いす》に腰《こし》を掛《か》けた王太子妃殿下――セシリアは、以前会ったときより少しふっくらとした様子に見える。

そんな変化に気付けば、ふと頬《ほお》が緩《ゆる》んだ。

「ありがとう、コーネリア。ああ、もう次期ディルフォード公爵《こうしゃく》と呼んだ方がいいのかしら」

「どうぞご随意《ずいい》に。父が健在《けんざい》な内はこれまで通り指導を受けながら、我が国の外交《がいこう》を担《にな》う家門《かもん》としての責務《せきむ》を果たしていく所存《しょぞん》です」

「ふふ、相変わらず真面目《まじめ》ね」

公の場での挨拶《あいさつ》として真摯《しんし》に返答《へんとう》をしたつもりだったが、セシリアは小さく笑い声を漏《も》らした。

長い金色の睫毛《まつげ》に縁取られた海色の瞳《ひとみ》が細められ、蜂蜜《はちみつ》色の髪がふわりと揺《ゆ》れれば、昔から『社《しゃ》交界《こうかい》の華』と呼ばれ続けていた彼女の華やかな容貌《ようぼう》に思わず見とれてしまう。膨《ふく》らみ始めた腹部を覆《おお》うようなふんわりとしたドレスでも彼女の美しさは損《そこな》われることはなく、むしろその神聖性《しんせいせい》が増しているようだった。

先日発表された『王太子妃セシリア殿下ご懐妊の知らせ』は、国中を歓喜《かんき》させた。

二人の成婚《せいこん》から約半年後の吉報《きっぽう》に、城下町には号外のビラが配られ、人々は夜な夜な祝杯《しゅくはい》を交《か》わし合うなど、国を挙《あ》げてのお祭り騒《さわ》ぎとなっている。

懐妊の知らせはセシリアの体調を鑑《かんが》みて調整されたため、発表の約四ヶ月後には二人の間に第一子が誕生する予定だ。

親友として事前に相談を受け、妊娠《にんしん》初期の体調不良と戦っていたセシリアを見守っていた身としては、無事にこの日を迎えられたことが大きな喜びだった。

万感《ばんかん》の思いを嚙《か》みしめていた私の方を見て、セシリアはふふっと笑《え》みを深める。

「コーネリアが幸せそうで安心したわ」

そう言った彼女の視線は、私の隣へと向けられる。

「ご無沙汰しております王太子殿下、王太子妃殿下」

そこには金色の長髪を一つに束《たば》ね、緋色《ひいろ》の生地《きじ》に私と対《つい》となるデザインの金刺繡《ししゅう》をほどこした衣装に身を包んだ夫――元第二王子のウィリアム殿下が、眩《まばゆ》いばかりの笑みを浮かべながら優雅な一礼をとっていた。

既に王族ではなくなっているため『殿下』という呼称は誤《あやま》りになってしまうのだが、未《いま》だにこの姿の彼を目の当たりにすると、心の中でそう呼んでしまう自分がいる。

「兄上も随分《ずいぶん》と表情が柔らかくなったようで、お幸せそうでなによりです。この度は、王太子妃殿下のご懐妊、誠におめでとうございます」

「感謝する」

弟からの祝辞に、王太子であるアルフレッド殿下は短く言葉を返した。

現王妃様譲りの黒髪に切れ長の目を持つ彼は、整《ととの》った顔立ちなのだが、昔から寡黙《かもく》な性格なために近寄りがたい雰囲気があり、正に『孤高《ここう》』という言葉が似合う方だった。本日もその身を黒地の正装でまとめているせいか、相変わらずパッと見は冷たい印象を受ける。

しかし、椅子に腰かけるセシリアの横に並び立っている彼は、以前に比べて少しだけ穏《おだ》やかな雰《ふん》囲気《いき》を纏《まと》いはじめているようにも感じられた。

セシリアが何か話しかけたときには、その『鉄仮面《てつかめん》』とも揶揄《やゆ》されていた表情が僅《わず》かながら微笑《ほほえ》んでいるように見えたほどだ。

これもひとえに、セシリアという大切な存在を得ることができたおかげなのだろう。

「王太子ご夫妻の更なるご多幸《たこう》と、健《すこ》やかなる御子《みこ》のご誕生をお祈《いの》り申し上げます」

改めてお祝いの言葉を述べると、隣の彼と合わせるように礼をとる。

私の挨拶に謝辞《しゃじ》を返す二人を前に、差し出されたエスコートの手を取れば、次の者に順番を譲《ゆず》るため、早々に御前を辞《じ》したのだった。

王太子夫妻への挨拶が終われば、次は貴族達からの怒濤《どとう》の成婚祝い挨拶が待っていた。

国中の貴族達が集まる立太子《りったいし》の式典で求婚を受けたために、私達の婚姻を知らない者はこの場にはほぼいない。

筆頭《ひっとう》公爵家の慶《よろこ》び事として、王太子夫妻をはじめ有力貴族のほとんどを招待するほどには盛大な結婚式を執《と》り行ったのだが、その場に名を連ねることができなかった貴族達が、ここぞとばかりに列をなして成婚を祝う言葉をかけてくれていた。

これほどまでにこの場に挨拶が集中するのは、婚姻《こんいん》後に私の夜会《やかい》への参加が激減したことが原因でもあるのだろう。

隣をチラリと見上げると、既に両手では足りないほどの貴族達の挨拶を受けながらも、涼しい顔で対応しているウィリアム殿下の横顔があった。

——未だにこの姿、見慣れないわね。

夫婦となって約五ヶ月、毎晩のように寝室《しんしつ》ではこの姿の彼と顔を合わせるものの、朝の支度《したく》をすませてしまえば、彼は大抵《たいてい》情報屋のウィルの姿をしていた。

夫婦の寝室から情報屋の彼が出てくる方が驚かれるのではないかと思うが、その辺はサラを始め、信頼できる使用人を使ってうまくやっているらしい。

王太子夫妻とほぼ同時期に婚姻を結んだこともあり、彼は王太子成婚後の城下の情報収集や諸々《もろもろ》の調整《ちょうせい》で忙しくしていると聞いていたし、私自身も内々にセシリアの懐妊の知らせを受けて公務《こうむ》以外は彼女のもとに通い詰めて手伝いをしていたせいで、現状この姿の彼よりも情報屋のウィル姿の彼と会話する機会の方が多くなっていた。

もちろんどちらも彼であることに違いはないのだが、ここ最近は寝室以外で本来の彼の姿を見ることも少なかったため、なんだか新鮮《しんせん》な気さえしてくる。

そんなことを考えながら挨拶の対応をしていれば、押し寄せていた人の波はようやく落ち着いたようだった。

一息《ひといき》ついたところで、会場で配られていた飲み物を受け取ると、隣の彼も同じ葡萄酒《ぶどうしゅ》を手にとる。

私達が成婚祝いの挨拶を受けている間に、王太子夫妻は既に席を辞していたらしく、王族の観覧席にあるのは国王陛下夫妻のお姿のみだった。

身重《みおも》のセシリアの体調に対する配慮《はいりょ》がなされていたことにホッと胸を撫《な》で下ろす。

「ようやく落ち着きましたね」

「ええ、結婚後コーネリアが夜会への参加を控《ひか》えていたからか、この機会を逃すまいという彼らの気概《きがい》を感じましたよ」

穏やかな笑みを浮かべながらも、その言葉には若干《じゃっかん》の棘《とげ》が感じられる。

「……お忘れかもしれませんが、そもそも夜会への参加を減らした原因は、ウィル様にありますからね？」

じとりと恨《うら》みがましい視線を向ければ、微笑みを浮かべたままの彼は「そうでしたっけ？」ととぼけるように首を傾《かし》げた。

私が婚姻後に夜会への参加を減らしたのは、彼が夜の行為《こうい》のたびに身体《からだ》のあちこちに情事《じょうじ》の痕《あと》を残すことが原因だった。

日中の公務やお茶会に参加するようなドレスならなんとか隠せるものの、夜会に参加するためのドレスは肌の露出《ろしゅつ》が多くどうにも隠しようがない。

何度か抗議《こうぎ》をしたものの、その度に「コーネリアが可愛《かわい》すぎて」「貴女《あなた》の美しい肌を見ていたらつい」などと歯の浮くような台詞《せりふ》を口にするばかりで改善されることがなかったため、結局彼からの提案で、夜会参加の際にはサラの化粧《けしょう》技術によってその痕を隠すということで落ち着いていた。

しかし、サラの確かな技術によって他人から気付かれないことは理解しているものの、己の身に残っている情交の痕を気にするあまり、どうしても参加が必要な夜会以外は自主的に参加を見合わせるようになってしまっていた。

まあ前もって予定をしっかりと話しておけば、今日のように痕の残っていない状態で夜会に参加することもできるので、結局はいかに参加する夜会の重要性を伝えられるかだろう。

そんなことを考えながら溜《た》め息《いき》を溢《こぼ》していれば、不意《ふい》に隣から伸びてきた手に肩《かた》を引き寄せられる。

何事かと思って顔を上げたものの、視線の先にはただただ美しく微笑む殿下の顔があるばかりだ。

もしかして誰かとぶつかりそうになったのかと辺りを見回してみても、一通りの挨拶が終わった私達の周囲に人の気配はなく、各々楽しそうに歓談《かんだん》する人々が目に映《うつ》るだけだった。

何かしらの理由があったのかもしれないとお詫《わ》びを込めて小さく頭を下げ、肩に回された手をやんわり外そうとしたのだが、その手は肩から離れると流れるように腰へと回される。

人前で必要以上に身を寄せる行為はあまり褒《ほ》められたものではないため、一体どういうつもりなのかと訝《いぶか》しく思い相手を見上げれば、こちらに気付いた殿下は、にこりと爽《さわ》やかな笑みを浮かべた。

「……殿下、なんだか距離が近くありませんか？」

「おや、コーネリア。私のことは『ウィル』と呼んでくださいと言っているでしょう？」

その言葉に心中《しんちゅう》の殿下呼びまでも見透かされている気がして、うっと言葉に詰まる。

小さく咳《せき》払いをして、第二王子姿である彼に対する呼び名を改めた。

「ウィル様。なんだか距離が近いように思うのですが」

「夫婦の距離感が近いことについて、何か問題がありますか？」

「節度《せつど》というものがあります。夫婦だからといって密着《みっちゃく》する必要はありませんし、適切《てきせつ》な距離感を保《たも》ち、ディルフォード公爵家の者として不謹慎《ふきんしん》と思われる行動は控えるべきですわ」

そう伝えながら、腰に回された手を外す。

今日は、次期ディルフォード公爵夫妻である私達が初めて揃《そろ》って参加する公式の夜会だ。

会場に集まった貴族からは、挨拶を終えてもちらちらと向けられる視線を感じていたし、何かと注目されていることは間違いないだろう。

そんな周囲の視線がある中で、ディルフォード公爵家の名を落とすような行動をとるわけにはいかない。

きょとんとした様子で、手持無沙汰《てもちぶさた》になった手を握ったり開いたりしていた彼は、しばらくその手を眺《なが》めた後に再びこちらに向き直った。

その顔には、いつもの穏やかな微笑みが張り付けられている。

「……正直コーネリア本人に話すかどうか悩んでいたのですが」

この笑みを浮かべたウィル様から、ろくな話が出てきたためしがない。

思わずごくりと生唾《なまつば》を飲みこみながら身構えた。

「最近、貴族男性の中で貴女の評判がすこぶる良いんですよ」

その言葉に、一瞬《いっしゅん》の沈黙《ちんもく》が落ちた。

「はい？」

間抜けにもただただ聞き返した私に、彼はにこりと微笑み返したものの、その目の奥は笑っていない。

これが情報屋のウィル相手であったならば、いつものからかい文句だと切り捨ててしまえただろうが、なにせ今は相手が殿下の風体《ふうてい》をしているために、その意図《いと》が全く摑《つか》み取れなかった。

「心当たりはないのですが」

「コーネリアに自覚はないでしょうね」

彼は溜め息まじりに言葉を返すと、その目を伏《ふ》せるように視線を周囲に向けた。

多くの貴族達でにぎわっている会場内からは、ちらちらとこちらに向けられる視線がある。

彼は、それらの視線を私に向けられたものだと思っているのかもしれないが、こちらの様子を窺《うかが》っている人物はどう見ても年若い御令嬢が中心だった。

立太子の式典をきっかけに社交界に戻ってきた第二王子は、私との婚姻が成立するまでの約一年間で、瞬く間に幅広い人脈を形成していった。

人前に立つこともできないほどに病弱だと噂《うわさ》されていた彼が、眩《まばゆ》いほどの美貌《びぼう》を持つばかりか、驚くべき社交性を発揮《はっき》したものだから、周囲の貴族達は黙《だま》っていなかった。

私という婚約者があってもまだ成婚前ならばと、夜会のたびに自身を売り込む御令嬢や娘との縁《えん》談《だん》を持ちかける貴族に囲まれていた彼の方が、よほど評判が良いはずだ。

「評判が良いというなら、ウィル様の方がよほど人気だったかと記憶しておりますが」

「おや、嬉しいことを言ってくれますね。でも、コーネリア以外の人間に好意を寄せられても、欠《か》片《けら》も嬉しくありません」

「はぁ……」

笑顔で辛辣《しんらつ》な言葉を吐《は》いた彼に生返事を返せば、隣の彼はふと真面目な表情を浮かべると、声を潜《ひそ》めてその顔を私の耳元に寄せた。

「立太子の式典で私が求婚したとき、コーネリアが素の顔で笑ったでしょう？」

「素の顔、ですか？」

心当たりのない言葉に、つい怪訝《けげん》な表情を浮かべてしまう。

立太子の式典で求婚されたとき、予想外の横槍《よこやり》が入ってしまったせいもあって、あまりに型破《かたやぶ》りな求婚に思わず笑ってしまったような記憶はある。

しかし、これまでずっと社交の場に出てきた私は、人前では常に淑女《しゅくじょ》の笑みを心がけてきた。今更《いまさら》、私の笑顔が魅力《みりょく》的だと評価されるようなことがあるのだろうか。

そもそも彼が、一体私の何を『素』だと言っているのか理解できずに眉根《まゆね》を寄せていると、ふと彼の手がこちらに伸びてくる。

その手が私の紅髪を掬《すく》い上げると、弄《もてあそ》ぶようにして指先に絡めた。

「コーネリアはディルフォード公爵令嬢として、いつ何時《なんどき》でも完璧な対応を心がけていたでしょう?」

「ええ、当然のことだわ」

「ディルフォード公爵令嬢としていつも凛《りん》とした行動をしていた貴女の意外な一面を目の当たりにして、『ロマンス潰し』や『女公爵』という評判でしか貴女を見ていなかった男達の一部が、コーネリアという一人の女性の存在に気付いてしまったようでして」

「そんなことは――」

ないと思うのだけれど、と続けようとした言葉を途中で呑《の》みこむ。

淡々と言葉を続けていた彼は徐々にその笑みを深めていった。

「全く忌々しいですよね」

た。

——ウィル様、言動《げんどう》と表情が一致していません。

不穏《ふおん》な言葉と穏やかな笑みに、ただただ顔面を強張《こわば》らせていれば、ざわりと周囲が騒《さわ》がしくなった。

何が起こったのかと視線を向け、その原因をすぐに理解する。

参加貴族達から成婚祝いの挨拶を受け終えて、人混《ひとご》みから距離をとっていた私達のもとへ、一人の見知った人物が歩み寄ろうとしていた。

整えられた薄茶《うすちゃ》の髪に、落ち着いた深緑《しんりょく》色の礼服《れいふく》を身に着けている彼は、以前よりも幾分《いくぶん》か痩《や》せたようにも見えた。

「ご無沙汰しております」

私達の前に立った彼は、丁寧《ていねい》な礼をとる。

彼の生家《せいか》であるルガート伯爵《はくしゃく》家は結婚式には招いていたものの、元婚約者という立場の彼は当然参加をしていなかった。

彼の姿を目にするのは、一年半近く前の立太子の式典以来だった。

「ルガート伯爵家のクラウス様。こちらこそ、ご無沙汰しております」

「お変わりありませんでしたか？　久々にお会いできたことを光栄に思います」

そう言いながら目尻を下げるように柔らかく微笑んだ彼は、どこか疲れた様子に見えた。

もしかするとマリーリカ様との関係がうまくいっていないのだろうか。

上背《うわぜい》のある彼を見上げていれば、隣からすっと腕《うで》が伸びてきた。

まるで私を隠すかのようなウィル様の行動に、なぜかクラウス様はどこか嬉しそうにその目を細める。

「ウィリアム殿下も息災《そくさい》のようでなによりです」

「ご丁寧にありがとうございます。ご存知のとおり既に臣籍降下《しんせきこうか》した身ですから、その敬称はもう必要ありません」

「それでは、ウィリアム殿とお呼びしてもよろしいでしょうか？」

「ええ、是非《ぜひ》。ルガート伯爵家のクラウス殿」

お互いに笑顔でやりとりをしている二人は、はたから見ていれば和やかに挨拶を交わしているだけなのだが、片や婚約《こんやく》破棄《はき》を突き付けた元婚約者であり、片や婚約破棄直後に求婚して夫婦となった現夫である。

この状態を噂好きの貴族達が見逃すはずもなく、先程までざわめいていた周囲は、今や明日の噂の種を仕入れようと嬉々《きき》として聞き耳を立てているらしかった。

クラウス・ルガートが、何の目的で元婚約者夫妻に近付いたのか。

そんな好奇の視線を一身に背に浴びたクラウス様は、微笑みを浮かべたまま丁寧に礼をとった。

「ご挨拶が遅れましたが、この度はご成婚おめでとうございます」

彼の言葉に、心なしか周囲の空気が緩んだ気がする。

修羅場《しゅらば》を期待していた彼らにとって、クラウス様のあまりに普通の挨拶は、期待外れだったのだろう。

「ありがとうございます。愛《いと》しい妻の夫となれたことを心から光栄に思っております。毎日、朝目覚めるたびに隣にコーネリアがいる喜びを噛みしめて過ごしています」

ウィル様の返答に、クラウス様は笑みを浮かべたまま小さく「そうですか」と言葉を返した。

会話が途切れ、しばしの沈黙が落ちる。

気まずい空気にちらりと視線を泳がせば、ウィル様の腕が遮《さえぎ》る視界の中で、こちらをじっと見つめていたらしいクラウス様と目が合う。

視線が合うと思っていなかったのか、彼は一瞬驚いたようにその目を見開いた。

何度か瞬きをした後、何かを躊躇《ちゅうちょ》するように視線を彷徨《さまよ》わせている様子の彼だったが、なにやら決意を固めたのか大きく息を吸って吐き出すと、以前何度も見たこともある困ったような微笑みを浮かべた。

「……無理を承知《しょうち》でお願い申し上げます。少しだけお時間をいただけないでしょうか」

その言葉に、ざわりと周囲が色めきたった。

婚約破棄をした元婚約者に一体何の話が、まさか本当に修羅場になるのかと、貴族達の期待に満《み》ちた囁《ささや》き声が聞こえてくる。

そんな周囲の声を耳にしながら、私は向かいに立つ元婚約者をじっと見つめていた。

「私と、ですか？」

「はい。可能であれば二人で」

彼の言葉に、再び周囲がざわついた。

たった今成婚を祝う言葉を口にした彼に、私達の結婚について異《い》を唱《とな》える意図はないだろう。

私と婚約破棄をしてから約一年半。支えたいと言っていた彼女と共にいるはずの彼が、突然この場で私と話したいと言ってくる理由に全く心当たりがなかった。

「おや、私には聞かれたくないお話なのですか？」

隣から聞こえてきたウィル様の穏やかな声には、僅かな苛《いら》立《だ》ちが感じ取れる。

「はい、お恥ずかしながら」

そう堂々《どうどう》と返したクラウス様に少しだけ驚いた。

以前の彼は、周囲の人々の機嫌を窺うような面があり、自分の意思を通すことなくどこか遠慮《えんりょ》がちだった。

そんな彼が、ウィル様が言葉に滲《にじ》ませた苛立ちを感じ取れなかったとは考えにくい。

彼の苛立ちを知った上で、二人きりで話したいと言うのだから、それほどに重要なことを私に伝えたいのだろうか。

「まだご成婚されて間もない時期ですし、もしウィリアム殿がどうしてもご心配であれば――」

「ええ、心配です」

重ねるようにして、ウィル様はクラウス様の言葉を遮った。

「心の底から心配はしてしまいますが、私はコーネリアを信頼していますから。構いませんよ」

彼の口から告げられた予想外の許可に驚いて隣を見上げれば、こちらの視線に気付いた彼から、にっこりと微笑みかけられる。

「どうやら、会場の皆様も気にしていらっしゃる様子ですし」

――なるほど。

その言葉に、彼の意図を把握《はあく》する。

会場中の注目を集めてしまった今、ここでクラウス様の提案を拒否《きよひ》したところで、事実無根《じじつむこん》の三角関係や私の不貞《ふてい》を勘《かん》ぐる者が出てくるかもしれない。

それならば、大衆《たいしゅう》の目の前でウィル様本人が彼の提案を呑むことで、我々に後ろ暗いことはないことを知らしめようとしているのだろう。

面倒ごとに巻き込まれたなと思いながら、周囲の視線を一身《いっしん》に集めた状態で、これ見よがしに深い溜め息を吐《つ》いた。

「お話は、あちらのテラスでいかがでしょうか？」

指先でテラスを指し示せば、周囲の視線がそちらへ向かう。

元婚約者同士が個人的な話をするというだけなのに、なぜこれほど周囲に配慮しなければならないのだろうとも思うが、ディルフォード公爵家の名前を守るため念には念を入れて予防線を張らなくてはならない。

「外と会場とを仕切る硝子扉《ガラスとびら》を閉めれば会話は聞こえないでしょうし、こちらから私達の姿はしっかり見えますから不貞行為がないことの証明にもなります」

「ああ、それは助かる」

私の提案に、クラウス様は表情を明るくしながらそう口にした。

後ろ暗いことは何もないような彼の態度に、一体何の話があるのだろうかと疑問に思いながらも、テラスの近くに移動しようとしている集団を目に留《と》めて、呆《あき》れまじりの溜め息を溢した。

もしこの場にセシリアがいたら、うっかり身重の彼女に頭を抱えさせてしまうところだっただろう。

彼女の不在《ふざい》という不幸中の幸《さいわ》いに胸を撫で下ろす。

周囲に聞こえるように大きく咳払いをしながら、肩にかかる深紅《しんく》の髪を大きく払うと、こちらを振り返った人々に向けてにっこりと言い放つ。

「恐れ入りますが、ここからは個人的な会話。どうぞお聞き耳など立てぬよう、くれぐれもご配慮くださいませ」

相変わらず嫌味《いやみ》なくらいよく通る私の声は、周囲を威圧《いあつ》するには十分すぎた。

悪戯《いたずら》が見つかった子供のように気まずそうに視線を外した貴族達は、わかりやすい不満を顔に出しながら急に大人しくなる。

そんな会場内で、私の威圧など露《つゆ》ほども気にすることのない隣の彼は、普段通りの微笑みを浮かべたまま、ゆっくりとその顔を私の耳元へと寄せてきた。

「話が終わったら、よそ見などせず真《ま》っ直《す》ぐ私の元に戻ってきてくださいね。待っていますから」

内緒《ないしょ》話をしていますよ、とわかりやすく耳元に手を添えるあたり、クラウス様に対する牽制《けんせい》のつもりでもあるのだろう。

そう耳元で囁いた彼は、その濃紫の双眸《そうぼう》を細めながら笑みを深めたのだった。

硝子扉を抜けると、ひんやりとした空気が頬に触れる。

日中はまだ汗ばむくらいの気温だったが、夜になればようやく涼しい風が吹く季節を迎えていた。扉を閉めれば会場の喧騒《けんそう》は遮断《しゃだん》され、柔らかな風に草木がさざめく音が耳に入る。

一度会場を振り返れば、ちらちらとこちらの様子を窺っていた貴族達は、一様に視線を背けたようだった。

彼らの噂好きは相変わらず呆れるほどだが、会場内にいる分にはこちらの会話は聞こえないだろうと、共に硝子扉を潜《くぐ》ってきた相手に向き直る。

「それで、お話とは一体なんでしょう？」

振り返った先には、私の後ろに付き従うようにテラスへと出てきたクラウス様が立っていた。

彼は出てきた会場の様子をちらりと窺うと、苦笑を浮かべながら小さく頭を下げる。

「騒ぎになってしまって申し訳なく思っています。本当はもっと小さな会で君に逢《あ》えたらと思っていたんだけど、なかなか機会がなくて……ようやく君の姿を見つけたから今日しかないと声をかけてしまったんだ」

そう言いながら、彼は困ったようにその頬を掻《か》いた。

元婚約者である私に、なぜ会う必要があったのだろう。

理解しがたい彼の言動に訝しげな視線を向ければ、彼は戸惑《とまど》いながらも、こちらを真っ直ぐ見据えた。

「コー……君に伝えたいことがあったんだ」

真剣な眼差《まなざ》しに、思わず目を瞬《しばたた》かせる。

夜会用に整えられた薄茶の髪が夜の風に煽《あお》られれば、懐《なつ》かしい面差《おもざ》しが目に映った。

「立太子の式典のとき、君を疑ってしまったこと申し訳なかった。君が、浮気なんてするような女性じゃないことを知っていたはずなのに、失礼なことを口走ってしまったことを心から反省している」

そう言った彼は深く深く頭を下げた。

予想外の謝罪に、しばしその後頭部《こうとうぶ》を眺めてしまう。

立太子の式典の際、確かにマリーリカ様から身に覚えのない浮気疑惑を投げかけられたが、それは私と彼女の問題だった。

彼女の代わりとして謝罪を受け取るのは筋違《すじちが》いだと思うし、そもそもマリーリカ様から求婚に横槍を入れられた際も、クラウス様は彼女の行動に慌てふためいていただけのような気もする。

彼から謝罪されるようなことがあったかと記憶を辿り、言われてみればウィル様から求婚される少し前、マリーリカ様に煽られたクラウス様の口から、実際に浮気があったかどうかを問われたような気もするがはっきりとは覚えていない。

「頭を上げてください。私は別に気にしておりませんわ」

まさかそんなことの謝罪のために、わざわざ貴族達の見世物《みせもの》になるような真似《まね》をしたのだろうか。

疑念を抱きながらも相手の様子を眺めていれば、私の言葉にゆっくりと頭を上げた彼は、なぜか先程よりも沈んだ様子で顔を俯《うつむ》けていた。

「君は、きっとそう言うだろうなと思っていたよ。でも、どうしても直接謝りたかったんだ」

ぽつりと呟《つぶや》いた苦笑まじりのその声は、やけに悲しげだった。

私との婚約破棄を成し遂げた彼は、支えたいと言っていたマリーリカ様と一緒になれたはずで、彼の望む新たな人生を歩み始めたばかりではないのだろうか。

既に決別《けつべつ》した相手だからとクラウス様のその後については調べていなかったが、どうも様子がおかしい。

そもそもあのマリーリカ様と婚約中もしくは婚姻済みということであれば、この場に彼女がいないことが不自然だった。

「マリーリカ様はどうされたのですか？　お姿が見えないようですが」

「ああ、彼女とはあの式典の後、残念ながら縁《えん》が切れてしまったんだ。今は商家《しょうか》に嫁《とつ》いで平民《へいみん》として暮らしているらしい」

告げられた事実に、思わず言葉を失う。

あの計算高いマリーリカ様が、打算《ださん》無しで商家に嫁ぐはずがない。

恐らくそれは以前から入念《にゅうねん》に準備されていたことで、クラウス様が彼女にしてやられたのだということはすぐに理解できてしまった。

一年半前の式典時より明らかに疲れているように見えた彼の姿は、そういった気苦労《きぐろう》のせいでもあったのだろう。

「そう、だったのですね」

なんと言葉をかけていいかわからず、口から出たのはぎこちない相槌《あいづち》だった。

「君との婚約を白紙にしてまで選んだ道のはずだったんだけどね。どうも僕は、選択《せんたく》を間違えがちみたいだ」

自嘲《じちょう》の笑みを浮かべる彼は、自分に自信が持てなくなっているせいか、全ての原因が自分にあるような気がしているのだろう。

マリーリカ様の本質を彼に伝えることは簡単にできるが、それこそ彼の傷を抉《えぐ》る行為《こうい》になってしまう気がして、全てを話すことは躊躇《ためら》われた。

互いの間に気まずい沈黙が落ちると、クラウス様は慌てたように口を開いた。

「ああ、そういえば式典で君のパートナーをウィルが務めていたときには驚いたよ。知り合いだったんだね。まあ、その後のウィリアム殿下からの求婚にもっと驚かされたけど」

彼の言葉に、小さく目を見張る。

クラウス様にとって暗くなってしまった空気を変えるための何気ないその一言は、私にとってはこれまで知り得なかった新事実だった。

式典でパートナーを務めていたとすれば、クラウス様が言っているのは『ウィル・ラーヴァント』のことだろう。

その名前を、貴族相手の仕事で利用していることは、彼本人から聞いていた。

「ウィル・ラーヴァント様とのお付き合いは長いのですか？」

動揺《どうよう》を悟《さと》られないよう淑女の仮面を張り付けながら、にっこりと微笑みかける。

「ああ、かれこれ九年くらいにはなるかな。何度かサロンで話したこともある顔見知りだよ」

九年前、それは私とクラウス様の婚約が成立した頃だ。

「彼とは親しかったのですか？」

「それなりにね。色々と話し込むこともあったよ。社交界に不慣れだからと、会うたびに私の元に来ては話しかけてくれるから弟のように思っていたんだ」

――クラウス様、それはマリーリカ様と同じパターンでは……。

以前聞いたマリーリカ様についての惚気話と共通している内容に、つい口に出しそうになった言葉をなんとか呑み下した。

彼はきっと誰かに頼られることに弱いのだろう。

人の良いクラウス様のことだから、ウィルのことも純粋で素朴《そぼく》な貴族青年だと思って受け入れてしまったに違いない。

「式典の後、一度夜会で会ったんだけど、そのときに隣国に拠点《きょてん》を移すって話していたから、それからはなかなか会えなくなってしまって寂《さび》しいなと思っているよ」

旅立った友を惜しむように遠くを見つめる姿を、半《なか》ば呆れたような心地で見つめていれば、こちらの視線に気付いた彼からはにかむような笑顔を返された。

その無防備《むぼうび》すぎる表情を目にして、なんだか毒気を抜かれてしまう。

恐らく『ウィル』も、この人が良すぎる相手を前に、思うようにいかないことも多かったのではないだろうか。

それほどまでにクラウス様は温厚篤実《おんこうとくじつ》で、人を信じやすく極《きわ》めて善良《ぜんりょう》であり、絶望的《ぜつぼうてき》に貴族社会に向いていない人間だった。

少しでも気を抜けば足をすくわれる貴族社会に身を置く中、そんな彼の性格を眩しく感じた瞬間があったことを今更ながら思い出す。

「私も一つ、謝りたいことがありました」

私の言葉に目を瞬かせた彼に向けて、今夜の夜会用に仕立てたドレスの裾が美しく広がるように、丁寧な礼をとる。

「私との婚約で貴方《あなた》を苦しめてしまったこと、クラウス様のお悩みに気付くことができなかったこと、誠に申し訳ありませんでした」

婚約破棄を告げられたあの日、彼の言葉に耳を傾《かたむ》けていたつもりだったが、結局婚約破棄を言い出した側の言い分だと心を配ることなく、己の怒りや悲しみにばかり気を取られていた。

自分の心を守ることに必死で、私との婚約期間中に、彼が社交界の荒波《あらなみ》の中で悩み傷ついていたことに対して、謝罪も労《ねぎら》いも伝えられていなかった。

「婚約者の選定について、候補《こうほ》を絞り込んでくれたのは両親でしたが、最終的に貴方を選んだのは私でした。私の選択が、クラウス様を苦しい立場に追い込んでしまったことを、改めてお詫び申し上げます」

ルガート伯爵家の三男という彼の立場であれば、本来それほど追いつめられることもなかっただろう。

しかし、ディルフォード公爵家の次期当主《とうしゅ》となれば、大きく立場が変わってくる。

駆《か》け引きや心理戦、騙《だま》し合い貶《けな》し合いが日常の陰湿《いんしつ》な貴族社会で、周囲から厳しい視線を向けられても常に己を失わず、完璧であることが当たり前のように求められても平然《へいぜん》と期待に応えなければならない。

そんな世界に彼を引きずり込んでしまったのは、紛《まぎ》れもない私だった。

こうして再会してみて、はっきりとわかった。

クラウス様は、絶望的なほどにディルフォード公爵家には向かない性質であること。

そして、そんな彼を私は長年婚約者として縛《しば》り付けてしまっていたこと。

もし私がディルフォード公爵家に生まれていなければ、公爵令嬢でなければ、私達の関係は壊《こわ》れることはなかったかもしれない。

しかし、私はディルフォード公爵家に生まれたことを後悔していないし、筆頭公爵家の人間であることを誇《ほこ》りに思っている。

周囲に『ロマンス潰し』だの『女公爵』だのと揶揄《やゆ》されようが、自分の性質を曲げられない頑固《がんこ》な私と彼とは、そもそも相容《あいい》れない存在だったのだろう。

彼の人生を奪ってしまった申し訳なさに顔を俯けていれば、ふと向かい合う相手から小さく笑う気配がした。

「……相変わらず、君の真っ直ぐさは変わらないな」

視線を上げれば、困ったように微笑むクラウス様が、なんだか眩しそうに目を細めている。

「自分の気持ちにけじめをつけたはずなのに、うっかり揺らぎそうになるじゃないか」

静かに一歩こちらに踏み出した彼の表情は、会場から漏れてくる光に逆光《ぎゃっこう》となり窺い知れない。

驚きに身体を固めていると、目の前に立った相手が僅かにその身をかがめた。

「僕は、選んでもらえて嬉しかったよ」

「え？」

囁くようなその言葉に、思わず聞き返してしまう。

徐々に慣れてきた目が、月明かりに照《て》らされるクラウス様の表情を映し出せば、穏やかなその眼差しがこちらに向けられていた。

「君の婚約者に選ばれたとき、伯爵家の三男として誰からも選ばれない人生だと思っていた自分に、初めて光を当ててもらえた気がしたんだ」

テラスを吹き抜ける涼やかな夜風《よかぜ》が、クラウス様の薄茶の髪を揺らす。

見上げた先にある彼の瞳は、切《せつ》なげに細められていた。

「でも、眩しすぎるその光に呑まれてしまったんだと思う。君の婚約者として過ごしていた八年間、僕は君の存在に圧倒されるばかりで、君の隣に立ち続けるための努力を怠《おこた》っていたんだ。ただそれだけのことだよ。君が負《お》い目を感じる必要はない」

そう告げた彼は、風に舞った私の紅髪を掬い上げるように一房《ひとふさ》摑まえた。

「君との婚約は確かに自分の重圧ではあったけれど、同時に誇りでもあったんだ」

手にした一房に、そっと唇を寄せる。

そんなクラウス様の仕草を呆然《ぼうぜん》と眺めてしまっていた私を見て、思わずといった様子で彼は小さく吹きだした。

「ク、クラウス様!?」

「ははは、申し訳ない。なんだか懐かしくなってしまって。コー……君自身が僕を選んでくれていたなんて、あまりに嬉しいことを知ってしまったから舞い上がってしまったな」

そう言いながら破顔《はがん》する彼は、風に乗せるように私の髪を手放した。

「婚約破棄を後悔していないと言えば嘘《うそ》になる。でも、もしあのまま結婚をしていても、女公爵となった君の隣に立っていられたかどうかは、正直今でも自信がないな」

クラウス様は困ったような笑みを浮かべながら、ゆっくりとその視線を落とした。

「結局、全て自分の弱さが原因なんだ。マリーリカのことも婚約破棄のことも、沢山《たくさん》の選択肢の中から自分で選んだ結果なんだよ。それで今後悔しているのだとしても、自分で選んだ道なんだから、責任を持つべきは僕自身なんだ」

そう告げる彼の声は、あまりにも穏やかだった。彼女と一緒になるために婚約破棄までしたのに、その相手に置いていかれたクラウス様の心境は推《お》し測《はか》ることもできない。ただそのあまりに心細そうな姿が、ふと以前見かけた光景に重なった。誰かに貶められ、傷つけられるその姿を見過ごせず、私は何度も飛び出してきた。そこに男女の違いはない。

その光景を思い出した瞬間、ふと足元から力が湧《わ》いてくるように感じて自然と背筋《せすじ》が伸びた。

「クラウス様、マリーリカ様の嫁がれた商家についてはご存知なのですか？」

突然の質問に、クラウス様は不思議そうに瞬《まばた》きを繰り返す。

「いや、調べればわかるだろうけれど、あまり詮索《せんさく》する気にもなれなくて……」

「わかりました。あとは私にお任せください」

「え、あの……」

戸惑う彼に、私は不敵《ふてき》に笑ってみせた。

「目には目を、歯には歯を、裏切り者には制裁《せいさい》を。あとは引き継がせていただきますわ」

どうにも話が見えていないらしいクラウス様は、その顔に戸惑いを浮かべたまま、しきりに瞬きを繰り返している。彼女の嫁ぎ先など、既にウィルは把握しているだろう。

取るに足らない小物だと受け流していたが、そういえば彼女からは立太子の式典前から、あからさまな敵意《てきい》を向けられていたのだった。

「クラウス様、私が何と呼ばれているかご存知ですか？」

「えっと『ロマンス潰し』の方かな？　それとも『女公爵』の方？」

「両方です」

戸惑ったままのクラウス様を見つめ、淑女の笑みを浮かべる。背後から吹きつけた涼やかな夜風に、自身の紅髪がふわりと舞った。

「私は浮気者に嚙みつく『ロマンス潰し』であり、『強く正しく逞《たくま》しく』と揶揄されるほどに気の強い『女公爵』ですわ。立太子の式典での借りもありますし、併《あわ》せてお返しさせていただきます」

そんな私の姿を見て呆気《あっけ》にとられていたクラウス様だったが、しばらくすると、ふっとその顔を綻《ほころ》ばせた。

「そういえば、別の噂も聞いたことがあったよ。『婚約者に浮気の可能性あれば女公爵に相談せよ』だったかな？」

「まさか元婚約者から相談されることになろうとは夢にも思いませんでしたわ」

おどけたように肩を竦《すく》めてみせれば、彼は困ったように微笑みながらも「面目《めんぼく》ない」と小さく頭を下げた。

「コーネリア。……そう呼んだら、殿下に嫉妬《しっと》されてしまうかな」

ふと耳に届いた言葉に顔を上げる。

見上げた先には、懐かしい薄茶の双眸がこちらを見つめていた。

「どうでしょうか。それよりも、ウィリアム様はもう殿下ではありませんわ」

「ああ、そうだったね。君の旦那様なのだから」

そう言いながら彼は、眩しそうにその目を細める。

「あの頃はただただ可愛らしかったけれど、綺麗《きれい》になったね。ウィリアム殿から、大切にされているのがよくわかる」

その言葉に、思わず目を瞬かせた。

婚約当時、クラウス様はあまりこういった社交辞令《しゃこうじれい》が得意ではなかったはずだった。

どこで覚えてきたのだろうかとも思うが、まあ彼にも色々あったのだろう。

「クラウス様は、社交辞令がお上手になりましたね」

「はは、どうだろう。未だに女性と話す機会は多くないから」

照れたように頬を掻いた彼は、すっとその手を胸にあて、ゆっくりと頭を下げる。

「どうかお幸せに。君と話せて、やっと心の整理がついた気がするよ」

「クラウス様も。善良《ぜんりょう》な貴方が、正しく幸福な道を歩まれることを願っております」

言葉を返した私に、クラウス様は微笑みで応えた。

「そろそろ戻った方がいい。ウィリアム殿が心配しているだろう」

その言葉に会場へと視線を向ければ、いつの間に移動したのか、硝子扉のすぐ横に立つ彼と目が合った。なぜそんな近くにと驚いていれば、こちらの視線に気付き、ひらひらと手を振ったウィル様によって扉が開かれる。扉の動きに合わせて、先程まで静まり返っていたテラスに会場内の喧騒が響いてきた。

「話は終わられましたか？」

声かけと共に姿を現《あらわ》した彼は、私達に向けてにこりと微笑みかける。

「ああ、ちょうど終わったところです」

「それは良かった」

クラウス様の返答に笑みを返しながらテラスへ足を踏み入れた彼は、軽やかな足取りで私の隣に並び立った。隣に立つ彼を見上げると、こちらに向かって小首を傾げた動きに合わせて、その金色の長髪がふわりと揺れた。

「すみません。貴女のお帰りを待ちわびて、つい迎えに来てしまいました。驚かせましたか？」

「多少は。先程の場所でお待ちになっていると思っておりましたから」

「はは、愛しい妻が他の男性に連れ出されたのに、平然と時間を過ごせるわけがないでしょう？」

そう告げた彼は、夜風に揺れる紅髪を一房摑まえて唇を寄せる。

見ていたのかはわからないが、まるで先程のクラウス様の仕草を真似るかのような行動に、クラウス様の言っていた『ウィリアム殿が心配している』というのはあながち間違ってはいなかったのだろうと内心納得してしまった。

ちらりと相手を窺い見れば、ウィル様はにこやかな微笑みを返してくる。相変わらずどんなときでも笑みを浮かべてその心の内を見せようとしない彼だが、その徹底《てってい》した表情管理は、彼の情報屋としての優秀さを裏付けるものでもあった。

「ウィル様、自邸に戻ってから『情報屋』を呼ぼうと思っていたのですが、もし記憶にあれば教えてください。マリーリカ様のその後について、なにかご存知ですか？」

クラウス様は、マリーリカ様のお名前にぎょっとその目を丸くする。彼の動揺を横目に見て、先程までの我々の会話の内容を察《さっ》したのか、ウィル様は薄《うっす》らと目を細めながら、穏やかな微笑みを浮かべた。

「ええ、私達の求婚の場に横槍を入れた彼女のことはよく覚えていますよ。貴族籍《せき》から抜けて、平民の商家に嫁いだらしいですね。我がディルフォード公爵家の『情報屋』でしたら、彼女の嫁ぎ先もその取引先についても調べはついていると思います」

クラウス様は、私達の会話を啞然《あぜん》とした様子で見つめている。

「まあ、そうだったのですか。先程クラウス様から伺ったのですが、マリーリカ様は彼女のためにと婚約破棄までしたクラウス様に、何も告げないまま商家へと嫁いでしまったそうなのです」

「おや、それは随分と薄情なお話ですね」

頬に手を当てながら首を縦に振る私に、大げさなほどに肩を竦めるウィル様。こういうとき、彼の察しの良さは非常に助かっていた。

「私もそう思いますわ。そういえば彼女、立太子の式典ではあり得ないほどに社交マナーを弁《わきま》えない行動をしていらっしゃいましたわね。あんな振る舞いをされれば、その後社交界から孤立してしまいそうなものですのに、まるで式典後の心配はされていらっしゃらないようでしたわ」

チラリと相手を窺えば、心得たように目配せが返ってくる。

「ああ、そういえば私は王太子である兄の補佐《ほさ》として、貴族籍を扱う業務に携《たずさ》わっているのですが、彼女からの申請《しんせい》も見かけましたよ。確か、申請があったのは式典直後でしたね。貴族籍を抜ける申請は少ないのでよく覚えています」

「まあ、それでしたら少々おかしいですわね。貴族籍を抜けるためには血縁親族《けつえんしんぞく》からの承諾《しょうだく》も必要ですし、色々と時間がかかるでしょう？　まるで、式典前から貴族籍を抜けるための準備を進めていたかのようだわ」

我々の会話を耳にして、クラウス様は徐々に顔を青ざめさせていく。彼にとっては目を瞑《つぶ》っていたい事実だったかもしれないが、真実を知らなければ下せない判断もあった。

「血縁親族からの了承《りょうしょう》を得るだけでも通常一ヶ月程度はかかりますから、事前に準備をされていたのは間違いないでしょうね。ああ、そういえば式典前くらいから、ガレウス男爵《だんしゃく》家が金銭を無心《むしん》に来るという貴族達からの相談が減った気がします。どこか羽振《はぶ》りのいいところから、大金を得る機会があったのかもしれませんね。そう、例えば結納金《ゆいのうきん》だとか――」

状況証拠を並び立てる私達の会話に、ようやくクラウス様も真実に辿りついたのだろう。

彼女に騙されていたことに気付いて尚《なお》も人の良い彼は、彼女に対する怒りを抱くよりも、その意図に気付けなかった自分を反省しているようで、酷《ひど》く落ち込むように顔を俯けていた。

そんな姿を横目に見ていれば、黙っていられなくなる。

「……そういえば私、彼女に借りがありますの」

唐突《とうとつ》に口にした私の言葉に、向かい合う彼は楽しげにその濃紫の瞳を細めた。

「奇遇《きぐう》ですね、私もです」

我々の会話に、クラウス様はハッと顔を上げる。人の良い彼は、いくら自分を騙した相手といえども、自分の選択の結果なのだからと耐《た》える道を選ぶ可能性が高い。しかし、明らかな作為《さくい》をもって人を貶めた者がのうのうとのさばり、被害を受けた者が己を責めなければならないような状況が許されていいのだろうか。

この状況を見逃してしまえば、『ロマンス潰し』の呼び名が廃《すた》れてしまう気さえしていた。彼ができないのならば、私達の制裁に彼の報復を便乗《びんじょう》させてしまえばいい。

「個人的なお返しですし、あまり大げさにするつもりはありませんわ。相手はもう貴族ではないのですし」

「そうですね。せいぜい競合《きょうごう》相手を優位《ゆうい》に立たせて、向こう三年くらいは経営難《けいえいなん》で慎《つつ》ましやかな生活を心がけてもらうくらいが妥当《だとう》かと」

すらすらと提案が出てくるあたり、既に競合相手にも見当をつけているのだろう。相変わらず憎《にく》らしいほどの手際《てぎわ》の良さだ。

「素晴らしいご提案ですわ。邸《やしき》に戻りましたら早速《さっそく》準備を進めましょう。——ああ、クラウス様」

そう言いながら、さも今気付いたかのように、呆然としていたクラウス様の方へ向きなおる。

「今の会話は私達夫婦の秘密の会話ですの。聞かなかったことにしてくださいませんか？」

口元に人差し指を添えてにっこりと微笑みかければ、彼も我々の意図に気付いたらしい。

感極《かんきわ》まったように言葉に詰まらせ、何度も口を開閉《かいへい》していたが、何かを堪《こら》えるようにぐっと拳を握った彼は、泣き出しそうな顔で小さく微笑んだ。

「ありがとう、ございます」

小さなお礼の言葉に、隣に立つウィル様とお互いを見合わせながら微笑みを返す。

「なんのことでしょう？」

「クラウス殿にお礼を言われるような心当たりはありませんね」

私達の反応に、クラウス様はようやくその顔に笑みを浮かべた。そして、ふいに私達に向かって静かに頭を下げる。

「先程の言葉を訂正《ていせい》させてほしい。先程、ウィリアム殿に大切にされているんだねと言ったけれど、ウィリアム殿は君を大切にしながらも、隣に立って君を支えることができる良きパートナーのようだね」

クラウス様の言葉に驚いたのは、私だけではなかった。

虚《きょ》を突かれたように瞬きを繰り返すばかりのウィル様を見て、つい小さく噴《ふ》きだしてしまう。

「もちろんですわ。ウィル様は私の良き夫であり、背中を預け合う存在でもありますの。ご存知のようにディルフォード公爵家には敵も多いですから、力になっていただいておりますわ」

私の言葉に、クラウス様は目じりを下げた。

「君が背中を預けられる相手がいると聞いて安心したよ」

「ありがとうございます。随分と話し込んでしまいましたし、そろそろ戻りましょうか」

そう告げた私の言葉で、テラスでの密談《みつだん》は終わりを迎える。硝子扉が開けば、先程までの静けさが嘘のように会場内の喧騒が流れ込んできた。ウィル様に手を取られて会場に足を踏み入れようとしたとき、ふと言い忘れたことを思い出して後ろを振り返る。

振り向いた先には、不思議《ふしぎ》そうに小首を傾げるクラウス様がいた。

「私が言うものなんですが、御縁《ごえん》を求められるのでしたらご連絡くださいませ。他国であれば相応《そうおう》の相手を紹介できると思いますわ」

その言葉に一瞬驚いたように目を瞬いた彼は、その顔にふっと笑みを浮かべる。

「いいのかい？　そんなことを言って。本当に頼ってしまうかもしれないよ？」

「ええ、クラウス様がよろしいのでしたら構いませんわ」

一歩踏み出せば、私の動きにつられてふわりとドレスの裾が広がった。相手を見据え、深紅の髪を払うと、にっこりと淑女の笑みを浮かべる。

「なんたって、私は『ロマンス潰し』の女公爵ですもの」

私の言葉に、クラウス様は一拍《いっぱく》空けて弾《はじ》けたように笑い声を上げた。

その笑い声は硝子扉の内側にも響き渡り、会場内にいた貴族達は驚いた様子で互いに顔を見合わせるのだった。


「随分と楽しそうでしたね」

そう囁くウィル様の言葉を、私は彼の腕の中で聞いていた。

テラスから会場に戻り、元の場所に戻るのかと思いきや、休憩《きゅうけい》がしたいと言うのでバルコニーまで移動してきたのがつい今しがたのこと。先程のクラウス様の発言の後から妙におとなしくなったウィル様を連れてバルコニーに辿りつくと、用意してあった休憩用の長椅子に隣り合うようにして腰を下ろす。

月明かりに照らされたそこには、静かな空間が広がっていた。

無言《むごん》のまま繋《つな》いだ手をじっと見つめていた彼が不意にその手を伸ばすと、腕を背中に回されふわりと包み込まれてしまう。

「……楽しそうだったのはウィル様も同じかと思いますが」

あんなに生き生きと彼女への制裁を語っていた彼を、楽しそう以外でなんと表現すればいいのだろうか。

呆れまじりにそう答えれば、ははは、と小さな笑い声が耳に届いた。そうかもしれませんと呟きながら私の額に唇を寄せた彼は、ゆっくりと身体を起こす。

「すみません。改めて彼の脅威《きょうい》を感じてしまいまして」

その言葉に、思わず瞬きを繰り返してしまう。先程のクラウス様の話から、彼が『ウィル』としてクラウス様の動向を探っていたのは間違いないだろうが、まさかクラウス様のことを脅威だと感じていたとは思いもよらなかった。

「クラウス様が、ウィル様の脅威になるとは考えにくいですが」

「はは、彼ほど思い通りにならなかった男もいませんよ」

珍しく自嘲気味に微笑んだ彼は、その指先で私の頬を撫でる。

「先程だってあれほどコーネリアへの想《おも》いを残しながらも、私の存在を認めてみせるんです。本当に、嫌味なほどに善良ですよね」

顔を俯けたままそう呟く彼は、なんだかいつもと様子が違うように見えた。

「クラウス様とウィル・ラーヴァントとは、親しい間柄《あいだがら》だったんですよね？」

確認のためにと口にした質問に、彼は弾かれたように顔を上げた。私が二人の関係を知っているとは思いもよらなかったのだろう。

ウィル様の動揺が何よりの肯定だと、小さく肩を竦める。

「そういう大事なことは、先に教えておいていただけませんか？」

「はは、すみません」

穏やかな微笑みを浮かべる相手をじとりと見つめていれば、いつもならこちらの抗議など笑顔でいなしてしまう彼が、今日は珍しくその視線を逸《そ》らした。

会場の反対側、バルコニーの柵の向こうには、月明かりに照らされた庭園《ていえん》が広がっている。

「ウィル・ラーヴァントの活動については、できればあまり詳しく話したくないんです。貴女に対して、後ろ暗いこともしてきましたから」

その言葉に、すっと頭が冷えていくような感覚を覚えた。

王城の庭園に視線を向けたまま隣に腰かける彼の横顔を見つめ、姿勢を正す。

「その後ろ暗いことについて、聞かせていただけますか？」

そう問いかけても、彼はただ静かに遠くを見つめていた。

私に対して後ろ暗いことをしていたというのならば、その内容は確認しておかなければならない。

仮にディルフォード公爵家を貶めるような噂を吹聴《ふいちょう》していたのなら、たとえ身内であろうと適切な裁《さば》きを受けさせる必要がある。

「白状《はくじょう》なさい」

低く告げたその言葉に、彼は視線を逸らしたままぽつりと呟いた。

「……貴女の優秀さを印象づけようと、サロンや社交界で語りました」

――？

一瞬褒められているのかと思ったが、彼の表情を見る限り違うらしい。

「他には？」

「クラウス殿に対して、気の強い貴女の相手は大変だろうと心にもないことを言ったこともあります」

――？

私が気の強い性格であることは、紛れもない事実である。

「その他は？」

「コーネリアが『ロマンス潰し』や『女公爵』と呼ばれるようになった原因のほとんどは『ウィル・ラーヴァント』にありますし、貴女の婚約解消に繋げたくて、クラウス殿に女性を差し向けてみたこともあります。マリーリカではありませんでしたが……」

そう語る彼の横顔は、随分と沈んでいるように見えた。だからこそ私は、ただただ戸惑うしかない。

「それだけ、ですか？」

私の言葉に、ゆっくりとこちらに顔を向けた彼は、不思議そうに首を傾げた。

「……こんなにも、ですけど」

噛み合わない会話に、二人の間に沈黙が落ちる。

静まり返ったバルコニーには、扉越しに音楽が微《かす》かに響いていた。いつもと違う自嘲気味な笑みを浮かべている相手を目の当たりにして、私は人生で一番くらいの深い溜め息を吐くと、ずいとその顔を覗き込んだ。

「いいですか、ちゃんと私の話を聞いてくださいね？」

突然の私の行動に、ウィル様は反射的に上半身を反らせる。その顔を半ば睨み付けながら、大きく息を吸った。

「以前も言いましたが、私にとって『ロマンス潰し』も『女公爵』もなんの不名誉な呼び名ではありません。自分の性格だって自分が一番理解しているし、『気が強い』だなんて生まれてこのかた聞き飽きるほどに言われてきたわ」

人目がないことをいいことに、怒りにまかせて次々と口から言葉が溢れてくる。

「私が優秀なのはその分努力をしているからよ。努力を認めてもらえるのは嬉しいし、優秀さを語ってもらえるのはありがたいことだわ。あとは何？　クラウス様に女性を差し向けたんでしたっけ？　他の女性に靡《なび》くようなら、所詮《しょせん》その程度の関係だったということよ」

最後まで言いきって一息つくと、こちらの勢いに圧倒されているウィル様が、面食《めんく》らったようにその目を見開いていた。

「貴方の後ろめたいことは、これで全部かしら？」

「……はい」

こちらの質問にようやく我に返ったらしい彼は、ぽつりと返事を溢す。

「名誉《めいよ》棄損《きそん》にあたる言動や犯罪《はんざい》行為は？」

「していません」

「それならいいわ。その程度で、後ろ暗いだなんて言わないでちょうだい」

きっぱりと言い切ると、呆然と目を見開いたままの彼の頬を両手で包み、ぺちんと叩《たた》いた。これだけ言っても言われるがまま、何の反論もしてこないだなんて全く彼らしくない。もしかしたら、私にとっては取るに足らないことであっても、彼にとってはずっと抱えていた後ろ暗い秘密だったのかもしれなかった。それならば、この両頬の痛みで贖罪《しょくざい》としてくれればそれでいい。

そう思って両頬に力を込めていれば、不意に彼の手が重ねられた。

「……『つらいときや悲しいときほど、上を向くのよ。そうすれば涙もこぼれ落ちないわ』」

突然彼が口にした言葉に、思わず首を傾げる。

私の様子を見て、先程まで人形のように固まっていたウィル様は、ようやく柔らかな微笑みを浮かべた。

「王城のお茶会で初めて出会ったとき、貴女が私にかけてくれた言葉です。そのときも、貴女はこうして私の頬を叩いて励ましてくれましたね」

そんなことをしただろうかと思うが、確かに彼の口にした言葉は、幼い頃自分によく言い聞かせていた言葉だった。あのとき泣きそうだと思った彼女――ウィル様を励ますために、自分の元気になるおまじないを伝えたのだろう。

そんなことを思い出していれば、重ねられていた彼の手にするりと手の甲《こう》を撫でられる。視線を上げれば、熱を帯びた視線が真っ直ぐにこちらに向けられていた。

「あのときから、ずっと貴女に恋焦《こいこ》がれていたんです」

雲間《くもま》から覗いた月明かりが差し込み、薄暗かったバルコニーを照らしていく。

「貴女に出会って、初めて自分に心があることを知りました。貴女のことが知りたい、貴女の側《そば》にいたい、貴女が欲しい。ただそれだけを願ってこれまで過ごしてきたんです」

月明かりに照らされたウィリアム殿下は、その顔を切なげに歪《ゆが》めた。

「長年望んでいた貴女の婚約者になれて、夫として隣に立つことが認められて、ようやく貴女を手に入れたのに、以前よりももっと苦しく感じることがあります」

ふっと笑い声を漏らした彼は、私の首筋にその顔を埋《うず》めながら、甘えるようにその鼻をこすり付けた。

「先程も言いましたが、最近貴女の魅力に気付く男達が多いことに気が立っていたんです。それこそクラウス殿なんて、貴女の一番近しい立場だった男性でしょう？　彼と二人きりでいる貴女の姿を見守っている間は、気が気ではありませんでした」

背中に回された腕に力が込められる。確かに夫であるウィル様にとって、どんな理由であれ、妻が他の男性と二人で会話をするということは気持ちのいいものではなかっただろう。

会場中の注目を浴びてしまっていたこともあり、ウィル様は周囲の状況や今後の立場を考慮《こうりよ》してクラウス様の希望を聞き入れることを最善だと判断したが、個人の心情としては二人きりでの会話を許容《きよよう》したくなかったのかもしれない。社交界、更にはその裏の情報を知る彼だからこそ、表での最善の立ち回り方を理解している。しかし、それが彼の心情と合致しているかは別問題だ。

公爵家の一員として社交界に揉《も》まれてきた私には、彼の葛藤《かつとう》を確かに理解できた。

——クラウス様と、まるで反対だわ。

己の純粋さゆえに高位貴族に対する嫉妬や僻《ひが》みに呑まれる者もいれば、社交界の裏の醜《みにく》さを知っているがゆえに苦しむ者もいるのだろう。

そんなことに気付き、これまで自分を翻弄《ほんろう》するばかりだったウィル様が、一つ歳下《としした》の青年であることを思い出す。なにかにつけて自信満々で、余裕《よゆう》ある姿しか見ていなかったせいで忘れかけていたが、彼も私と同じ、何かのために必死の努力をする人間だった。

すとんと腑《ふ》に落ちた瞬間、私の肩に寄りかかる彼の頭に手を伸ばした。突然触れられた感触に彼は驚くように身体を強張らせたものの、ゆっくりとその頭を撫でていれば、徐々《じょじょ》にその力が抜けていく。

「……ご存知かと思いますが、私はこれまで公爵令嬢としての理想を追い求めるあまりに、浮わついた話は一度もありませんでした。婚約者だったクラウス様とも、そういったことは婚姻を結んでから育むべきだと考えていましたから、ウィル様と婚約するまで艶《つや》めいた話は一切ありません」

突然話し始めた私の言葉を、ウィル様は静かに受け止めているようだった。

「これまでの人生で、私にはっきりとした好意を示された方は二人だけです」

その言葉に、彼はゆっくりとその頭を擡《もた》げた。

月明かりに照らされた彼の顔が、目の前に現れる。

太陽を溶かしたような金髪に蠱惑《こわく》的な深い濃紫の瞳。これほど美しい容姿《ようし》に恵まれた彼が、どうして私に深い愛着を感じてくれているのかは未だに理解できていない。

それでも、彼の感情が自分にとって嬉しいものであることははっきりと自覚していた。

「……好意を示した相手の一人は私として、もう一人はクラウス殿ですか？」

「いいえ」

クラウス様には、幼い頃に一度「可愛らしい一面もあるんだね」と褒めてもらったことはある。

その言葉は私個人を認めてくれた言葉だったが、好意を示された言葉ではなかった。

「じゃあ――」

続けようとする言葉を、そっと指先で止めた。

大人しく唇を押さえられたままのウィル様が、まるで少年のように見えて、ついつい笑みが溢れてしまう。

怪訝な顔でこちらを窺っているその視線すら、今は随分と可愛らしいものに思えた。

「その方は、初対面のときから人との距離感があまりにも近く、何度指摘しても注意しても馴《な》れ馴《な》れしく顔を近づけてくるような方でした。不埒《ふらち》な事故が起きては困りますから、毎回その顔を掴んでから引っぺがして遠くへやるという公爵令嬢らしからぬ行動をとらざるをえませんでしたわ」

あまりの腹立たしさに、セシリアへの手紙に愚痴《ぐち》をこぼしたことを思い出す。

「口の減らない方で、二人での外出をデートだと呼び、人の部屋に入り浸《びた》ってはめざとく趣味のロマンス小説を見つけたかと思うと、それを理由にからかってくるんです。初めは軟派《なんぱ》で苦手なタイプだと思っていたのに、人が辛《つら》いときには話を聞いてくれたりさりげなく気を配ってくれたりと、気が付けば彼の存在が心の支えになっていました」

「それは――」

見開いた彼の瞳は心なしか潤んでいるようにも見えるが、あえて反応したりはしなかった。

いつもは余裕綽々《しゃくしゃく》に振る舞っている彼にとって、今日の弱気な姿はあまり人に知られたくないものだろう。

「それなのに、酷いんですよ彼。普段は必要以上に喋《しゃべ》るくせに、一番大事な自分の正体や身分については一切明かしませんでしたから」

「……怒ってます？」

口元を押さえていた私の指を恐る恐る外しながら、ウィル様は申し訳なさそうにこちらを窺い見る。

婚約破棄された日から立太子の式典まで、ウィルには散々振り回された。人を食ったような性格の彼には何度もからかわれたし、あまりにも距離感が近く軟派な態度に苛立ったこともある。

しかし、これまで築《きず》いてきた足場が突然崩《くず》れ落ちたかのように感じたあの瞬間、心の支えになってくれたのは間違いなく彼だったし、その能天気《のうてんき》さに元気づけられ、たまに見せる気遣《きづか》いに救われていたこともまた事実だった。

そんなことを思い出しながら、こちらを覗き込んでくる濃紫の瞳を見つめ返し、そっとその頬を両手で包んだ。

「私に真っ直ぐな好意を向けてくださったのは、後にも先にも貴方だけです」

相手を見据え、はっきりと告げれば、ウィル様はわかりやすくその顔を強張らせた。

いつも余裕の笑顔を絶やさない彼の表情を崩すことが、なんだか楽しくて仕方がない。

「私を欲しいと思ってくださったのでしょう？　手に入れたのならば、私自らが貴方の手の中に収まっていたいと願うほどに大切にしてください。私は、自分を大切にしてくださる相手を裏切るような薄情な人間ではありませんから」

そう告げた瞬間、急に視界が暗くなる。

彼に抱きしめられていると気付いたのは、上着の胸元に刺されていた揃いのデザインの刺繍が目に入ったからだった。

「ちょっ――」

「コーネリア。コーネリア、貴女って人は……」

私の言葉が聞こえていないのか、彼は私の名前を繰り返し呼びながら、ぎゅうぎゅうとひたすらに締め付けてくる。なんとか彼の胸元を押し戻して抗議の視線を向ければ、そこには目尻を下げ、ただただ幸せそうに微笑むウィル様がこちらを見下ろしていた。

その頰は上気《じょうき》しているようで、ほんのりと薔薇《ばら》色に染まっている。

嬉しそうに頰に口付けを落とす彼の吐息《といき》からは、仄《ほの》かに葡萄酒《ぶどうしゅ》の香りがした。

「……ウィル様、もしかして酔《よ》っていますか？」

「はい？　生まれてこのかた、酒に酔った経験はないですね」

きょとんとしたその表情を見て、その疑念《ぎねん》がますます深まっていく。

こういうとき、不敵な笑みを浮かべてからかい返してくるのがウィル様という人物だ。

先程から続く普段と違う行動に、嫌な予感がする。

「……私が席を外している間、一体何をされていらっしゃったのですか？」

「？　ただ待っているだけだと落ち着かなかったので、咽喉《のど》を潤《うるお》そうと渡されるままに葡萄酒を口にしていました」

「それは一体何杯くらい……？」

「よくは覚えていませんが。ああ、途中で顔色を悪くした給仕《きゅうじ》から、もう在庫がありませんと謝罪されましたね」

その言葉に、思わず口元が引き攣《つ》った。

私が席を外していた間、手持無沙汰だったウィル様は葡萄酒の入ったグラスを次々に空け続けたのだろう。

給仕の仕事は、グラスの空いた貴賓《きひん》に新しい飲み物を勧《すす》めることだ。

恐らく提供されていたのは、本日のお祝いのために用意された最高級の葡萄酒。

それを水のようにパカパカと空けられて、更には在庫を空にされるなんて給仕も肝《きも》を冷やしたに違いない。

もともとお酒に強い体質らしく、これまで一度も酔ったところを見せたこともないウィル様だったが、もしかして先程からの普段と違う言動は酔いが回っているせいではないだろうか。

そんなことを考えながら相手を見つめていれば、私の視線に気付いた彼は、しばらく不思議そうに小首を傾げていたが、ハッと何かを閃《ひらめ》いたように大きく目を見開いた。

「もしかして、これが酒に酔うという感覚なのでしょうか」

「いえ、私に聞かれましても……」

こちらの返答を聞いているのかいないのか、彼は悲しげにその目を伏せる。

「心に不安を抱えていると酒がまわりやすいと聞いたこともあります。もしかしたら、目の前でクラウス殿に貴女を連れ去られたという事実が影響していたのかもしれません」

その言葉に多少の罪悪感を感じ、うっと呻《うめ》き声をあげそうになった。

落ち込んだ様子で俯いている彼の頬は仄かに上気しているようでもあり、多少なりともお酒がまわっているのは間違いなさそうだ。

「こんな姿で皆様の前に立つのは恥ずかしいので、なるべく早く自邸に戻りたいのですが」

そう言われてしまえば、否という選択肢はない。

「賢明な御判断だと思いますわ。次期ディルフォード公爵夫妻が、公式のお祝いの場で醜態《しゅうたい》を晒《さら》すわけにはいきませんもの」

「そうですね、では早々に御前を辞する挨拶に伺いましょう」

すくっと立ち上がったウィル様は私の手を取ると、会場内へ繋がる扉へと足を進める。

扉の前に立ったとき、ふいに耳元で彼が囁いた。

「あの……今夜は少しだけ、遅くまで付き合ってくれませんか？　なるべく負担はかけないようにしますから」

それは、ささやかな夜のお誘いだった。

「……この前そう言って朝まで続けましたよね？」

「ああ、あの日はあまりにコーネリアが可愛すぎて我慢ができなくなってしまって」

恨《うら》みがましい目で隣を見上げれば、ははっと爽やかな笑みでかわされる。

「今夜はちゃんと自制《じせい》しますから。それに下町の俗説《ぞくせつ》では、酒の回っている状態だと男性機能が低下するそうですよ？」

その言葉に疑いの眼差しを向けながらも、確かにその俗説は耳にしたことがあった。

彼が満足するまで付き合うと翌日に影響することから、翌日に今日のような大事な用がある日は自制してもらっているのが現状である。

昨日自制してもらったこともあるし、明日は特別重要な予定もない。

彼の様子がどうも違うことから酔っていることは間違いないだろうし、いつもよりも少しだけ遅くまで付き合うくらいなら普段よりは控えめになるに違いない。

なにより、それくらいで彼の不安が払拭できるなら安いものだと思った。

「少しだけ、ですからね」

「ふふ、ありがとうございます」

嬉しそうな笑みを浮かべたウィル様に手を引かれ、国王陛下夫妻への挨拶を済ませると、国の慶《けい》事《じ》に沸《わ》く会場を後にしたのだった。


馬車から降りると、いつもの別館へと案内される。

ウィル様と結婚してから我々夫妻専用となった別館の寝室に足を踏み入れれば、後ろから伸びてきた腕に抱きすくめられた。

「ウィル様、先に身を清《きよ》めませんか？」

「今、コーネリアという支えを失ったら私は倒れてしまうかもしれません。なんたって、生まれて初めてお酒に酔っているんですから」

「……そう、ですか」

やたらと耳にかかる熱い吐息からは、仄かな葡萄酒の香りが漂う。

背中に感じる彼の体温も、確かにいつもより高いように感じられた。

「では、私がベッドまで支えますので体重をかけてください」

後ろから回された片方の腕を掴むと肩にかける。

女性の身体では酩酊《めいてい》している状態の男性を支えることはできないだろうが、幸い足取りはしっかりしている状態の彼であれば、少々体重をかけられても支えられそうだった。

「ふふ、コーネリアは優しいですね」

「妻として夫婦として、弱っている伴侶《はんりょ》を支えるのは当然のことでしょう？」

「ああ、そういう真面目な性格も相変わらず可愛らしい」

「無駄口《むだぐち》叩いてないで付いてきてください」

背中に腕を回して部屋の中へ進むように促《うなが》せば、ウィル様は小さな笑い声をあげつつベッドへ向かって歩き出した。

やたらとくっつくのも饒舌《じょうぜつ》に愛を囁きだすのも、酔っ払いによく見られる行動だ。

以前ウィルと出かけた居酒屋で見かけた酔っ払い達を思い出す。

顔色や表情に変化はないものの、さすがに祝賀会の葡萄酒を飲み干すほどに酒を過ごせば、存分《ぞんぶん》にお酒は回っているのだろう。

ようやくたどり着いたベッドに支えていた彼を座らせれば、柔らかな笑顔でお礼を告げられた。

サイドテーブルに用意してあった水差しからグラスに水を注ぎ、座っている彼に手渡す。

嬉しそうに受け取った彼が何気なくグラスに口をつけて水を呷《あお》れば、その口端《くちは》から飲み切れなかった雫《しずく》が零《こぼ》れ首筋を伝った。

「ウィル様、零れてます」

「ああ、すみません。今の私は、どうもぼんやりしてしまっているようですね」

口元にハンカチを当てると眉尻を下げる彼の様子を目の当たりにして、思わず目を瞬いてしまう。

日頃何をやらせてもそつなくこなしてしまう彼だが、完璧に見えても案外人間らしい一面があったらしい。

そんなことを考えていれば、ふいに彼の手が私の頬へと伸ばされた。

「今夜は、遅くまで付き合ってくれるんですよね？」

「……いつもより『少しだけ』ですからね」

「ふふ、ありがとうございます」

目を細めるように微笑んだ彼に腕を引かれれば、前につんのめるように彼の上に倒れ込む。

膝の上に乗せられ、顎《あご》を持ち上げられると、柔らかな唇が降ってきた。

「ようやく、二人きりになれましたね」

その囁きと共に、僅かに開いた唇の間から熱を帯びた舌が侵入してくる。

舌先に柔らかい感触が触れるだけで、甘い痺《しび》れがじんと腰に広がっていく。

舌を絡ませ、歯列《しれつ》をなぞり、上から覆いかぶさるように深められる口付けの中で、彼の吐息にほんのりと葡萄酒の香りを感じた。

——お酒に弱い性質なら、これだけでも酔ってしまいそうだわ。

そんなことを考えていれば、彼の手がドレスにかけられる。

唇を重ねたまま器用に留め具を外されたドレスは、あっけなく床へと落ちた。

下着姿になった私をベッドに横たえると、ウィル様は覆いかぶさるように上にのしかかる。

上に着ていた外套《がいとう》を脱ぎ捨て、正装の首元に手をかけたところで、はたとその動きを止めた。

「そういえば、コーネリアは正装姿の私がお好きでしたよね」

「なっ——」

「今更誤魔化《ごまか》さなくても大丈夫です。私は貴女の夫なんですから」

なぜそんなことを知っているのかと尋ねたかったが、彼は聞く耳を持たず、楽しげに頷《うなず》きながら言葉を重ねる。

指先で首元を緩め、両手首のカフスボタンを外すと、私の顔の横に両手をつくようにして、ずいと顔を寄せた。

「このまま交《まじ》わってしまいましょうか。コーネリアも以前『かっちりと身なりを整えた貴公子が、余裕をなくして着衣のまま性急に求められるのがいい』と言っていましたし」

「なぜそれを!?」

そんな話、昔セシリアとロマンス小説の話で盛り上がったときくらいしか口にしていない。

一体どこから耳に入ったのかと顔を青ざめていれば、こちらを見下ろす彼は至極《しごく》楽しそうな微笑みを浮かべた。

「私の本業ですからね。コーネリアの情報はどんな細やかなものでも耳に入れるようにしているんです」

額に柔らかな口付けを落とした彼は、耳元に唇を寄せた。

「妻の願いは叶えてあげたいですからね」

囁きと共に耳朶《じだ》を食《は》まれ、窪《くぼ》みに舌を這《は》わせられると、ぞくりと肌が粟立《あわだ》つ。

柔らかな舌先が耳を弄《いじ》るくすぐったさに思わず身をよじるものの、彼にのしかかられている状態では逃れることはできない。肌の上を滑《すべ》っていく彼の指先は胸元へと伸ばされ、ささやかな双丘《そうきゅう》をやわやわと揉みしだいていく。

そういえば初夜の頃にはまだ薄らと信じていた『揉めば大きくなる』という俗説は、結局何の効果もなかったようで、夫婦の関係が始まってからも私の胸は一向に成長の兆《きざ》しはない。

ただ大きさは変わらないものの、彼と身体を重ねるようになってから、胸の先が快感を拾う場所だということだけは嫌というほど教え込まれていた。

「んっ」

彼の指が、胸の先を撫でる。

触れるか触れないかの位置でとんとんと優しく刺激されれば、その甘く痺れるような快感が下腹《かふく》の奥に蜜を足していく。

「ふふ、相変わらずコーネリアの声は愛《あい》らしい」

楽しげに呟いた彼は、にこりとこちらに微笑みかけると、そそり立った胸の先に音を立てて吸い付いた。

「ひぁっ！」

その唇に吸いつかれただけで、びくりと腰が跳《は》ねる。

舌先で転がされ、軽く歯を立てられると、腹の奥に溜まっていた熱が行き場を求めるように暴《あば》れまわり、ぴちゃぴちゃと胸の先を舐める卑猥《ひわい》な水音に、頭の芯《しん》を溶かされそうになる。

唇を離した彼が反対の胸の先に吸い付き、愛撫《あいぶ》で十分に潤った胸の先を指先で弾かれれば、零れ出る嬌声《きょうせい》を止めようもなかった。

「あ、んっ……やぁっ」

胸の先から注がれる快感が背筋を駆け上り、腹の奥に切ない疼《うず》きを走らせる。

注がれる快感を享受《きょうじゅ》していれば、脚《あし》の間に伸ばされた彼の手が下着の横の紐《ひも》を引いた。

ぱさりと下着を落とされ、彼の手が太腿《ふともも》を撫で、ゆっくりと脚の付け根へと上っていく感覚に、反射的に足を閉じたくなるが、脚の間にある彼の身体がそうさせてくれない。

脚の付け根に辿りついた彼の指が、割れ目をゆっくりと上下になぞると、十分に潤ったその場所からくちりと卑猥な水音が響いた。

溢れた蜜を掬い上げるようにくぷくぷと蜜口を出入りした指先は、たっぷりと蜜を絡めたまま手前の突起を押し潰す。

「あぁっ！」

「ふふ、嫌ではないですよね？　いつもコーネリアが悦《よろこ》んでいる場所でしょう？」

突起をカリカリと引っ掻かれたまま、胸の先を弾かれ吸い付かれる。

逃げたくなるほど強い刺激のはずなのに、彼との行為によって慣らされた身体は、触れられている全ての場所から快感を拾っていた。

腹の奥で暴れまわる熱が背中を駆け上り、大きな波のようになって理性を呑みこんでいく。

「や、あぁあっ！」

あっという間に高みへと追いやられ、一瞬の浮遊感《ふゆうかん》のあとに身体が弛緩《しかん》していくのがわかる。

肩で息をしている私を見て、満足そうに微笑んだ彼は、手慣れた様子で私の両足を肩にかけた。

その指が蜜口を撫で、くぷりと侵入すると、十分に潤った内側を確かめるようにぐるりと内壁を撫でられる。内側をなぞった指が抜かれると同時に、先程まで指を受け入れていた場所に熱を持ったものがあてがわれた。

「貴女の夫が誰なのか、しっかり目に焼き付けておいてくださいね」

そう告げた彼は返事を待つことなく、ぐぷりとナカへと侵入してくる。

「――はっ、あ」

何度身体を重ねても、慣れない圧迫感。

内側を押し広げ、奥へ奥へと押し入ってくる熱棒を、浅い息を繰り返しながら受け入れていく。

「んっ……」

「貴女が身体を許していいのは、夫である私だけです」

自身のモノを根元まで埋め込んだ彼は、ぐりりとその腰を押し付けた。

初めて身体を繋げたときは、その圧迫感が苦しくて、内側を擦る痛みに驚いたはずなのに、今となってはもうその痛みを思い出せそうにない。

何度も身体を重ねた今、彼と身体を繋げる行為は酷く気持ちが良くて、ただただ自分を快楽の淵《ふち》に追いやるだけのものになっていた。

「コーネリア、私を見て」

私を組み敷《し》く夫は、私の両脚を肩に抱え、目を細めながらこちらを見下ろしている。

眩い金の髪を一つに束ね、妖艶《ようえん》に微笑むその顔は息を呑むほどに美しい。

己と対のデザインで仕立てた正装を着崩した彼は、まさにロマンス小説に出てくる貴公子そのものだった。

「貴女の夫の名前は？」

「ウィル、様」

「ええ、そうです。よく言えましたね」

穏やかな笑みと共に、子供をあやすような褒め言葉が聞こえてくる。

ぼんやりとした視界の中で、彼の目に仄暗《ほのぐら》い光が帯びるのを感じた。

「コーネリア、私の唯一の人。決して私から逃げようだなんて思わないでくださいね」

その言葉に目を瞬いた瞬間、ナカに沈められていたモノが一気に最奥《さいおう》を貫いた。

「あぁっ！」

その手に腰を捕らえられ、激しく打ち付けられる。

揺さぶられるたびに口から意味のない嬌声が零れ、肌と肌がぶつかり合う音と、泥濘《ぬかるみ》を穿《うが》つ淫《みだ》らな水音が部屋に響いた。

溢れかえる蜜が泡立つほどに腰を打ち付けられ、ベッドが軋《きし》むまで揺さぶられると、もう何も考えられなくなる。

彼の手によって胸の先を弾かれ、前の突起を押し潰されれば、先程達したばかりだというのに、いとも簡単に快楽の先へと追い詰められていく。

「や、あっあぁ……っ！」

「ああ、貴女の中はひどく気持ちがいい。いつまでもこうしていたい」

ひざ裏を持ち上げられ、身体を折り曲げられるようにして激しく穿たれる。

その熱棒が奥へと叩き込まれるたびに、口端からは自分のものとは思えない嬌声が零れた。

腰を打ち付けられ揺さぶられ、背筋を駆け上ってくる快感に、全身がガクガクと打ち震える。

身体中を激しい熱が駆け巡ったような感覚のあと、重力が戻ってきたかのようにどっと自分の重みでベッドに沈み込んだ。

初めての感覚に呆然としたまま肩で息をしていれば、にこやかに微笑む濃紫の双眸と目が合った。

「大きくイったんですね。また一つ、貴女の可愛らしい一面を見られた」

ふっと微笑むような気配を感じたあと、ぐるりと視界が反転したかと思えば、目の前には白いシーツが広がる。

うつ伏せにされた私の腰を掴んだ彼は、私の背に覆いかぶさるようにして抽送《ちゅうそう》を再開した。

「んっ……ふ、んぅっ！」

「ああ、コーネリア、私のコーネリア」

ウィル様は譫言《うわごと》のように私の名前を呼びながら、激しく腰を打ち付ける。

後ろから突き上げられ揺さぶられる度に、みっともない自分の声が漏れ、肌と肌がぶつかり合う音が響き、熱い吐息が零れると、耳から肌から内側から、まるで全てを彼に覆い尽くされているようだった。

己の身体を揺さぶっていた熱棒が最奥を穿ち、強く腰を押し付けられると、内側に熱いものが広がっていく。彼が達したことを察し、倒れ込むように背中に覆いかぶさってくる彼の方を振り返れば、柔らかな唇が重ねられた。

背後から回された腕に包み込まれるように横に倒れる。

彼は私を抱き込んだまま、首筋に顔を埋めているようだった。

首元に熱い吐息がかかる。

「……体調は大丈夫そうですか？」

私の質問に、ふっと笑いまじりの吐息が聞こえた。

「ご心配ありがとうございます。まだ少し熱っぽくは感じるのですが、どうやら運動をしている方が気が紛れそうです」

そう告げた彼の手は、なぜか私の胸の上でやわやわと膨らみを包み込んでいた。

「ウィル様、この手は……」

「ダメでしょうか？　今夜は遅くまで付き合ってもらえると思っていたのですが」

明らかに落ち込んでいるような声音に、うっと呻き声を上げそうになる。

確かに、今夜のお誘いを受けたのは私だし、それは彼がお酒に酔っているために男性機能が低下しているだろうという推測に基づき、半ば打算で受け入れたものだ。

正直挿入《そうにゅう》すらままならない可能性も考えていたが、よく考えてみればそれは少々楽観的《らっかんてき》過ぎたのだろう。

日頃、油断すれば朝方まで続けかねない彼の男性機能を考慮すれば、酔っぱらってなお当たり前のようにいつも通りの行為ができてしまっている今の状況も、さもありなんといった感じである。

そんなことを考えている間にも、私の首筋に顔を埋めていたはずの彼は、うなじに肩口にと口付けを降らせていく。

「今日は他の男性にコーネリアを連れ去られる姿を見てしまったので、不安な気持ちが収まらないんです。貴女の中に自分を埋め込んで、己を刻み込みたいと思うのは許されないことでしょうか？」

そう口にしながら上体を起こし、こちらを覗き込んだ彼は、掬い上げた私の髪に口付けを落とす。

その姿は、まるで歌劇のワンシーンを間近で見ているようで思わず目を奪われてしまった。

ゆっくりと唇を重ねられ、啄《ついば》まれ、舌先で形をなぞられれば、じんわりと腹の奥に熱が灯《とも》っていく。

内側に沈められたままだったモノが再び硬さを取り戻すのを感じながら、小さく肩を竦めた。

――こうやって絆《ほだ》されていくんだわ。

人前では『ロマンス潰し』だの『女公爵』だのと言われている私も、夫婦の営みの中ではただの女でしかない。

そんな当たり前なことに今更気付かされた気がして、不意に口端が緩んだ。

口付けは徐々に深められ、やわやわと揉む彼の手のひらは胸の先を擦り、ナカに沈められているものは再び主張をし始めている。

どう見ても、既に二回目の入り口に足を踏み入れていることは明白だった。

ふっと零れた笑みを浮かべ、こちらを覗き込む彼を見上げる。

「……少しだけ、ですからね」

私の言葉に、彼はにっこりと微笑みを返した。

「ありがとうございます。大丈夫ですよ、今日の私はお酒に酔っているらしいですから」

そう言い終える前に、唇の間から熱い舌が滑り込んでくる。

舌先に触れる柔らかい感触に応えるように舌を伸ばせば、あっという間に絡めとられた。

彼の指先が胸の先を弾き、ナカを押し開く熱棒が律動を再開すれば、彼に注がれる甘い刺激に溺れ、溶かされ、あっというまに快楽の中へ沈められていくのだった。

窓から朝日の差し込む部屋に、チュンチュンという鳥の鳴き声が響く。

その鳥の声に目を覚ました私は、隣に横たわるウィル様の笑顔を、恨みがましく見つめていた。

「……騙しましたね」

「なんのことでしょう」

私の恨み言に爽やかな笑みで答えると、彼はその手を伸ばして私の紅髪を梳《と》いた。

昨夜自邸に帰宅した後、彼の希望通りに「少しだけ」遅くまで付き合うことにしたはずだったのに、まさか初夜同様に四回も愛されることになろうとは予想してもいなかった。

最後の記憶は後ろから突き立てられて揺さぶられていたところまでだが、もしかしてあれからまだ続いていたとしたらと想像して首を横に振る。

おかしい。お酒がまわって男性機能が弱まっていたはずではなかったのか。

「……酔っていたというのは嘘ですか？」

「嘘はついていませんよ。なんとなく顔が火照っている気もしましたし、言われてみれば思考がぼんやりするような気もしました」

じとりと相手を睨み付ければ、こちらの視線に気付いた彼は、ただただ嬉しそうにその頬を緩めた。

「でもよく考えてみれば、コーネリアが嬉しいことを言ってくれたから舞い上がっていただけかもしれませんね」

そう言いながら身体を起こした彼は、そっと私の額に唇を寄せる。

その拍子に、ウィル様の柔らかな金髪がふわりと私の頰にかかった。

「貴女から気遣うような視線を向けられて、もしかしたらとは思ったんです。でもそれより先に気付いてしまいまして」

「何にですか？」

彼の指が、私の輪郭をなぞるように頰を撫でた。

「酔ったことにすれば、あの場から貴女を早く連れ出せるなと」

「なっ――!?」

彼の言葉に、唖然と口を開く。

くすくすと笑う彼の濃紫の瞳には、悪戯っぽい光が宿っていた。

「もうお気付きかとは思いますが、私はコーネリアが思うよりも執念深いんです。貴女をぐずぐずに甘やかして蕩けさせて、私無しでは生きられないようにしたいと思っています」

彼の唇が触れそうになった瞬間、がしっと両手でその頰を摑んだ。

突然の行動に、ウィル様は驚いたように瞬きを繰り返す。

「私に対してどのような感情を抱かれるかは自由ですが、私の人生は私が決めます」

そう告げながら、自ら唇を重ねる。

呆けたように瞬きを繰り返す彼に向かって、不敵に微笑んだ。

「ウィル様はせいぜい、私が貴方の側にいたくなるように努力してくださいね」

私の言葉にその瞳を大きく見開いた彼は、弾けるような笑い声をあげた。

なぜか嬉しそうに微笑んだ彼が、その顔を近づけると再び重ねられた唇を受け入れる。

「ようやく王太子ご夫妻の祝いごとも発表されましたし、ようやく本格的に子作りに励めますね」

「え？」

彼の言葉を、思わず聞き返す。

「最近のコーネリアはセシリア様のことで頭がいっぱいでしたし、コーネリアのことだから、身籠《みごも》ることにも順番を気にするのではないかと心配していましたから」

至近距離でこちらを見下ろすウィル様は、至極穏やかな微笑みを浮かべていた。

「これからは遠慮なく、貴女を愛させていただきますね」

その言葉に、頭が真っ白になりそうになる。

昨夜あれほど交わったばかりだというのに、どうして彼は朝からこんなに元気なのだろうか。

いつもの穏やかな笑みを浮かべる余裕綽々のウィル様を目の前にすれば、昨夜の酔いは真実だったのかどうかすら、もはやわからない。

しかし、これほどまでに自分を求めてくれる彼の愛情を喜んでしまっていることも、確かに感じていた。

目の前の相手を見つめ返し、その頬にそっと手を添える。

「もちろん、受けて立ちますわ」

そう告げた私の言葉は、眩しい朝日の差し込む部屋に吸い込まれていくのだった。

あとがき

この度は「『ロマンス潰《つぶ》し』の女公爵《おんなこうしゃく》は第二王子《だいにおうじ》の執着愛《しゅうちゃくあい》に気付かない」をお手に取ってくださりありがとうございます。まつりかと申します。

この作品は、二〇二二年の初め頃にムーンライトノベルズ様にて連載したものでした。

当時悪役令嬢《あくやくれいじょう》ものを好んで読み漁《あさ》っていたのですが、婚約者《こんやく》たちがこぞって人前でド派手に婚約破棄《はき》を告げることに疑問を持ったことが、この話を書こうと思ったきっかけです。

後悔するかもしれないのに、誰か注意してくれる人はいないんだろうかと考えていたところ、肩にかかる紅《あか》い髪を振り払いながら仁王《におう》立ちで登場したのがコーネリアでした。

身分の高い男性相手に上から目線で指摘《してき》できるコーネリアのような貴族令嬢に、どんな相手が惚《ほ》れこむだろうかと視界を広げてみれば、彼女の後ろで糸を引くウィリアムが顔を覗《のぞ》かせていました。


せっかくの機会なので、主役の二人について少しだけお話しさせてください。

正義感が強く曲がったことは許せない真《ま》っ直《す》ぐなコーネリアと、コーネリア以外には何の興味も持たない倫理観《りんりかん》の抜け落ちたウィリアムは正反対な性質です。

男性優遇《ゆうぐう》の社会制度に疑問を持つコーネリアは、女性という存在を型にはめて見下していたウィリアムにとって、自身の想像の範囲《はんい》を超えた未知《みち》の存在でもありました。

その強烈《きょうれつ》な印象が、彼に強い興味を植え付け、重苦しいほどの執着心へと結びつきます。

この作品を書きながら、コーネリアが少しでもウィリアムに拒否《きょひ》感を示せば、即バッドエンドに向かうだろうなとひやひやするときもあったのですが、コーネリアはコーネリアでぶれない軸《じく》を持っているし、ウィリアムはウィリアムでコーネリアに拒絶《きょぜつ》されないよう細心《さいしん》の注意を払って囲い込んでくれたので、見事ハッピーエンドを迎えることができました。


コーネリアやウィルたちを美しく描いてくださったＤＵＯ　ＢＲＡＮＤ．先生、素敵《すてき》なイラストをありがとうございました。改めて感謝申し上げます。

また、ＷＥＢ連載時から読んでくださった皆様、嬉《うれ》しい感想をくださった皆様、本当にありがとうございました。

今回の書籍化にあたり、約十万字の加筆・改稿を行いました。

ＷＥＢ版では書いていなかったエピソードたちをこれでもかと追加し、もう他《ほか》にはないかなと思うくらいには二人の全てを詰め込んだ一冊にできたと思います。

最後になりましたが、温かいお言葉で励ましてくださった担当編集様、出版のためにご尽力くださった方々、今こうして目を通してくださっているあなたにも、お礼を伝えさせてください。ありがとうございます。

この本を読んでくださった皆様が、少しでも楽しんでいただけましたら幸いです。

まつりか

eロマンス ロイヤル

本書は「ムーンライトノベルズ」(https://mnlt.syosetu.com/top/top/)に
掲載していたものを加筆・改稿したものです。

●ファンレターの宛先
〒102-8177　東京都千代田区富士見 2-13-3　eロマンスロイヤル編集部

『ロマンス潰《つぶ》し』の女《おんな》公爵《こうしやく》は第《だい》二《に》王《おう》子《じ》の執《しゆう》着《ちやく》愛《あい》に気《き》付《づ》かない

著／まつりか

イラスト／DUO　BRAND.

2023年8月31日　初刷発行

発行者　山下直久
発行　株式会社KADOKAWA
〒102-8177　東京都千代田区富士見2-13-3
(ナビダイヤル) 0570-002-301
デザイン　AFTERGLOW
印刷・製本　凸版印刷株式会社

●お問い合わせ
https://www.kadokawa.co.jp/ (「お問い合わせ」へお進みください)
※内容によっては、お答えできない場合があります。
※サポートは日本国内のみとさせていただきます。
※Japanese text only

ISBN978-4-04-737625-0　C0093　　Printed in Japan
定価はカバーに表示してあります。